...y todos éramos actores

un siglo de luz y sombra

Gustavo Gac-Artigas

Ediciones Nuevo Espacio
Biblioteca Gustavo Gac-Artigas

Ediciones Nuevo Espacio
Biblioteca Gustavo Gac-Artigas
© 2015
Foto portada: Las cruces, Chile
Editora: Dra. Priscilla Gac-Artigas (miembro colaborador de la
Academia Norteamericana de la Lengua Española - ANLE)

Primera edición
ISBN 978-1-930879-64-5
Edición digital:
ISBN 978-1-930879-63-8
www.editorial-ene.com

Edición en Inglés
And All of Us Were Actors: A Century of Light and Shadow
© 2106
Translated by Andrea G. Labinger

Paperback:
ISBN: 1-93087972-5
ISBN: 978-1-93087972-0
E-Book:
ISBN: 1-93087973-3
ISBN: 978-1-93087973-7

Publicado en los Estados Unidos de América

Para Priscilla,
en cuyos ojos naufragué.

Para nuestros hijos,
Melina y Alejandro,
cuyas sonrisas me condujeron a puerto.

G G-A

En la cima de la montaña, al borde del abismo,
mi mente despojada de todo adorno,
extiendo mis brazos para abrazarte a ti,
¡oh bella entre las bellas!,
primera curva de la espiral
de vida y muerte.

Yo,
el despojado
el actor
el testigo.

Yo,
la herida
el bálsamo
el que muere para dar vida.

Yo,
invoco a Changó y a Yemayá,
invoco al viento salvaje,
invoco a la calma que precede la tormenta,
invoco al vacío que precede la palabra,
invoco al amor para que aleje al odio,
invoco a la piedra y a la arena.

Yo,
los invoco a ustedes
para que me guíen en este viaje.

Yo,
a ti,
espectador,
te invoco.

En la espiral de la muerte,
baja a morir conmigo,
hermano.

En la espiral de la vida,
sube a renacer conmigo,
hermano.

Y al pisar el último escalón,
desaparece junto a mí,
hermano,
por lo que en esta historia
no hay espectadores,
solamente actores.

¡Oh dioses,
tened piedad de mí,
dadme la fuerza necesaria
para inmolarme
y renacer en la palabra!

Retrato de un actor adolescente

Y reza, dice, para que sea capaz de aprender,
al vivir mi propia vida y lejos de mi hogar y de mis
amigos, lo que es el corazón, lo que puede sentir
un corazón.
Amén.
Así sea. Bien llegada, ¡oh, vida! Salgo a buscar por
millonésima vez la realidad de la experiencia y a
forjar en la fragua de mi espíritu la conciencia in-
creada de mi raza.

James Joyce

I. De cómo nuestro héroe bajó de la piedra para adentrarse en aguas turbulentas y comenzar su travesía

La primera vez que subí a un escenario tenía tres años y tres meses. Con gran dificultad logré escalar y conquistar la cima de una piedra para mirar por sobre el primer muro de mi vida, aquel que delimitaba mi universo y el jardín de la casa de mis padres.

Alcancé a ver los caminos que se perdían rumbo a la cordillera; mirando en redondo, alcancé a ver, a mis espaldas, la piscina donde al poco tiempo casi me ahogaría.

La cabeza abajo, exhalando las últimas burbujas que alegremente subían para anunciar mi muerte, me enfrenté por primera vez a mis espirales, la de vida y la de muerte; entre ambas el maelstrom, el remolino infinito en el cual se desarrollaría mi historia.

Una mano me agarró del fundillo y me devolvió a enfrentarme a mi destino.

Regresé a mi mirada intentando cruzar el muro, si no con mi cuerpo con mi mente, cuando una mano huesuda, fría, cubierta de arrugas y manchada piel me bajó bruscamente del escenario arrojándome a las sombras. La garra del ave de rapiña me indicó que mi vida se desarrollaría en mis escalinatas y que el trepar un escalón no significaba subir y menos aún escapar a mi destino.

Yo, el combatiente, caminé tambaleante por el jardín, agarré un palo de escoba, me acerqué a la dueña de la garra y, con todas mis fuerzas, le di un escobazo en la cabeza a mi bisabuela María.

No logré liberarme ni del muro ni del obstáculo, ¡quedó viva!, tenía casi 100 años, ¡y quedó viva!

Esa fue la primera batalla que perdí.

A partir de allí, mi vida se desarrollaría en un laberinto poblado de caminos y de dudas, por un lado intentar eliminar obstáculos sabiendo que no tenía fuerzas para hacerlo, por el otro arrojarme entre las dos espirales sabiendo que no tenía salida.

Salté mi primer muro.

Así fue que bajé el primer escalón, crucé las puertas para regresar al mundo y otra vez corrí libremente entre los bosques de mi infancia, los bosques de mi imaginación, que transformados en pulpa me entregaron las páginas para escribir mi último libro, el primero, y así abandonar el último de mis escenarios, mis refugios.

En las laderas del cerro Ñielol, en Temuco, la frontera, el fin de la civilización y los muros de defensa y el comienzo de lo desconocido, aprendí a correr sobre la tierra guardando mi equilibrio sobre el filo de una senda de aire sobre pinos que conducía al camino de Agua Santa el que corría sin amarras, libremente, entre lianas y centenarias araucarias.
Fue el cerro quien me enseñó a descubrir la vida tras los falsos, pero hermosos decorados de cartón piedra, a entender el lenguaje de los pájaros y el de los insectos, a apreciar la caricia de las arañas peludas sobre mi piel, a practicar mis parlamentos intentando arrancar lágrimas a los coligües, al escarabajo de la luna, a la

madre de la culebra y a hacer cantar a los dihueñes cuando hacían el amor con los maquis.

Les contaba historias de amores frustrados, los míos; cuando los
veía tristes, inventaba la imagen de La Bella entre las bellas, les
contaba de sus caderas, de sus ojos, constelaciones infinitas, y
las arañas bailaban de felicidad; les contaba de los pétalos que
brotaban de sus dedos, y el escarabajo de la luna, el más hermoso, el de múltiples colores palidecía de envidia.
Al caer la noche, cada uno regresaba solitario a su caverna en
espera de otro parlamento que los sacara a la superficie a soñar,
o que los enterrara para siempre en las profundidades de la cordillera y el olvido.

Me deslicé por las laderas, bajé por caminos secretos, comencé
mi viaje por las escalinatas.

A lo lejos, los coligües agitaron sus cinturas diciendo —no olvides
nuestro movimiento.
—Ni la belleza del arcoíris —añadió el escarabajo de la luna coqueto—; ni el placer que otorgan nuestros cuerpos paseando por
los cuerpos de tus personajes y tu mente —remataron las arañas
peludas, para añadir—: recuerda, únicamente el placer produce
placer.

Sólo los dihueñes guardaron silencio, estaban ocupados haciendo
el amor con los maquis.

El anfiteatro de la cordillera se perdía a mis espaldas, bajé otro escalón a encontrarme con mi destino y mi audiencia. Años más tarde me reencontré con mis arañas en un cine arte en París. Desde la pantalla me sonrieron.

—El placer, ¿recuerdas?

Apreté la mano de La Bella entre las bellas.

—Recuerdo.

Puse mi otra mano sobre su sexo para bloquear la gruta, con las arañas nunca se sabe.

II. De cómo aprendió a enfrentar la soledad

Comencé a militar por lacho, por lacho y por lo que le tengo terror a la soledad. La imagen de la araña peluda regresando a su cueva, solitaria, estremecida por el llanto de los coligües, me perseguía.

Entré como se entra en una secta, no por convicción, puesto que la secta se desconoce y por lo que se desconoce atrae, no por ambición o ansias de poder.

Hay poderes que son distintos, el del director de teatro es el poder de transformar, el poder de escuchar, el de entender, el de proponer y que le propongan, el poder de, en un momento, decidir qué sí y qué no, el poder de equivocarse y subir a ser cremado en la hoguera de los brujos.

El otro poder es el poder de humillar, de calificar; el poder sobre la vida y la muerte, el poder de decidir quién puede repetir, arrodillarse, esconder su pensamiento para así ser aceptado y romper la soledad, y una vez admitido, ser parte de la secta. El poder absoluto, el poder aún más terrible de expulsarte de la secta, desaparecerte de la historia, arrojarte al otro lado del muro y enviarte a viajar por la eternidad solitario y sin rumbo.

—¡Gracias, oh todopoderosos!

Eran aquéllos, tiempos de soñar, de creer; tiempos en que se escuchaba el reclamo inmisericorde de los estómagos vacíos deslizando su musicalidad entre las cuerdas de los violines; la rabia e impotencia de los padres atrapadas entre las cuerdas de un bajo; la explosión de la cólera contenida haciendo rugir los timbales.

Eran tiempos aquellos en que el director de orquesta rescataba hasta el más mínimo dolor.

Eran tiempos en que una nueva sinfonía, salvaje, desordenada, surgía de la audiencia, se fugaba de la partitura y ocupaba el escenario.

Entré por todo lo anterior y nada de lo anterior.

Entré por lacho y por coqueto, por lo que era chic, de buen tono el unir la delgadez del cuerpo de estudiante pobre con un aura de heroísmo en una época en que lo social iba acompañado de heroísmo.

Era mi forma de combatir la soledad, la otra, la otra hubiera sido el aceptarla, pero a diferencia de mis arañas, soy un cobarde.

El aura, acompañada del aire romántico que confiere un cuerpo delgado y una incipiente barba, lograba ocultar mi temor al rechazo, ese temor que espantaba a las bellas.

Funcionaba, las bellas que nunca se fijaron en él se detuvieron un segundo para mirarlo intrigadas por la tristeza de su sonrisa suponiendo que era la llave de entrada a un universo desconocido de aventuras y placeres desconociendo que él también lo desconocía y que su nuevo mundo y la conciencia llegarían más tarde, solamente cuando el hambre se le hizo insoportable.

Todavía funciona, ya sin la delgadez, sin la secta, pero siempre con la soledad a cuestas, y las bellas se acercan para romper mi soledad sin saber que caerán en el abismo de la soledad compartida.

A partir de ese momento se dedicó a recorrer la historia, le tocó la suerte de estar parado donde jamás debió estarlo, lente observador de la realidad, grabando para contarlo tras su muerte, ingenuamente pensando que estaba siendo parte de una historia sin darse cuenta de que la historia lo atravesó ignorándolo.

La recorrí creyendo pertenecer, ella me atravesó para olvidarme, para hacerme desaparecer de la historia ayudada por los pitonisos de la secta. La historia me enseñó que para poseerla hay que aceptar desaparecer, lo otro, lo otro es repetir la historia de otros sin jamás llegar a poseerla.
Dicen los entendidos que solamente aquel que la posee logra subirla palpitante al escenario, aquel que la domina por la fuerza sube a un cadáver.

Frente a mis ojos, los ríos Cau Cau, Las cruces y Valdivia abrieron brutalmente sus piernas dando nacimiento a la Isla Teja; de la juntura de sus labios subía una escalera de madera que arrojaba estudiantes sobre el prado, aquellos que se habían atrevido a desafiar las aguas para llegar los primeros a la primera bella.
Hice la cola.
Todo en ella invitaba a apretarla entre mis brazos para protegerla. Frágil, su negro pelo al viento —un cintillo despejando su frente—, su cuerpo de niña —piernas delgadas de gorrión—, su sonrisa iluminando su cara y los prados —sin maquillaje— hubiera sido un crimen vestir su rostro.

Diosa surgida de las aguas, hembra concebida entre los durmientes del ferrocarril, repartía perfumes de deseo y volantes perfumados, invitando a una reunión de las juventudes comunistas.

Acepté la invitación.

—Por ella militaste, por ella, la primera que sucumbió en las redes del aura, por ella, la por todos deseada y por nadie verdaderamente poseída, por ella te embarcaste rumbo al festival mundial de la juventud en Bulgaria munido de un billete de avión, y dos visas: la oficial y la volante, aquellas que no se registran en los aeropuertos. Te embarcaste pensando que ella te acompañaría, ella, la que sucumbió a los tristes versos del poeta y le cedió su puesto en ese viaje. Tu viaje.

—Tengo que aprender a escribir poemas —me dije.

—Más le valdría aprender a ser clandesta, el que le timbró la visa volante era de inteligencia militar como se lo enrostraría años más tarde el teniente Medina en la cárcel de Rancagua mostrándole con refinada crueldad y aire de triunfo un desgastado tampón de goma.

Una semana antes había viajado a Santiago abandonando las aguas turbulentas que cercaban a la Isla Teja, acompañado de ella. Al llegar al hotel España, en la avenida Brasil con la Alameda, el empleado de la recepción preguntó socarronamente —una pieza con cama matrimonial, ¿no cierto?

En castigo por la infidelidad de la que no tenía por qué serme fiel, dije —no, dos piezas.

Y esa noche me quedé con las ganas, solo y con las ganas, con ese olorcillo a recalentado que me acompañó siempre en los tristes salones del exilio que iban de Estocolmo hasta París.

—Pa' que aprenda —dije de picado.

—Picado, no, la palabra correcta es otra, y no es "de", es "por".

III. De cómo pasó de espectador a actor y encontró su vocación

Al llegar a París corría un mes de mayo y el año era el 1968.

En las columnas Morris, un afiche: *Los miserables*, y un dibujo de Gavroche haciendo flamear una bandera sobre una barricada.

Escapándose de los afiches, un bosque de banderas, miles de Gavroches levantando los hermosos adoquines de las calles del barrio latino para devolverles una función más noble que la de ser pisoteados por las botas de los uniformados, porque nada hay más hermoso y más noble para un adoquín que el sentir, a través de delgadas sandalias, la caricia de los pies de las bellas estudiantes que cruzan el barrio en busca del conocimiento.

Gracias al espíritu democrático que animaba a los estudiantes, los adoquines podían escoger o ser barricada o ir a estrellarse contra los cascos y escudos de la Guardia Republicana, los CERES. Los adoquines más vivarachos ocuparon las dos funciones, primero barricada, no por mucho tiempo, más bien como los entremeses de Cervantes, para luego volar sobre los techos de París y caer cual flecha sobre la escuadra policial.

El barrio latino ardía, mi corazón se inflamaba. Me pasaron un adoquín, lo arrojé, pasé de espectador a actor, encontré mi vocación.

El poeta arrojó un verso, fue certero, derribó un CERES; yo le erré el palo al gato, y encontré mi destino.

Le dimos la espalda a los jardines de Luxemburgo, bajamos los escalones de La Sorbona, cruzamos los dos brazos del Sena que acariciaban a la Isla, seguimos por Sebastopol, al pasar al costado de Les Halles, nos bañó el olor a sopa de cebolla; donde las niñas en la rue Saint Denis, con dolor en el alma, doblamos a la izquierda dejándolas solas patinar sobre la calzada; cantando fuimos al periódico, *L'Humanité*, el diario del Partido Comunista Francés a comunicar la buena nueva: "*nous sommes un groupuscule*", no tenía idea de lo que significaba, pero sí estaba seguro de que era la réplica correcta, hay textos y contextos que sobrepasan el lenguaje. Además éramos un grupúsculo de cientos de miles.

Estuve allí, y lo puedo probar. Si miran las fotos de la época verán en la esquina, frente al Teatro Rex, en medio de la multitud, cinco pequeños espacios en blanco, cuatro pertenecen a los *Tres mosqueteros*, la película que estaban pasando, el quinto, el más pequeño, la rueda de repuesto, ese soy yo. Fue la primera vez que la historia nos borró de la historia, a ellos por equivocarse de obra, uno no se baja impunemente del escenario, a mí, por lo que era mi destino.

Al llegar a la Ópera, abandonamos al *groupuscule*, o quizás el *groupuscule* nos abandonó a nosotros, tomamos hacia la Comédie Française, saludamos a Molière antes de abandonarlo guiados por el aroma inconfundible de

—La Bella.

—No, de la sopa de cebollas.

Amanecía.

Los obreros de las automotrices: Renault, Citroën, Peugeot paralizaron las maquinarias y se sumaron a los estudiantes; la Ópera exhibió un nuevo decorado, una enorme bandera roja; los teatros cambiaron su programación oficial; los escenarios se negaron a seguir la norma; todo se abrió a la discusión.

Prohibido prohibir marcaba una ruptura con lo establecido y el nacimiento de un nuevo arte.

De Gaulle había trasladado el gobierno a la provincia, París ardía —se van a tomar el poder —gritaban las preciosas ridículas—, Tartufo se frotaba las manos, Danton y Robespierre se paseaban por la rue Saint Antoine, la Bastilla se preparaba a abrir la puerta de sus celdas. La cosa se había puesto color de hormiga, los militares se inquietaban, los cuarteles se agitaban: si París valía una misa, la democracia valía una retirada, se dijeron en la plaza coronel Fabián donde se encontraba el edificio que diseñara Niemeyer para alojar al comité central del PCF.

Los obreros regresaron a las fábricas, De Gaulle, a París, Daniel Cohn-Bendit, llamado por todos Danny el rojo, fue expulsado del país por orden de De Gaulle.

Llamaron a elecciones.

Nosotros, silbando *La Marsellesa*, nos dirigimos a la Gare de l'Est para tomar el Oriente Express, atrás quedaban las hermosas calles sin adoquines de París, íbamos rumbo a Bulgaria.

El humo de las locomotoras envolvía a los viajeros, a los que se iban, a los que llegaban, a los de tránsito, a los que se equivocaron de época, y a mayo del 68.

Una vieja foto que se desvanece muestra en los andenes de la estación a un alegre grupo de tres: el periodista del diario *El Siglo*, diario del Partido Comunista de Chile, al poeta (de seguro el desgraciado se metió en la pieza de la bella) y a mí, pelo corto, bien peinado, con corbata y una chaqueta de gamuza amarilla, regalo de mi padre, hombre de experiencia que me dijo —úsala, a mí me trajo suerte, sirve para ocultar la soledad.

Por primera vez vi en sus grandes ojos el retrato de una mujer que no era mi madre, y cierto, el poeta se había metido en la pieza de la bella.

Atrás quedó París, aunque París nunca queda atrás.
Quizás, sin ser lo más importante —para mí lo era— París tiene la forma de un caracol: eran mis espirales.

Atrás, en la Isla Teja, había quedado la bella, aunque una bella, cuando es bella, nunca queda atrás.
—Yo quería una sola pieza, y el porte de la cama no me importaba —me susurró su recuerdo desde la distancia.
Al regreso, le contesté con el pensamiento.

La volví a ver, en París, siete años más tarde, en una fiesta multitudinaria que marcaría para siempre mi vida.
Al reconocernos avanzamos lentamente para darnos el abrazo debido de tanto tiempo, y al oído me susurró —me tocó el guatón Romo—, y ello bastó para que adivinara las heridas que cruzaban su cuerpo maltratado mientras mis lágrimas trataban de cicatrizarlas.
Esa noche nos fuimos a un hotelito en la rue Des Écoles, y al pedir la habitación nos sonreímos de recuerdos. —Una, y la cama no importa —me dijo dulcemente—, todavía no puedo.
Pasamos la noche en vela contando soledades.

Al llegar a Roma nos bajaron del tren, habíamos tomado el tren equivocado, el nuestro era parte de otra historia.

Quizás fue ello lo que le hizo tomar conciencia. No el equivocarse de tren, el pasar de segunda a tercera clase. Además, la corbata se le había quedado en el Oriente Express, y eso marca.

Tras tres días de viaje, fueron recibidos por un bosque de banderas rojas, cantos revolucionarios de todo el mundo mezclando sus notas en ruso, en italiano, en castellano, en francés y en vietnamita creando un enorme canto de esperanza.

Al salir de la estación, los brazos repletos de ramos de claveles rojos y abrazos, nos cegó el resplandor de las cúpulas de oro de las iglesias de la capital búlgara.

En París se había vuelto a la programación normal y habían retirado del afiche a los miserables.

Sofía les abría su corazón y alumbraba el camino con sus cúpulas de oro. Sin embargo, tuvo la sensación de que todo era parte de una desgastada, repetida y barata escenografía y que el libreto mostraba sus primeras fallas. Fue muchos años más tarde que se dio cuenta de que el oro no era oro, se lo habían robado muchos años atrás y que la pintura barata se había descascarado.

Mientras la multitud se sumergía en el bosque de banderas y de sueños, por primera vez me sentí incómodo sin saber por qué, pero rápidamente deseché todo mal pensamiento. A decir verdad siempre es más fácil sumergirse en un bosque de banderas y en el resonar de los tambores que aguarse la fiesta.

Con disimulo, acomodé mis pasos al ritmo de los marchantes.
 Afortunadamente no tengo ritmo.

IV. De lo que le sucedió cuando se enfrentó a los pitonisos de la secta

"La sociedad se divide en dos clases", decía el manual de Nikitin, el problema se presenta cuando no se sabe a cuál se pertenece por lo que las clases se funden en los mismos intereses.

Lo sé, todo el mundo sabe a cuál pertenece, o se esconde identificándose con la que más le conviene, casi como la incipiente barba que te da un halo de romanticismo que hace sucumbir a las bellas, barba que puede ser rasurada en un santiamén tras obtener el fruto deseado.

La ideología viene a ser como los trenes, el Oriente Express y su lujo exorbitante, o el modesto tren carretero que para en cada estación con su preciosa y triste carga de desposeídos; desposeídos de bienes, pero no de esperanzas, de verdaderas esperanzas, no de los triunfos inexistentes cuando llegaba la hora de las mentiras en los enormes y polvorosos salones que iban de Estocolmo a París, de Quebec a Berlín Occidental, o los relucientes y dorados salones imperiales que iban de Moscú a Sofía.

Ambos tipos de trenes corrían sobre rieles de acero para evitar que se descarrilaran, pero en ambos había vagones de primera, de primera y de tercera.

—A La piojera —me dijeron—, pese a que en las instrucciones

que me habían entregado en Valdivia estaba marcado "hotel", lo único que no aclaraban era si era una pieza con cama matrimonial, como había pedido cuando aún creía que la bella me acompañaría.

No le importó, al contrario, se acomodó en la estrecha cama, se acostumbró al estrecho balcón y sobre todo al burbujeante ruido que se levantaba cada noche cuando la piojera se transformaba en un fraterno y cosmopolita volteadero colectivo.

Se tiraba en francés; en italiano, el más ruidoso; en vietnamita, el más dulce, donde se tiraba como si fuera el último acto de amor antes de ser abrazados por el napalm; en ruso, o en polaco. Las tiradas más fomes, en chileno, eran las más exageradas, como si se prepararan para la hora de las mentiras.

Pero antes, esa noche, la primera en La piojera, el hermoso barrio y no el alegre restaurante rasca en Santiago, nos reunieron para escuchar al encargado de la delegación, un dirigente de la Universidad Técnica del Estado. A su lado, la Anita, su secretaria, na' que ver con la Martita, la secretaria de las juventudes comunistas, las gloriosas JJCC, gloriosamente hermosa la Martita, amable la Martita, generosa con los estudiantes pobres la Martita, siempre dispuesta a mostrar sus hermosas y largas piernas sobresaliendo de una ajustada minifalda.

Una belleza la Martita, primera bella entre las bellas, pero no tan bella como mi bella, bella que años más tarde se reencarnaría en otra belleza, esta vez en una dirigente estudiantil que se debatía tristemente entre su discurso alegre, independiente, su cabellera flotando al viento en la tribuna y los rígidos y envejecientes patriarcas que querían almidonarle el pelo, las ideas, y acartonarle los discursos ofreciéndole cambiar su valentía por un puesto en los vagones de primera.

Pero no nos adelantemos en la historia, podré equivocarme, pero no adelantarme, eso sí que no se perdona, y sí, se subió a los vagones de primera, su belleza se estaba marchitando, traté de justificarla.

Esa noche, decía, la primera, nos leyeron la cartilla.

—Ya estaba aprendiendo; cada secta tiene sus rieles y su cartilla. Y las noches tampoco son las mismas, depende de si usted es de primera o de tercera.

En breves y secas palabras nos explicaron que los enemigos estaban infiltrados, que habían introducido hasta una imprenta clandestina para sacar falsos documentos sobre la realidad del socialismo, que el chileno con el cual nos habían visto conversando, un estudiante, becado en Polonia, la tierra de Grotowski, el maestro del teatro pobre, un estudiante que recibía las bondades del sistema gracias a que su padre, un minero, era un esforzado militante, sin la fortaleza del padre se había dejado corromper, y de seguro había emitido conceptos que podrían sumarse a la campaña de nuestros eternos enemigos ya que no había podido explicar el origen del billete de cincuenta dólares que intentaba cambiar por el triple de su valor en levas en el mercado negro. Que habían consultado con el encargado en Polonia y que, efectivamente, el chileno tenía peligrosas ideas con respecto al desarrollo de la democracia y las libertades individuales, ideas que perdían de vista el interés supremo, el interés colectivo sobre el del individuo.

Por respeto al origen de su padre, se le mantuvo la beca, pero se le devolvió, acompañado, a Polonia, sin siquiera darle la posibilidad de hacer una autocrítica frente a nosotros, pero se había comprometido a enviarla por escrito para que la compañera secretaria del compañero encargado nos la leyera en voz alta.

Pensé para mis adentros: el camión que había percibido en un momento, (el reflejo de los dorados techos no me cegaba, como había creído), lleno de hombres y mujeres, que no cantaban, no reían, no llevaban banderas como el resto y eran custodiados por dos miembros de la narodnia militzia de seguro eran infiltrados y corruptos, si no cómo explicar la tristeza de sus ojos.

Por primera vez miró para el lado y no detrás de la escenografía, con la horrible y molesta sensación de que estaba mirando de intento los descoloridos telones del decorado para no ver la realidad.

Una semana más tarde, una triste multitud abandonó Sofía entre juramentos de amor eterno y promesas de reencuentro en la lucha o en la cama; las canciones sonaron cansadas por los parlantes y una horda de mujeres regordetas, la cabeza cubierta por pañuelos grises, comenzaron a barrer las calles llenas de recuerdos y condones.

El comité, en acuerdo con el Komité, como premio por no haber preguntado, me consideró digno de mostrarme otra joya del sistema, y esta vez, en una reducida delegación —quizás menos fácil de contaminar, o aparentemente más fácil de manipular— me embarcaron rumbo a Checoslovaquia. En la hermosa Praga, un secretario general intentaba reformar el régimen desde su interior.

—La diferencia con Sofía, es que esta vez la alegría la ponían los de adentro y ustedes solamente se sumaron; al parecer se le había olvidado el "*nous sommes un groupuscule*", y eso que todavía no recorría los salones de Berlín, y no pregunte cuál, recuerde que el comité vigila y que su padre no es obrero.

Esta vez, sin ser de los de primera, fui tratado como de primera, al parecer Alexander Dubcek confiaba más en los de tercera que en los de primera, nos recibieron con hotel y todo, pero lo más importante se encontraba en los pubs repletos de jóvenes que no paraban de hablar; era como si les hubieran soltado la lengua.

La alegría era contagiosa, si hasta al periodista de *El Siglo* se le desentumecieron los dedos e incluso cambió de estilo, el poeta se olvidó de poner su cara de muerto en vida que tanto resultado le daba en Chile y yo me metí al teatro negro a ver qué había detrás del escenario. No ocultaba nada, era una mezcla de cine y teatro que permitía a los personajes del cine saltar al tablado ante mis asombrados ojos transformados en actores. Era como si la vida renaciera, como si te asaltara, eran las ideas en movimiento, las barreras derribadas, era el sueño que me permitió correr libremente y sin censura por los caminos de mi mente, era el placer del que, sin lograrlo, quisieron privarme.

—Por ello terminó, cada vez que abría la boca, sentado en el cajón con vidrios mientras, con el rostro grave, sus jueces le pedían, unos que se hiciera una autocrítica, otros que entregara nombres de compañeros. ¡Cuán cerca se encontraban los unos de los otros!

A decir verdad, según cuentan, cuando están en el poder se diferencian solamente en el color del uniforme o la camisa; en ambos la necesidad de preservar el poder, de autogenerarse, de destruir al enemigo es la misma. Con mayor o menor uniformidad marchan al mismo paso.

Lo sé, no se puede comparar, en uno de los casos uno tiene la posibilidad de ser el verdugo, sin darse cuenta, de a poco, al pasar haciendo equilibrios en el tren en marcha, de un vagón de tercera a uno de primera.

En el otro se será siempre el verdugado.

Si se tiene suerte, en ambos casos se será la víctima.

Y en el momento de cerrar las rejas, los dos uniformes pasan a ser verde olivo.

Hermosa la avenida por la que los tres escapados de la vieja foto de la Gare de l'Est encaminaron sus pasos hacia el castillo que domina Praga, ancha, amable, luminosa, abierta la gran avenida. Al cruzar el puente las aguas entonaban canciones de amor y no marchas, si hasta me dieron ganas de perdonar al hijo de mala madre del poeta por haber ocupado el pasaje que no le estaba destinado; pero claro hermosa sería Praga, hermoso el movimiento, pero tampoco daba para tanto.

Antes de dirigirnos al palacio nos perdimos en el pequeño barrio donde se encuentra la calle Neruda. El periodista recitó en su homenaje el "Poema veinte", nunca se sabrá si en homenaje al escritor checo o al chileno; el poeta musitó: sube a nacer conmigo hermano... y yo: me gustas cuando callas... poema que adoré, pero que jamás practiqué con los compañeros pese a saber lo que ello acarreaba. Cruzamos la calle de los alquimistas donde se encuentra la casa de Kafka, estrecha callejuela de suelo de adoquines y hermosas y coloridas casas que no sobrepasaban los dos pisos, aún oliendo a la mezcla de químicos con los que buscaban, no la piedra filosofal, sino oro, el oro que nunca encontraron, pero que al anochecer se desparramaba entre sus muros junto a la luz de la luna y los faroles.

Cerca del puente, en una plazoleta, equilibrándose peligrosamente sobre una columna había un pequeño tanque, el primer tanque ruso que entró a Praga para la liberación de la peste parda el 21 de septiembre de 1944.

—El primero, y esperamos que el último —dijo el traductor oficial, para luego, con un gesto soberano, señalar una ventana del palacio que dominaba la hermosa Praga y añadir—: por esa ventana defenestramos a los representantes de los Habsburgo y a cuanto invasor pretenda imponernos rey, emperador o tipo de gobierno, y si es necesario otra guerra de treinta años, treinta años combatiremos.

Una semana más tarde nos recibió Alexander Dubceck; extrañamente la alegría de la calle no había traspasado el umbral de la hermosa puerta de madera. A su lado, de pie, se encontraba el valiente defenestrador, y encabezando nuestra reducida delegación, un dirigente del Pedagógico que años después se desviara de la senda, "parte de la vida", como diría Volodia, añadiendo en voz muy baja, "y necesidad literaria".

Amable Volodia, amable escritor, amable amante del buen cine y de las largas conversaciones en las noches parisinas, amable de esperar le devolvieran la amabilidad el día de su muerte. Sin embargo, su hijo que no era su hijo, el secreto mejor guardado del Partido, cambió su apellido por el de su padre, un conocido coreógrafo que frecuentó los vagones de primera, y no se presentó en el lecho de muerte de su padre putativo, y menos aún acompañó las lágrimas y los pétalos de las floristas que despidieron a Volodia en el cementerio general. Es que le mintieron antes de que llegara la hora de las mentiras.

Pero esa mañana del 19 de agosto de 1968, cincuenta años más tarde de la declaración de la independencia de la república de Checoslovaquia, día en que el pueblo repletó la plaza de San Wenceslao, riendo, cantando, llorando de alegría por primera vez, Dubcek nos explicaba en un apasionado discurso cómo quería probarle al mundo que en el socialismo se podía ser libre y sonreír y construir su propio destino, que el socialismo podía mostrar un rostro humano, y que criticar no era pecado y se admitía, y que se podía ser tanto o más democrático que en las democracias del otro lado, que el ciudadano debía tener garantizado el derecho a reunirse libremente, a expresarse sin temor, a la libertad de pensamiento, "nuevos derechos sumados a los ya garantizados por nuestro sistema como son el bienestar social, la protección de la vida, y el derecho a la salud".
Y mirándonos directamente a los ojos añadió: "el derecho a elegir libremente a quienes los gobiernen y cambiarlos si ello fuera necesario, si no, se pierde la confianza en las instituciones y en el Partido"...
Y... antes de que pudiera continuar, un excompañero y amigo, quien aún no se desviaba de la senda, lo interrumpió con firme

voz, reflejo de firmes convicciones:

—¿a qué libertades, a qué derechos se refiere el compañero? Me parece escuchar el discurso del enemigo, el discurso capitalista disfrazado de social democracia. Se olvida usted —y el compañero desapareció de esa historia para expresar la historia pasada—, que la verdadera democracia es aquella establecida bajo el mando de la dictadura del proletariado y que cualquier desviación es un crimen en contra del pueblo y usted sabe lo que les pasa a los enemigos del pueblo —concluyó sonriendo para que no se notara la amenaza.

Se acercaba la noche del 20 de agosto de 1968, siete meses y dos semanas había durado el sueño. A la frontera se acercaba el primero de los tanques liberadores. Salieron de entre los bosques que rodean Potsdam (370 kilómetros al corazón de Praga), de Rumania (530 kilómetros al corazón de Praga), de Polonia (394 kilómetros al corazón de Praga) y de Hungría (444 kilómetros al corazón de Praga), grises, serios —no logro imaginarme un arma sonriente— amenazantes, pero con una estrella roja que representaba la esperanza.

Al menos así me lo dijeron.

Los tanques que salieron de su escondite en Alemania Democrática cruzaron cerca de los hospitales en los cuales 50.000 enfermos habían sido utilizados, con el permiso de Ulbricht y la bendición de Honecker, como conejillos de India por las farmacéuticas occidentales para experimentar nuevas drogas, previo pago de 750.000 dólares por cada uno de los aproximadamente 600 experimentos llevados a cabo a gran escala. Los quejidos, de los enfermos y de las conciencias, eran tapados por el ruido de los tanques al pasar por los puentes, algunos construidos por los presos políticos, los mismos que trabajaban como mano de obra barata para fábricas de muebles occidentales, para que se reeducaran, para que aprendieran lo que significaba trabajar para el capitalismo. También utilizaron presos políticos cubanos, pero no por mucho tiempo,

—¡uf, qué suerte!

Las alucinaciones de los pobres alcohólicos tratados con esas drogas iban de un sueño de amor con la bella al paso de una columna de tanques que, luciendo la estrella roja de la esperanza, iba a aplastar su sueño; alucinación que parecía tan real que juraban por lo más sagrado que era cierta. Y aunque dieron fe de lo sucedido —iban rumbo a Praga y eran los rusos —repetían obstinadamente—, nadie les había creído.

—Por favor —repetía el curadito—, no se confundan, no tiene nada que ver con otros experimentos, con otros enfermos en otras circunstancias, esos eran de Joseph, el Ángel de la muerte.

Las multinacionales respetaban las normas que rigen este tipo de experimentos,

—¡uf, qué alivio!

De los experimentos, no de los individuos,

—¡ay, qué pena!

Pero yo no lo sabía,

—¡ay qué bueno!

Quizás eso explica los muros o cortina de hierro; no son para que no ataquen los enemigos, son para ocultar los secretos, para que uno pueda decir:

—no lo sabía —y todos podamos mirar para el otro lado.

—¡Ay qué tortícolis!

Me pregunto qué pensarían los que los esperaban armados de esperanza, empuñando en sus manos flores en vez de un fusil en la triste plaza Wenceslao, y cuál habrá sido el destino de aquellos que en Sofía iban en los camiones camino a sus campos de re-educación, lejos del mar de banderas y el sonido de los parlantes.

Abandoné París acosado por los titulares que relataban la inva-sión de Praga. En las fotos buscaba inútilmente rostros de amigos estudiantes, no los encontré, quizás por lo que un rostro sonriente es tan diferente de un rostro con miedo, una mirada de esperanza es tan diferente de una mirada de desilusión; quizás por lo que es diferente el rostro que muestra que cree en un futuro —aunque éste sea incierto y por desconocido más bello— de aquel que muestra lo oscuro del futuro que le espera; quizás por lo que es tan diferente un rostro sin censura de un rostro censurado.

El rollo de la cámara es el mismo, lo distinto es la película que uno se pasa, y a veces, a veces no se quiere encontrar, por temor a encontrarse en el futuro.

Al llegar a Santiago me dirigí a la estación central y tomé el primer tren rumbo a Valdivia para reencontrarme con la bella antes de que llegara el desgraciado del poeta.
No era el Oriente Express, era un tren carretero, pero el olor a carbón piedra, el humo negro que se adhería a los cuellos de las camisas almidonadas era el mismo; el viejo tren cruzaba los abismos en puentes que temblaban a su paso como temblaba la

tierra en el sur de Chile, cruzaba bosques salvajes en que de vez en cuando aparecía un copihue blanco, una madre de la culebra, un escarabajo de la luna, y ante mis hambrientos ojos una canasta de mimbre llena de tortas curicanas, de manjar, de alcayota con nueces, tortas que, por mi condición de estudiante pobre, me alcanzaba el escaso dinero para comprar solo una, pero no la más grande sino la más pequeña y seca, deseando que estuviera rellenita, jugosita, sabrosita esperando entregarse a mí.

—Dos piezas, y con cama simple —se burló socarronamente la torta de al lado.

Con disimulo la aplasté con el dedo del medio, para que nadie la comprara, para que se secara en su despecho, para que se... y se me escapó un sollozo de hambre y de recuerdos mientras continuaba el viaje a encontrarme con mi destino.

Su vagón se desvió de la ruta principal en Antilhue y tomó un ramal para Valdivia mientras el tren se alejaba para ir a detenerse en el tiempo desaparecido en Puerto Montt. Nunca sospechó que el conductor del tren era el padre del poeta, por eso la 620 rugía arrojando columnas de humo blanco y negro a su paso mientras los puentes crujían de miedo sosteniendo los vagones de tercera sobre los caudalosos ríos que lo separaban de la bella, por eso el conductor detuvo la locomotora a la entrada de le estación de Valdivia sin entrar en ella como era su costumbre.

Para que no entrara en la historia, ni en la bella; la palabra no se entrega tan fácilmente.

Una nube gris cubrió el paisaje y los oscuros nubarrones le estaban indicando que iba al encuentro con su destino, pero aún no había aprendido a diferenciar lo gris de lo serio en la tristeza de las caras, en el manto gris que cubría el pensamiento, en el gris del miedo que se reflejaba en los ojos ante el temor de ser espiados, en el color pardo del manto que aplastaba los sueños de los hombres.

Todavía no sabía que el manto pardo se tejía en ambos lados, en la decadencia y en la construcción, y el hombre viejo y el hombre nuevo se habían cruzado en tierra de nadie, y no lograba entender en qué curva del camino habían tomado la senda equivocada, cómo habían llegado a caminar tomados de la mano rumbo a nuestra destrucción. Y nunca supo si era necesario desaparecer para renacer en los brazos de otros despojados de la historia.

Qué se va, qué queda, qué es desecho, qué es recuperable, qué me hace temblar, qué me hace sobrevivir, qué me justifica en mis interrogaciones.

Pero cuán lejos estaba de la hora de las mentiras y de tener que sortear, en un lado los interrogatorios, en el otro los oídos indiscretos.

Corrí tras mi destino ignorando las señales; es que aún era el tiempo de soñar, intenté justificarme.

La bella se me había negado; había escapado de su conciencia, me consolé mientras me paraba en el anfiteatro de la universidad a dar mi último discurso de dirigente estudiantil, y el primero como dirigente de mis propios pensamientos. Pero eso no lo sabía puesto que jamás he querido aceptar la realidad. La realidad amarra, impide soñar, impide romper barreras y te transforma en repetidor. La realidad es el refugio de los mediocres, de aquellos que esconden su ignorancia y su incapacidad de pensar y de soñar.

La realidad me rodeaba y me rodea.

Érase un mes de octubre de 1968. Un año antes, el Che se había encontrado con la realidad en la selva boliviana, en la escuelita de La Higuera.

Siempre se aprende algo, pensé agarrando mi tula, abandonando para siempre Valdivia y sus recuerdos, huyendo de mi realidad para encontrarme con la realidad.

Sube a nacer conmigo hermano

Dadme el silencio, el agua, la esperanza.
Dadme la lucha, el hierro, los volcanes.
Apegadme los cuerpos como imanes.
Acudid a mis venas y a mi boca.
Hablad por mis palabras y mi sangre.

Pablo Neruda

V . De cómo guardó silencio para que la palabra fluyera por su boca

La primera parada fue Santiago, recorrí la ciudad buscando mi destino. Tomé una destartalada micro que hacía el recorrido Matadero-Palma, pasé cerca del mercado central que ofrecía a los curiosos los frutos del mar y de mi tierra, crucé las aguas servidas del Mapocho que arrastraban los desechos de la historia y pisé los charcos de sangre del matadero que abrían una ventana a mi futuro.

A mi izquierda se encontraba la casa de orates. En ese paradero se ofrecían baños de agua fría y choques de electricidad para despejar la mente; el paradero final era la entrada al cementerio, ahí se ofrecían palmas para enviar a viajar por la eternidad a los ingenuos que creían en la muerte.

Halé el hilito de la campanilla, me bajé entre los dos paraderos.

A la mañana siguiente me dirigí a la vega central. Recorrí los camiones cargados de hortalizas mendigando un puesto para el viajero hasta que finalmente un chofer solidario, me dijo —suba joven.

Me encaramé por las barandas de madera y me arrepotingué entre los sacos de cebollas, rumbo al norte, al norte y a mi destino.

Sobre el camión, iba pensando: traidora e infiel, prefirió al poeta en vez de acompañarme a recorrer el mundo al encuentro de mi pueblo y sus luchas, en vez de acompañarme a liberar, libertador, a impregnarme de polvo y sangre, a subir a nacer contigo hermano y bajar a perderme en el mar.

En la vereda quedó la bella retorciéndose de la risa.
Es que al parecer los sacos de cebolla le quitaron toda solemnidad al momento, y de odisea se transformó en comedia.

Pelé la primera capa de mi historia, era 1968 y el mundo nos pertenecía.

Al dejar Santiago se unió a la caravana el negro Álvarez, estudiante de la Universidad Técnica del Estado, sede Valdivia quien escondido tras el torreón semidestruido que defendía los viejos astilleros navales de los ataques de Sir Francis Drake escuchó hablar del viaje, de las recompensas que aguardan a los intrépidos, de la diferencia existente entre la aburrida vida cotidiana y el enfrentar la vida inesperada en cada curva de la muerte.
Se dejó crecer un incipiente bigote ya que para barba no le daba, y con una pinta de Jorge Negrete desplumado, se subió a escondidas en el viejo camión destartalado.
72 horas demoró el viaje por la ruta cinco, aquella que recorre Chile de Norte a Sur. Al acercarse al mar, pasó cerca de la casa de Neruda en Isla Negra, de Nicanor en Las Cruces, de Huidobro en Cartagena. Cartagena, la playa a la que iba en su infancia cubriendo sus partes íntimas con un traje de baño de lana concho de vino, como si desde ya hubieran marcado su destino, tejido a mano, el que al entrar a la playa perdía sus formas dejando escurrir el agua entre sus piernas y las presas al aire abriendo el espa-

cio necesario para que éstas fueran acariciadas por la brisa marina o por unos amables dedos arrugados fuera por el agua, fuera por la edad.

Nunca supo a quién pertenecían los dedos puesto que siempre cerró los ojos en el momento de alcanzar el placer.

Sin embargo siempre los mantuve abiertos no por lo del placer, sino porque uno puede caerse al abismo al pasar de un vagón de tercera a uno de primera.

Entrando al desierto la voz de los poetas fue acallada por la de las estrellas, y los tres, junto a Gabriela, guardaron respetuoso silencio ante tanta hermosura y se escondieron, viajeros de la esperanza, al fondo de mi tula. Había nacido "El correo de la poesía", y mi tula se llenó de versos y de luz para ayudarme a encontrar mi camino.

A un lado estaba la cordillera y los mineros y la historia, al otro el mar con sus olas lavando las heridas producidas por la historia, y en el aire corría un tibio viento de olvido barriendo de la superficie del desierto todo rastro de gemidos escondidos.

Y mi tula se llenó de gemidos, de gritos silenciosos pidiendo auxilio, de: quiero renacer contigo hermano, sin saber que ya caminaba hacia fuera de la historia.

Al bajar en Arica, viajeros agradecidos, ayudamos a descargar los sacos de cebolla; los sacos los arrojamos alegremente para escuchar el ruido de las cebollas al tocar el suelo, la tula la bajamos con reverencia, no por lo material, por lo espiritual, por lo que su fondo enfangado en el jugo de cebolla podía elevar sus versos por sobre las viejas barandas de madera que limitaban al camión.

Sube a volar conmigo hermano.
Al fondo de la bodega, sentado sobre la historia, se encontraba un senador de la República de Chile, Valente Rossi, a quien percibiera de reojo cuando me tenían sentado en el cajón con vidrios tras renunciar a mi candidatura a dirigir una federación de estudiantes, y por haber visto lo que no debía tras el viejo decorado que se descascaraba en Sofía y los tanques que avanzaban, liberadores, respondiendo al llamado del pueblo, a aplastar la primavera de Praga. Y pese a todo, me dio la mano, una marraqueta generosamente untada de mantequilla, un tazón de café, y nostálgico, me dijo: al otro lado de la frontera tengo un hermano, él te va a ayudar.

Nunca supe a qué frontera se refería.

Al día siguiente, tras un baño purificador en el mar, caminando, crucé la frontera, la primera, la terrestre. El hermano existía, y al igual que el de Chile tenía un boliche y una bodega, a diferencia del de Chile no tenía marraquetas y me invitó a un lomito saltado.

Estábamos en Perú.

Fue el comienzo del espejo desdoblando su imagen entre la realidad y el individuo, entre la angustia del sufrimiento de los otros y el dolor insoportable que en uno producía, desdoblando su imagen en el lenguaje incapaz de reflejar con resonancia la urgencia del grito amarrado por las convenciones o por el dar vuelta lentamente a la conciencia y mirar para otro lado.

Mi pensamiento era asaltado de todos lados: por los poetas que exigían regresar a la vida desde el fondo de la tula, por la realidad que me rodeaba, por las noticias con las que quería alimentar mis libretos, los primeros de "El correo de la poesía", para darle un sentido a la palabra. Pero qué sentido podía tener cuando las tierras se vendían en su extensión, en la cantidad de animales y de almas que la poblaban, almas color greda, de pies agrietados, de espalda curvada, almas desdentadas que se arrastraban sobre el barro de la tierra de sus ancestros para desgarrar su vientre y regalar su fruto. No quedaba claro si era el de ellos o el de la tierra, si eran nuevas almas para reemplazar las almas envejecientes o los frutos de una tierra que ya no les pertenecía.

Y para mí no había diferencia entre los frutos como no la había entre las almas, entre la del que talló la piedra y en ella su historia y la del que abrió el vientre de la tierra con arados de madera para alimentar a aquellos que podrían transmitir su historia; entre los versos de un poeta o de otro, siempre y cuando los versos no escondieran los pies sangrantes, las manos curtidas, los senos agrietados con los que amamantaban a aquellos niños de ojos almendrados, los descendientes del Inca.

Esta vez no se bañó en las aguas del mar para purificarse, se embarró con el polvo del camino mezclado con el agua de las lluvias para dignificarse, arrancó el cuello de su camisa para nunca más caer en la tentación de usar corbata, se dejó crecer el pelo, por lo que no había bella en la cercanía para cortárselo, cambió sus zapatos rotos por un par de ojotas, le hizo otro hoyo al cinturón para que no se le cayeran los agujereados bluejeanes, y la tula al hombro, libreto en mano, entró al primer anfiteatro.

—Perdón, ¿dijo bluejeanes?

La puesta en escena era en extremo sencilla y directa en aras de la eficiencia del discurso poético.

Junto a un grupo de bulliciosos poetas locales, se había revuelto el gallinero, nos dirigíamos a las puertas del anfiteatro. De teatral golpe, los poetas abrieron las puertas al recién llegado; escoltado por ellos y seguidos por los estudiantes nos aproximábamos al escenario, donde ellos depositaban la tula al centro y se retiraban entregándome la escena.

Yo, subía para poseer el escenario; a la vista del público montaba una improvisada escenografía: una cruz donde colgaba un retrato, y al lado, una bandera lista para ser desplegada.

Nada se ocultaba, todo pertenecía a todos, en un baño de humildad se sumergían poetas consagrados con los nuevos, los nuevos con los que vendrían, la voz tomaba su fuerza de las voces, los silencios aseguraban el ritmo, la musicalidad, la comprensión y el avance de la lectura y de la historia.

Y en esa nueva comunión me unía a mi destino.

Avanzaba de unos pasos al centro de la escena, sacaba un poema de la tula, aquel que daría comienzo al recital. Antes... una pausa, un silencio en el cual las palabras quedaban suspendidas, la respiración contenida, la galería esperando.

"Estudiado silencio, remeció el pensamiento, rompió el esquema, asaltó la costumbre, definitivamente pertenece a la corriente del 68", dirían los críticos.

Cierto, era el 68 y la pausa silenciosa, la primera, no era estudiada, era fruto de su natural timidez. Más tarde la perdió, no se sabe si por la práctica, por lo que la superó o por lo que se la quitaron a patadas.

Cuando los primeros versos asaltaban a la audiencia entraba el Negro desde el fondo de la sala, ruidosamente recorría el pasillo creando una barrera entre la palabra y los oyentes. Subía a su vez al escenario y dejaba caer a mis pies un paquete de diarios, para darse vuelta a la audiencia y pontificar: "aquí está la nueva poesía, la sin filtros, la sin ritmo, la que al leerla los hará saltar de sus confortables sillas..."

Y todo el mundo se removía inquieto cual si un ataque de piduyes recorriera el anfiteatro.

"Aquélla escrita por los que están detrás de la noticia, los ignorados, los héroes invisibles de la historia", terminaba.

Sacaba aplausos el Negro, artero y fácil ataque que dividía de inmediato a la audiencia a la vez que permitía captar su atención.

Era el 68 y hasta la palabra poesía era mal vista.

Un bosque de banderas negras se levantaba en la sala.

La declaración al más puro estilo mayo del 68 me la dejaba cuesta arriba, no sólo a mí, hasta al autor del

Puedo escribir los versos más tristes esta noche,
escribir por ejemplo
la noche está estrellada
y titilan azules los astros a lo lejos…

para, antes de que explotaran los gritos de reprobación y condena, encadenar con un

sube a nacer conmigo hermano, desde el fondo de la tierra…

Y así me la sacaba tras una pausa disfrazada de titubeo, mientras un bosque de banderas rojas se levantaba en la sala.

Y en amable duelo continuábamos el libreto, en un discurso al alimón entre dos actores, diálogo discursivo en que la mitad de uno alimentaba la mitad del otro, en que la respuesta interrogaba y no afirmaba, en que la duda abría paso a la certeza, certeza que había que someter nuevamente a la duda.

Para terminar, me alejaba a una esquina y leía un poema del Tío Ho, mientras recorría la memoria la imagen de una niña desnuda, corriendo con una mueca de dolor en sus labios, y ni una lágrima en sus ojos, un pequeño cuerpo quemado por el napalm.

El Negro daba vuelta al retrato, y un Nixon amenazante aparecía desafiándonos desde su poder absoluto; destapaba una botella y rociaba el retrato y la bandera.

Yo levantaba marcialmente el brazo extendido hacia el retrato, y desde el lado de la arena, mirando fijamente hacia la cruz, exclamaba:

—Ave, César Nixon, morituri te salutant.
Y arrojaba un cigarrillo encendido sobre el altar.

Era la explosión,
explosión de aplausos, explosión de llamas, explosión de conciencias, y a riesgo de quemarnos en la hoguera, cruzábamos lentamente el pasillo recibiendo nuevos poemas para alimentar la insaciable tula.
En el auditorio, anónimas manos apagaban las llamas y barrían las cenizas intentando borrar esta parte de la historia.

Pero la historia no se borra, se puede distorsionar, se puede ignorar, se puede apropiar, se puede utilizar, leer de no querer leer, reescribir, pero no borrar, siempre aparece un incómodo testigo, el pobre tipo que erigió la estatua, no el que la inauguró; pero eso no lo sabíamos, no el que barría, ni yo.

La fiesta que siguió fue similar a la que sigue a todo estreno: alegría, versos que van, versos que vienen, abrazos que son abrazos, abrazos con sabor a puñaladas, el infaltable: "yo hubiera...", el desconocido que tomaba notas en una esquina, la más sombría, y que seguiría tomando notas hasta en las esquinas más sombrías de los salones que recorrerían el exilio desde Estocolmo a París, de Quebec a Berlín, pasando por Sofía, por Sofía y por Praga.

¿La bella? La bella se fue olvidando entre los muslos de otras bellas que estreno tras estreno abrían generosamente sus piernas para ofrendarme la entrada a sus insaciables sexos cual insaciable era la boca de mi tula.

Pero la bella cuando es bella adquiere la dimensión de la historia, no se borra, no se desliza, no desaparece, reaparece en cuanto insaciable y amable sexo se te ofrece antes de desaparecer, eso sí, en el recuerdo de la bella hasta el día que aparezca La Bella entre las bellas, aquella que desde el comienzo vislumbraba en mi destino, la única, la que no desaparecerá.

Al amanecer de un nuevo capítulo, uno de los poetas dijo —vamos a ver a César—, y en un par de destartalados escarabajos nos embarcamos rumbo a Trujillo, tierra de poetas, no donde nacen los poetas, donde nacen los poetas no existen anfiteatros. Nos perdimos en una curva del camino y en vez de Trujillo nos encontramos en Tumbes. Estábamos a mitad de camino de la mitad del mundo, y allí sí existen anfiteatros.

Más que anfiteatro era algo así como un salón de actos donde se estaba celebrando la fiesta del pueblo. En el programa añadieron,

———

a mano, "y con la participación del mundialmente conocido grupo 'El correo de la poesía' quien llega hasta las tierras de Tumbes a rendir homenaje con sus versos a la belleza de la mujer tumbesina que engalana con su hermosura los paisajes de nuestra ilustre ciudad".

Hijos de mala madre los poetas, que todavía en medio de una rasca se metieron en la imprenta local y alteraron el programa.

La hija del alcalde se sentó frente al piano de cola e interpretó magistralmente el himno de Tumbes seguido de una coja tocata y fuga. Los nutridos aplausos me indicaron que era el momento de entrar a ocupar el escenario.

Abrí la puerta, caminé por el pasillo del centro del ardiente auditorio, me crucé en el camino con la hija del alcalde, una vez en el centro de la escena me di vuelta lentamente, jugando con los tiempos, con el ritmo y los silencios y comencé a transpirar copiosamente: la mitad de la sala estaba ocupada por militares, si hasta el alcalde era un comandante nombrado para resguardar la frontera.

Tras los primeros versos, entró el Negro haciendo ruido como era su costumbre, y en la mitad del camino miró al respetable preparando su primera réplica y quedó mudo de asombro. Me miró con los ojos abiertos como dos huevos fritos, sin saber si seguir o dar media vuelta y dejarme con los versos, pero sin la realidad.

El ritmo del recital cambió naturalmente, adaptándose a la sala, los silencios se acortaron, el final cambió, era como peligroso arrojarle gasolina al fuego que invadía la mitad de la sala; para rematarla éramos chilenos en tierra de militares peruanos, el "morituri te salutant" tomó otra dimensión. Al salir, de reojo observé que la única entre las bellas que abrió sus muslos fue la hija del alcalde, y para hundirnos más el padre se había dado cuenta.

A los poetas locales se les evaporaron los vapores del alcohol, percibieron el peligro, de manos solidarias nos ayudaron a recorrer los últimos metros del pasillo, subieron la tula primero —la profesión ante todo— y luego a nosotros, en un destartalado Volkswagen y nos depositaron al otro lado de la frontera, no sin antes darnos un fuerte abrazo.

Estábamos en Ecuador.

VI. De cómo saltó de la soledad a la masa para continuar solitario su viaje por el continente

Caí en manos de los "Tzántsicos" o reductores de cabeza, tribu en vías de extinción que se refugió en la selva y en las páginas de los libros de un grupo de poetas.

Se acercaba el final de los sesenta y las barricadas comenzaban a desmontarse: las que había dejado atrás en Chile luchando por una reforma universitaria y un presupuesto para la Técnica del Estado, las del barrio latino en París hechas con sólidos adoquines que comenzaban a ser vendidos como suvenires, las invisibles que se deslizaban entre un bosque de banderas en Sofía, las de Praga que no resistieron el avance de los tanques, las que vendrían, aquellas que en vez de defendernos ayudarían a nuestra destrucción, las de cartón piedra que no pudieron detener el avance de la barbarie, las de hierro que me aprisionaron junto a mi destino.

La situación estaba cambiando, el rector les abrió las puertas del auditorio de la Universidad Nacional. En la audiencia, varios lucían largas cabelleras, habían arrancado el cuello de sus camisas, se habían deshecho de las corbatas que ahogaban sus gritos de protesta, el que no consiguió ojotas andaba a pata pelá, las bellas mostraban sus mulos ofreciéndolos al viento.

Y tras la pausa inicial, al mirar a la audiencia, en el mismo centro, un caballero de terno y corbata, de peinado engominado para que ni un solo pelo osara rebelarse, comportándose como se lo enseñara su madre en la lejana Valdivia, el chico Ojeda, compañero de estudios en la Universidad Austral, en aquella época la universidad más austral del planeta.

Un verano había desaparecido de los prados de Isla Teja para hoy reaparecer en la mitad del mundo; había salido de Valdivia para espiar en punta de pies —el Chico era realmente chico—, las dos mitades del mundo y terminar sus estudios en Quito.

A partir de esa tarde, comenzó a seguir al grupo, puesto que dos es grupo, y para un director, multitud.

En cada recital, sentado de compostura y nunca de piduyes, el Chico, impasible, observando, muy de cuando en cuando su mirada perdiéndose, estaba escribiendo, sin saberlo, su primer cuento; grande el Chico.

Nos invitó a ver una corrida en la plaza de toros en el centro de Quito; alegórico el Chico, pensé recordando Tumbes.

En el último de los recitales se encontraba nuevamente entre el público, de terno, peinado a la cachetada y con un kilo de gomina para que no se le alborotara un pelo y... tartamudeé. Por primera vez perdí el hilo, el ritmo y me salté una réplica; el Chico estaba sin corbata.

Ya sabía lo que venía, reescribir todo para tres voces; mientras trataba de concentrarme, me preguntaba cómo haría entrar a escena al Chico. Los textos no eran mayor problema, el Chico se veía doctoral e introduciría un cierto aire académico al espectáculo, pero, cómo recuperar el ritmo, me decía, cómo incorporar la nueva voz, buscar una nueva perspectiva en las diagonales del desplazamiento para mantener el equilibrio del plateau y utilizar la escenografía. Tres ejes indicaba la cruz, con tres caminos debía jugar el libreto.

Pero me equivocaba.

Esa noche, en la Casa de la Cultura Benjamín Carrión, el ambiente se cortaba con cuchillo; no desde mi titubeo, desde el comienzo, al cruzar por el pasillo, entre el público, sentía el tironeo para hacerme balancear para uno u otro lado.

A un lado se encontraban aquellos que nos habían invitado, al otro, aquellos que habían levantado una barricada tras ser expulsados de la escena; dirigidos por un italiano, Fabio Pacchioni, habían osado poner a los indios en escena, maquillarse como los que habitaban Santo Domingo de los Colorados, cambiar las cremas por caca de gallina con achiote, lo que otorgaba una nueva dimensión a las mejillas de las actrices, y todos arrodillados, vestidos de negro, las manos implorantes se dirigían al público y a las conciencias en el *Boletín y elegía de las mitas*, de César Dávila Andrade.

—*Quiebra maqui de guagua*,
pedían
—*para que no sirva de esclavo a Viracocha.*
—*Quebré*,

respondía el corifeo.

Pero eso yo no lo sabía, lo de Viracocha, sí, lo de que había aceptado, sin saberlo, pisar las cenizas dejadas por otros en el escenario, no.

Esa noche nos fuimos de parranda con los recientemente expulsados miembros del teatro "La barricada", alegres locos que no nos guardaban rencor pese a que habíamos ocupado su espacio.

Con el tiempo me di cuenta de que hay que ocupar los espacios, de que quienes me precedieron no me condenarían, de que los espacios eran públicos en el sentido de para el público, y que mi papel era ocupar para luego desaparecer y permitir que llegara otro a caminar sobre mis cenizas y expulsarme.

Antes de que el Chico abriera la boca dije sí, pero con una condición: en escena, y solamente en escena, ponte la corbata.

Salimos cuatro voces de la fiesta, la base de la cruz apuntaba al centro de la tierra, una actriz y cantante colombiana comenzó a hacer maletas.

Los "Tzánsicos" nos llenaron la tula con sus cerbatanas —pucunas, en el lenguaje de los reductores de cabeza— desde donde con irreverencia lanzaban sus poemas ponzoñosos.

Escondidos sus versos y sus cerbatanas, la poesía continuó su camino atravesando agazapada las fronteras, las existentes entre países, las que ahogaban a Ecuador, las de la mediocridad. Estábamos a fines de la década y los ofendidos por los versos lograron hacer desaparecer *Pucuna*, la revista de aquellos poetas que escaparon de lo más profundo de la selva de la mediocridad.

Quiebra mano de poeta

para que no sirva de esclavo a mecena

para que no escriba alabanzas

a mecena.

Quebré.

La primera mitad del mundo quedó atrás.

Estábamos en Colombia.

El grupo había crecido a cuatro, de mi cuello colgaba un grabado en metal que me había regalado Guayasamín en su estudio en lo alto de un cerro desde donde dominaba con la vista el hermoso Quito colonial y donde se retorcían en las telas las manos de lo que serían sus "Manos de la ira".

En la tula, junto a los poemas, varios bocetos de las manos de la ira —para que no se te olviden las manos de mi pueblo —me había dicho Oswaldo.

VII. De cómo atravesó la mitad del mundo en busca de un hombre justo

En Pasto la historia no se detuvo, y sin embargo los pastusos no me guardaron rencor, más aún trece años más tarde me darían una amable mano para ayudarme a avanzar y que la historia no desapareciera para siempre.

Tres, y una cantante, cambiaron el ritmo de la historia.

Cambia el ritmo solamente si se atreve a cambiar el ritmo, las canciones y la vida, no la realidad, la vida y el pensamiento, el pensamiento y el pesado manto con el que quieren cubrirlo.

Dependiendo de la noticia y el estado en que se encontraba su alma, o si el recuerdo de la bella asaltaba la mente, incluía

El amor siendo humano tiene algo de divino
amar no es un delito porque hasta Dios amó
y si el cariño es puro y el deseo es sincero
por qué robarme quieren la fe del corazón
mi sangre aunque plebeya también tiñe de rojo
ella de noble cuna y yo humilde plebeyo...

—¿Qué parte canto yo? —interrumpía el Chico.

Si las noticias no eran buenas, surgía desde el fondo de la tula y del Chocó acompañado de tambores un *aunque mi amo me mate a la mina no voy…*

Aún no conocía al maestro Escalona y su casa en el aire, el Gabo se me había adelantado, y mientras al primero le revoloteaban las mariposas amarillas, al otro le revoloteaban los tábanos rascas del sur de Chile, quizás por lo que pese a haber nacido ambos un seis de marzo, la latitud los había separado. Además, de seguro hubiera encerrado a la bella en la casa en el aire y hubiera quitado la escalera, por lo que recuerde, el caballero era chileno. Además, además todavía no tenía el humor necesario para incluir "La piragua".

En las tibias noches de Cali hicimos una pausa en nuestro viaje acariciados por la brisa y arrullados por los ladridos de una perra —¡hasta perra teníamos en Cali!— gracias a la generosidad de la viuda de un dirigente liberal de esos manchados de rojo, asesinado por un pájaro en la época en que los godos habían desatado bandadas de pájaros para asolar el campo colombiano, las ciudades colombianas. La violencia devoraba las entrañas de los campesinos, la violencia dejaba colgando la lengua sobre el pecho de los campesinos adornando el lustroso traje dominguero con el temido corte corbata. Los pájaros abrían un corte a cada lado del cuello, atravesaban por ellos la hoja de un machete, y de un golpe parejo desgarraban la lengua para que quedara colgando sobre el pecho.

La violencia era creativa y firmaba sus descubrimientos al igual que los firmara Josef en otras latitudes.

—Chico —dije—, nunca más vas a usar corbata, ni siquiera sobre el escenario, y eso por respeto al público y para no darle ideas a ningún chusmero.

Y en una de esas tibias noches, la actriz colombiana me cantó al oído
Si no me querés te corto la cara
Con una cuchilla de esas de afeitar
Te arranco los ojos
Y mato a tu mamá

Definitivamente estaba en Colombia, y como las cosas buenas no vienen solas, la actriz cantaba a coro con su hermanita.

Años más tarde, la actriz murió ahogada en el alcohol y los recuerdos en España, a la hermana, los hijos la encerraron en un manicomio en Estocolmo.
—¿En un manicomio o en uno de esos salones...?
—Nunca supe hacer la diferencia —contesté, antes de que me interrogaran mis recuerdos.

Definitivamente el trópico enloquece, me dije como excusa por haber interrumpido el hilo de la historia por lo que ¿qué tiene que ver esto con la historia?

Sin embargo al entrar a Colombia cuando se entra por tierra caliente, y en sus fronteras no existe tierra fría, el calor húmedo se pega al cuerpo, los mosquitos se pegan al cuerpo para saciar su hambre de sangre fresca, su historia se pega al cuerpo y a su historia, y por más que se intente ignorarla, aflora en cada uno de sus poros.

La actriz colombiana y su hermana eran hijas de la violencia que había azotado Colombia. Ellas, su padre asesinado, se habían unido en una larga marcha a las cientos de miles de familias campesinas desplazadas; para escapar a su suerte una se subió a los escenarios, la otra se refugió en el bel canto, una escapó hacia el sur, la otra comenzó a caminar hacia la locura para escapar de la locura.

Una posibilidad era hacerme cargo de la historia e integrarla a mi libreto, la otra era ignorarla, quedarme en el decorado, en el ruido de los tambores, y no los de Leonor González Mina, la negra grande de Colombia. Quedarme en el embrutecimiento que produce un aguardientico junto a otro aguardientico, o perderme en las playas blancas de arena caliente de Santa Marta o Cartagena y sumergirme, protegerme tras las murallas de piedra, protegerme en historias venidas de lejos, proyectadas en las nubes y protagonizadas por otros actores.

—Pero eso no es entrar en Colombia, no joda.

Había terminado la primera etapa de la violencia, el asesinato de Gaitán se alejaba en punta de pies hacia el olvido mientras Galán comenzaba a caminar sobre improvisados escenarios hacia su muerte y hacia la nueva violencia, esta vez, alimentada la hoguera por el narcotráfico.

Así fue, la primera vez llegó entre dos muertos ilustres acompañando, tomando de la mano a aquellos que no cuentan, a aquellos que como él desaparecen de la historia.

Cali nos abrió su vientre, vientre insaciable de aventuras y aventureros, de diálogos abiertos, de realidades y poemas, de jóvenes bellas y viejas prostitutas disputándose mi alma y mi cuerpo, y me dirigía de una a otra buscando una respuesta y mi destino.

Era el primer recital a cuatro voces, y sin embargo miles de voces se habían deslizado entre las réplicas y tres se transformaron en uno y uno en puente entre el escenario y las voces sin cuerpo que luchaban, no por regresar a la vida, para desaparecer tranquilos y que los buscaran, no en el pasado, en el futuro, para poder por fin descansar en paz.

En el fondo de la sala alguien observaba; Nicolás Buenaventura, hermano de Enrique, el director del Teatro Experimental de Cali. Nicolás era un hombre de dos mundos, el de las letras y el de la política, era un puente entre los escenarios y el público, entre las voces y la vida, entre la historia y el camino sembrado de peligros que la cruza. Un abejón mono cruzó la sala desde la izquierda, era buena suerte decían allá en el monte los encaletados.

Era una época de pequeñas masacres antes de que se diera paso a grandes masacres, de grandes ideas antes de que se diera paso a pequeñas ideas, de generosidad antes de que se diera paso a la avaricia. Era una época en que cercado por la muerte en las montañas se era capaz de transformarse en una nube de humo y reencarnarse en la cima de otro monte, y la historia se transformaba en verso antes de transformarse en descascarado y vacío decorado.

—

Definitivamente, era una época en la que valía la pena morir.

Y por primera vez la deseó, por lo que la bella cuando es bella usa guadaña.

Comenzamos el descenso de las escalinatas para subir a Bogotá que esperaba sus brazos abiertos, Bogotá no tiene vientre. Nos detuvimos un segundo deslumbrados por los verdes mágicos de Manizales. Al despedirnos, le regalamos dos páginas de poemas a la revista cultural del domingo del periódico local —y un cuento corto —acotó el Chico Ojeda—, quien definitivamente le había agarrado el gusto al olor de la tinta fresca. Una de las hojas de la revista del domingo voló por sobre La Línea y cayó en las manos de una periodista bogotana, y así fue como Gloria Valencia de Castaño nos abrió su corazón y los micrófonos de su programa.
Amostazado, un productor español fue a buscarme al Policarpa Salavarrieta, el Pola, barrio de invasión donde yo había instalado mi nido provisorio, barrio que había abierto sus embarradas piernas para recibir a los desplazados de la tierra.
—Una hora —me dijo el amable productor—, una hora. Te entrego la imagen y la palabra en la televisión nacional.
Como condición puse que no se pronunciara una mala palabra que fuera a ofender, a herir a la audiencia.

Acepté, no quería herir oídos, nunca fui partidario de un corte al individuo, lo que buscaba era infinitamente más peligroso. Y ellos lo sabían.

Es peligroso pensar, amigo.

Al terminar el recital donde subían y bajaban las escalinatas tomados de la mano Neruda y César, Javier y Benjo, los reductores de cabeza junto a Gallinazus, comenzaron a sonar los teléfonos. Algunos llamados no respetaron las reglas y nos taparon a garabatos, otros estaban felices y la alegría resonaba en sus voces. Un abejón negro cruzó desde la derecha. Una voz seca, fría como viento bogotano en el invierno, pidió la dirección donde pudieran ubicar a los cuatro. Fotos no necesitaban, habían grabado el programa.

Cuando las críticas vienen del Departamento Administrativo de Seguridad duelen y demuelen; el grupo regresó a dos; dos regresaron a Chile.

A los que quedamos "La Candelaria" nos abrió su vientre, el teatro pare, y Santiago nos invitó a uno de los ensayos finales de *El alma buena de Se-Chuan*, obra de Brecht que estaban montando.

Se entraba a la sala como se entra en la historia, se cruzan ruinas y jardines, suelos de adoquines y paredes equilibrándose apoyadas en el aire, pero como estábamos en el teatro, se entraba a la sala tras empaparse de alegría y esperanza.

En escena, como personaje principal, había una prostituta, Shen-Té, la bondadosa, que se desdoblaba en Shui-Ta, el inmisericorde, para poder sobrevivir. Sobre un escritorio, tres dioses que sacaban la mano para regresar a las alturas antes que enfrentar la realidad de la vida terrenal. La obra comenzaba con la realidad. Wang, el aguador recorría campos y ciudades vendiendo agua, pero claro, cuando llovía, nadie necesitaba de sus servicios, cuando había sequía, la miseria se extendía por Se-Chuan y nadie podía pagarse un jarro de agua del buen Wang. Wang, quien tomando de cómplice a la audiencia nos informaba —nadie podía compadecerse de nosotros y cambiar la situación a menos que vinieran los dioses— y con ello Brecht nos entraba en la trama. Ya no había secretos, no había soluciones, solamente esperar a los dioses y el regalo de los dioses, si es que éstos no sacaban la mano.

Al final de la historia, cuando los dioses descubrían que Shen-té y Shui-ta eran una misma persona —al parecer eran los únicos que lo ignoraban puesto que todo el resto habíamos visto su transformación sobre el escenario, frente al público, pero de espalda a los dioses— ésta los increpó:

SHEN-TE: Sí, yo soy. Shen-Té y Shui-Ta. Los dos.

¿Quién puede seguir siendo bueno mucho tiempo
si mueren los hambrientos?
¿De dónde podía yo sacar
todo cuanto necesitaba? Sólo de mí misma.
¿Pero, cómo hacerlo sin perecer?
El peso de mis buenas intenciones
me aplastaba, pero me bastaba
cometer una injusticia
para ser poderosa y comer cuanto quería.

Hay algo que no marcha bien en vuestro mundo.
¿Por qué la maldad se ve recompensada,
y por qué amenaza a los buenos una lucha tan dura?

A lo que los dioses respondían...

Y en lo que pensé era una genial adaptación colombiana, pasó arrastrándose entre mis piernas, Carrasco, el tercero de los dioses, quien mientras se despojaba de sus ropas hasta quedar completamente desnudo, repetía incansablemente: "soy dios".

Definitivamente genial, me dije, sobrepasa a Brecht.

La realidad sobrepasó a Brecht y la adaptación no era adaptación. El Tercer dios se había rayado, a los tres días lo encontraron más loco que una cabra en el cerro, cerca de la iglesia de Monserrate, desnudo y conversando de igual a igual con los dioses.

Un mensajero atravesó corriendo los 42.195 metros que separaban La Candelaria del Policarpa Salavarrieta; al tercer día, el Tercer dios resucitó de entre los muertos.
—Santiago necesita hablar contigo.

Así fue como de teatro tradicional chino se pasó a tragedia griega, con visos de comedia, para volver a teatro chino.

Las vueltas que tiene la vida, debe ser ése el camino hacia mi destino, circular.

En Bucaramanga subí a los cielos transformado en el Tercer dios de *El alma buena*, en Santa Marta me encontré con el amor de Nedjma y la locura que rodeó a Kateb Yacine quien luchó, se exiló, encaró la prisión, triunfó, regresó, se desilusionó, se subió a los escenarios, enfrentó la muerte en los brazos de Nedjma, mientras en una esquina del escenario se deslizaba *El triciclo* o se improvisaba un *Picnic en el campo de batalla* ante la mirada sorprendida de *Père Ubu*.

El mundo estaba invadiendo la escena colombiana, quizás la única forma de apropiarse de lo propio.

Como transición a la creación colectiva nos encerramos todos en el asilo de Charenton, ese que abrió sus baños de agua fría a las ardientes pasiones del Marqués de Sade; Sade conversando con Marat gracias a Peter Weiss.

Persecución y asesinato, así se anunciaba la obra, así se anunciaba la llegada de una nueva tempestad; Ariel, coqueta y mefistofélica revoloteaba sobre Soacha, sobre el Palacio de Justicia en la plaza principal de Bogotá no sin antes darse una vuelta por las montañas de Colombia acercándonos a la llama de la vela para quemar nuestras alas y el nuevo testamento.

La humedad se pegaba nuevamente a mi piel. Mareado de aguardiente y belleza, sentado junto a una bella descendía nuevamente a tierra caliente. Al bajarnos de la buseta —había pasado mucho tiempo en Colombia— me dirigió a una bodega. En la parte de atrás, sentado sobre unos sacos de café se encontraba el destinatario del mensaje que llevaba la bella: un humilde campesino colombiano.

Lo único que lo diferenciaba de otro campesino eran sus bototos, y no eran de escenografía. Conversamos largo rato. Conocía de Chile y de Allende, conocía de café y su forma de prepararlo, conocía de humor y de amoríos. Lo traté con respetico sin saber aún quién era. Me contó de la vida allá en el monte, del temor a los aviones, de las privaciones, de la importancia de la sal y la panela.

—La próxima vez que le eche sal a su comida, piense en aquellos que no tenemos acceso a la sal. Y no es por la comida, es por lo que caminamos incansablemente y la sal nos permite guardar el agua de nuestro cuerpo, no es por darse un gusto, por ello la cuidamos, con la vida si es necesario.

No entendí.

—Vaya preparando sus bototos —me dijo al despedirse, antes de transformarse en humo para reencarnarse en la cima de un monte.

Lamenté no tener una marraqueta para ofrecerle.

La bella colombiana me susurró al oído —el hombre se llama Manuel.

Me estremecí, el hombre era Tirofijo.

Era un tiempo de estremecimientos, de creer que se podía cambiar el mundo, de que el café era café y no le habían añadido ninguna porquería, y que se luchaba por principios y no por dinero fácil para esconder en guacas; además la bella era realmente bella, reina de la Universidad Nacional y al mismo tiempo del Policarpa, su voz era aterciopelada y sus labios sabían a café.

Entre los estremecimientos se había deslizado uno que no reconocí, similar al que se deslizó en la cafetería de "La Candelaria" cuando en el mes de febrero de 1969 entró Jaime Arenas. El compañero Jaime, el heroico comandante del Ejército de Liberación Nacional, el que fuera dirigente de la primera marcha de estudiantes que reclamara por el derecho al libre acceso a la cultura, a los libros, a los sueños para todos, a las mismas oportunidades para que los libros ayudaran a construir la nueva sociedad, aquella que todos soñábamos/soñamos. El compañero Jaime, el cobarde traidor, el desertor, aquel que abandonara las montañas por entrar en contradicción con Fabio al pedir diálogo, por reclamar por el fusilamiento de otros traidores, traidores ideológicos, los peores traidores, los de base, aquellos que habían sido sorprendidos robando sal o panela, traidores por lo que minaban la disciplina, y sin disciplina se pierde la revolución compañero.

El traidor, hasta ayer heroico compañero, el que bajó de las montañas escapando de la muerte, vino a asistir como espectador a la presentación de *El cadáver cercado*, vino a mancillar con su presencia el amor de Nedjma por Lakdar.

En rápida reunión del colectivo de actores decidimos que la función corría, la función siempre continúa, y nosotros somos de principio, nos dijimos en el colectivo; a sotto voce instruimos a nuestro público, a todos menos al desertor y sus guardaespaldas, que no manifestaran sus sentimientos, que guardaran silencio, y que al final, sin aplausos —y que un grupo de actores renuncie a los aplausos requiere de una gran fuerza moral— abandonaran la sala mientras nosotros barríamos las cenizas.

Mientras agarraba de firme mano el mango de la escoba me preguntaba ¿en qué momento se pasa de dejar cenizas sobre el escenario a barrer cenizas sobre el escenario?

Y no estaba seguro de qué cenizas se trataba ni qué parte de la historia me encontraba barriendo.

¡Qué tristeza reflejaban los ojos del traidor! ¡Qué tristeza había en los ojos de Lakdar!

De los traidores se salvó uno de los comandantes cuestionados, Juan de Dios se llamaba, quien destituido, entregó durante su autocrítica, y como gesto de buena voluntad y fidelidad al movimiento, pruebas contra el segundo en mando, el compañero comandante Víctor Medina, al que, para hacer buena medida, sumó a otros dos comandantes, Julio César Cortés y Heliodoro Ochoa, tres traidores fusilados en las montañas de Colombia por intentar dar un golpe a la dirección del movimiento, así decía el parte revolucionario compañeros.

Sin saberlo habíamos comenzando a cercarnos nosotros mismos, y sin saberlo pasamos a ser Lakdar el héroe de *El cadáver cercado*, el eterno enamorado, y avanzamos hacia nuestro asesinato.

Jaime Arenas cayó asesinado en las frías calles del centro de Bogotá en 1971, a la salida de la sala de cine arte, por allá por la sexta con la veinticuatro.

Cuán lejos en la historia quedaba la marcha encabezada por el líder estudiantil santandereano, aquella marcha de más de medio millón de personas pidiendo una reforma educativa en las sonrientes calles de Bogotá en 1965.

Y yo no creía, es difícil creer; pero por si acaso, dejé de tomar agua de panela, y con rabia comía mi arroz acompañado con

desabridos huevos sin sal, repitiéndome, esos son otros, no los
míos, mientras con el cobarde salero tapaba un resquicio de la
desgastada escenografía.

VIII. De cómo se adiestró en las técnicas de combate

La era estaba pariendo una nueva época. En Chile había ganado Allende, ello me condujo a tomar la espiral del regreso. Era la cuarta vez que se presentaba, era la primera vez en la historia que un socialista era elegido presidente por la vía democrática.

—¿Democrática? ¿De qué democracia me está hablando?

Me quité los bototos al llegar a La Paz.

—¿A qué paz se refiere? ¿O ya tomó la curva equivocada?

Es que hay gente que no acepta que le encierren ni los pies; sus piececitos se habían acostumbrado a caminar libremente, azulo-sos, flotando en sus ojotas. Además, la línea recta es la más corta entre dos puntos, pero la más aburrida, el destino no sigue rieles.

—¿Y los tristes salones....?

—Esos ya vienen, déjenle un momento de alegría, que crea que está subiendo las escalinatas cuando en realidad está bajando a las entrañas del Siglo XX.

En un recoveco de la galería los mineros habían tallado en la pie-dra —baja a nacer conmigo hermano— una cueva donde prote-gerse. En un juego de luces y sombras, la sombra de la tierra, las luces de los cascos, aparecía el Tío, espíritu protector, espíritu de la mina que los protegía en el momento en que la dinamita explotaba desgarrando el vientre de la montaña mientras Tío y sobrino mascaban coca bebiendo un traguito de aguardiente. Tanto Tío como sobrinos se estremecían y dejaban de respirar esperando, una vez disipado el humo, ver si la salida hacia la superficie aún estaba despejada.

La radio Siglo XX repetía por sus altavoces: "esta noche en el local del sindicato, gran gala; tras actuar en La Paz, llega hasta nosotros el conocido grupo internacional... Las mujeres y los niños entran gratis".

Rostros de piedra, ojos de ranura, bola de paz paseando en su boca, digno vestuario raído y mil veces remendado, jueces implacables si la pobreza no lograba transformarse en belleza, listos para destruir a latigazos cualquier intento de compadecerlos, corazones endurecidos que, sin embargo, se estremecían cuando se les tendía una escalinata amiga, e incluso de cuando en vez una lágrima retenida por siglos abría un surco en las duras mejillas talladas en piedra:
sube a nacer conmigo hermano.
El público del altiplano no avisa, juzga.

Al fondo de la sala se encontraba Juan Lechín, otro legendario, otrora histórico dirigente minero; a la salida, paseando por la plaza del caserío de Siglo XX, un peladero que recorríamos interrumpidos por los ladridos de esqueléticos perros atraídos por mis ojotas, me contó de sus luchas, sus exilios, sus regresos y de los atentados contra su vida. Al despedirnos me dijo —ahora me voy, esta noche sigo viaje a Colquiri, mañana tengo una reunión con los compañeros.

¿Colquiri?, la más helada de las minas, aquella donde hasta en la noche de San Juan, la noche de las fogatas, las llamas se congelan, aquella donde nuestra presentación ya estaba programada, y a la que llegaríamos con retraso. Le pedí a Lechín que diera aviso de que llegaríamos un día más tarde.

Su secretario, ofendido en su dignidad de secretario —y ofensa a secretario es cosa seria— me sacó a un lado y me reprochó —acabas de tomar de mandadero a Juan Lechín, el próximo presidente de Bolivia, el que viene después de Torres.
Aspiraba a ser secretario de Presidente el secretario.

Sin embargo, un cóndor negro, de afiladas garras, planeaba ya sobre el continente.

Pero a esa altura de la historia ni el secretario, que dicho sea de paso por ser escribano desapareció de la historia, ni Juan Lechín quien salió nuevamente al exilio cruzando la frontera escondido al interior de un ataúd, ni Juan José Torres quien sería asesinado en el 75 en Buenos Aires durante el gobierno de Videla, ni yo que crucé la frontera con Chile gracias a una falsa credencial que me acreditaba como periodista de una agencia de prensa europea, ni los unos ni los otros sabíamos aún que se preparaba un asalto al poder, esta vez dirigido por Hugo Banzer.

—Se lo advertimos, lo que pasa es que no hablaba aimara ni sabía leer los silencios, ni las piedras, ni las hojas de coca, y aquello que a nosotros no nos hace nada, a los blancos les cocina el cerebro.

A la sombra del muro de piedra de la catedral de La Paz, en una hermosa callejuela existía un refugio cultural, la Peña Naira. En ella se mezclaban las voces de los pintores con los pinceles de los cantantes, el discurso poético con los versos de los políticos, y lo único que uniformaba era que nadie tenía ni bototos ni uniformes. Incluso Juan José Torres se vistió de civil para ir a celebrar en la peña su cumpleaños bailando una cueca y entonando junto a todos:

Viva mi Patria Bolivia,
una gran nación,
por ella doy mi vida
…

y un silencio cruzó la peña.

Pero antes, a la sombra del viejo muro de piedra, sentados en la cuneta, comíamos sándwiches de chola (los mejores de La Paz), impregnados del olor a tinta de la imprenta de la Universidad de San Andrés, donde una nueva edición de una antología de canciones de lucha y esperanza que editáramos junto a la actriz colombiana esperaba infructuosamente la luz del día; el nuevo amigo asumió el rol de maestro y fue enseñándome, a través de canciones para mí desconocidas, la historia reciente de Bolivia.

Canciones que recogían los restos de la epopeya guevarista para diseminarlos por el mundo en la boca de otros jóvenes, canciones que viajaban de la Cochabamba de los Peredo, Coco e Inti, a la escuelita de La Higuera, de las montañas de Colombia al altiplano peruano, del desierto chileno a las selvas de Vietnam.

Para alimentar mi orgullo me hablaba de canciones con mi acento, las de la columna de chilenos bajo el mando de Elmo Catalán y la hija menor de Salvador Allende, las de los argentinos bajo el mando de Antonio.

Cayó el Inti, lo reemplazó el Chato y una nueva canción; las nuevas canciones recorrieron el continente.

Los últimos representantes de la epopeya en Bolivia bajaron las escalinatas bajo el pretexto de ir a alfabetizar a la jungla de Los Yungas, le pidieron al ejército que los transportara puesto que se trataba de un trabajo social y bajaron 2027 metros para llegar a Teoponte y su destino.

1251 soldados dieron caza a los 67 estudiantes que salieron entonando canciones de La Paz para iniciar la nueva ofensiva. Entre ellos Elmo, su gesto en esa gesta le valió el que cientos de brigadistas firmaran con su nombre cientos de murales que adornaron las paredes del Chile de la Unidad Popular. Entre los estudiantes, Beatriz, la Tati, la hija menor de Salvador Allende, quien años más tarde, tras el golpe de Estado en Chile, se quitó la vida durante su exilio en Cuba. Su muerte se mantuvo en silencio por un tiempo, por ser quien era y por lo que la soledad y el desespero no tenían cabida ni en la lucha ni en la isla de la esperanza, al igual que durante muchos años se ocultó el suicidio de su padre, y cuando lo mencioné por primera vez en uno de los salones del exilio en París la sala se congeló antes de pasar rápidamente a la hora preferida, la de las mentiras.

Fueron cantando a abrazar una trampa mortal pese a que el primero de julio, un coronel había pasado por la peña para advertir desde el fondo de un charango: cuidado, el ejército sabe que no van a alfabetizar, les prestó dos camiones por lo que saben a lo que van y los quieren tener bien localizados, no se les vayan a esconder en una curva del camino.

—Dile a los muchachos que no vayan.

Pasó el aviso, no le creyeron, no era un tiempo de creer.

Tres meses y medio más tarde, el primero de noviembre de 1970, la historia daba por terminada la odisea, aquella que comenzó un 18 de julio del 1970. Nueve sobrevivieron y lograron salir a Chile, entre ellos el Chato, gracias a un salvoconducto otorgado por el gobierno de J. J. Torres.

Tras la masacre, un mensajero se acercó a la peña y exigió el nombre del militar que había dado el aviso para ajusticiarlo.

—Pero —balbuceó el protector de las artes—, si avisó para evitar la masacre.

—No importa, alguien tiene que pagar por esas muertes, y si no das el nombre pagas tú.

Lo sacó del refugio y afortunadamente para la historia, las quenas, los charangos, las guitarras y los versos se cruzaron en la puerta y lo protegieron.

Nueve meses más tarde, el 21 de agosto de 1971, el teléfono de la Casa del Poeta sonó temprano. —Se levantaron—, la Central Obrera Boliviana llamaba a defender al presidente de Bolivia, general Juan José Torres.

Salí a su defensa, yo, el indefenso defensor, yo el combatiente cuya única arma es su corazón. Al llegar al anfiteatro de la Universidad de San Andrés, adonde había instruido a mis actores que fueran si este momento llegaba, me encontré con que el escenario había abierto su vientre al mundo real y de él mis actores y actrices sacaban metralletas, dinamita y fusiles. Durante meses había ensayado sobre un polvorín, y como en toda creación los parlamentos tienen dos direcciones, primero del libreto al actor y luego del actor al público, también toda escena encierra en su vientre más de una interpretación.

Ahí nos separamos, yo no uso armas, defiendo, pero sin armas o con armas de cartón piedra. Frente a la COB escuché a Simón Reyes, a Lechín, un poeta me pasó su fusil sin manivela y descargado, hermoso gesto de poeta que me entregó su arma inofensiva para que me defendiera antes de perderse, las manos vacías, en la masa.

Con una valentía hasta entonces por mí desconocida, armado de inútil armamento, acompañado por un grupo de jóvenes mineros de Colquiri y Siglo XX me sentí en la obligación de continuar con el libreto. En homenaje a la audiencia que me rodeaba exclamé: "¡vamos a tomarnos la COMIBOL!", la Corporación Minera de Bolivia, quizás como un bálsamo para sus pulmones agujereados. Al final de la avenida La Paz, en guerrero gesto y envalentonada gesta cruzamos las puertas indefensas del edificio semi abandonado. A una secretaria que temblaba en una oficina le pedimos nos indicara la oficina del presidente de la COMIBOL. Dos pisos más arriba, de una patada, abrí la puerta; el Presidente no alcanzó a tomar la metralleta que había depositado en su escritorio mientras comía.

——

—En nombre de la revolución, a partir de este momento, la CO-MIBOL regresa a manos del pueblo.

Le ordenamos que abandonara su puesto, y de paso su comida, desde el desayuno que ninguno de nosotros había probado bocado.

Alegres y envalentonados tras la toma de la dirección de las entrañas de la tierra, propuse tomarnos el espacio.

Nos dirigimos a la radio que quedaba frente a la Casa del Poeta, cerca del cuartel general del ejército.

La radio fue aún presa más fácil, la amable dueña nos abrió las puertas y el micrófono, los jóvenes mineros lanzaron sus proclamas revolucionarias, yo deslicé unos cuantos versos y líneas de la obra que estaba montando, como propaganda, lo confieso, por si ganábamos, y así podía llenar la sala.

Al oscurecer, cansados y ya cortos de proclamas, abandonamos la radio. En la calle nos encontramos con el poeta y el secretario general de las Juventudes Comunistas de Bolivia.

—Y ahora, ¿qué? —les pregunté.

El poeta me miró en silencio. Tras devolverle la mirada ambos miramos al secretario quien enfrentando las miradas silenciosas dijo —ahora nos tomamos el cuartel general de la insurrección.

Buena idea, nos dijimos. Estábamos a 4000 metros de altura sobre el nivel del mar y a miles de kilómetros de la realidad.

El poeta había conseguido una pistola, sin balas, era un buen poeta. El secretario me pasó una manivela pero no las balas, con disimulo la boté en la primera curva, no me fuera a encontrar una bala y me dejara tentar.

Pegados a los muros avanzamos, éramos entre 200 y 300, y pegados al muro como sombras de miles recorrimos, una, dos, tres, para mi gusto miles de cuadras, hasta llegar a 15 metros del portón de entrada del cuartel. En eso...

en eso el portón comenzó a abrirse.

—¡Se están rindiendo, carajo! —gritamos a coro—, y corrimos en dirección al cuartel para ser los primeros en llegar a desplegar banderas en el corazón de la insurrección.

Del cuartel salió una tanqueta, paramos en seco —¡a correr! —gritamos valientemente—, y retrocedimos en veloz desbandada. El soldadito que estaba en la torrecilla del tanque, disparó apuntando al aire. Hijo de minero debe ser, susurró Ramiro Necochea, el poeta, pasando con la velocidad de un rayo por mi lado. Cierto, le contesté cuando lo dejé atrás rompiendo todos mis récords de velocidad.

A medianoche supimos que habíamos perdido y junto a Ramiro y un par de amigos comenzamos a replegarnos hacia la Casa del Poeta; los jóvenes mineros, emprendieron el largo camino de regreso a los socavones de Colquiri y Siglo XX a continuar dejando sus pulmones.

En una esquina nos encontramos con un amigo argentino que descansando su espalda contra un muro, su fusil colgando, disfrutaba de un cigarrillo. Me ofreció una chupada, y nos quedamos en silencio contemplando las hermosas estrellas que cubren con su manto el cielo de La Paz.

—¿Y ahora, hermano?

—No sé, me voy a Centro América, dicen que allá hay acción.

—¿Yo? Yo bajo a Chile, me están esperando —respondí a su silenciosa pregunta.

Cuánto tiempo había transcurrido desde aquel telefonazo que en Colombia me anunció: ¡ganamos, regresa!, hasta que tomé el avión en el Alto escudado tras una falsa credencial de periodista de una agencia internacional, *merci mes amis*.

Cuánto tiempo había demorado el descenso de las escalinatas para ir a encontrarme con mi destino en Chile.

Los límites insondables

Tú dejarás todas las cosas que amas
más entrañablemente; y este es el dardo
que el arco del exilio primero saeta.

Tú probarás cuán amargo es el pan ajeno,
y cuán dura es la calle
de subir y bajar por ajena escala.

Dante Alighieri

IX. De cómo logró ponerle zapatillas de ballet a los mineros que extraían el cobre en el fondo de los socavones

Las banderas flameaban sostenidas por manos sonrientes, los muros cantaban a la vida y la vida tenía un sentido.

Respiré, después de tanto tiempo, respiré y pensé en la bella.

Lavé mis pies en el mar, un olor a cebolla regresó a mi pensamiento.

En el local de las juventudes comunistas di aviso de que cruzando el altiplano venía una columna de jóvenes mineros, me pidieron el nombre y la descripción de los dirigentes para recibirlos.

Me subieron a un auto y dos días más tarde bajé en Santiago para ir corriendo —había urgencia— hacia el escenario del anfiteatro de la Universidad Técnica del Estado donde instalado en su centro, el traductor checoslovaco cerraba el encuentro de la Federación Mundial de las Juventudes Democráticas relatando cómo las fuerzas del Pacto de Varsovia habían entrado a Praga para salvar la revolución, al pueblo checo y a la democracia socialista de la ofensiva imperialista.

Relataba cómo el capitalismo había logrado infiltrar al gobierno checo, etapa previa a la invasión por parte de las fuerzas capitalistas para destruir nuestra querida y admirada Unión de Repúblicas Socialistas Soviéticas, la Patria Grande.

Repetía con voz monótona de estudiante que tuvo un mal profesor, que las fuerzas del pacto de Varsovia habían respondido al llamado angustioso del pueblo checo pidiendo ayuda, pidiendo que nuevamente los liberaran.

Con gesto vago y lejano señaló en el espacio el ventanal del hermoso castillo por el cual habían defenestrado una vez más a los enemigos del pueblo.

Primero lentos, luego aceleraron el ritmo, y acompasados, uniformados como se estilaba, llenaron la sala mientras se escuchaba por los parlantes el himno de la juventud:

Juventudes del mundo
este coro fecundo
surge potente
se eleva ardiente
exigiendo libertad.
Estas voces
nuestras no se apagarán,
durarán, crecerán,
la mentira ya no nos traicionará
...

¿De qué libertad, de cuál democracia me está hablando?, resonaron en mis oídos las palabras con las que otrora un joven dirigente estudiantil chileno increpara a Dubcek.

Definitivamente los himnos le dan otro tono al decorado, están estudiados para acelerar los latidos del corazón, para que el caminar se uniforme y se termine marchando de un mismo paso, y cuán efectivos son, y cuán pegajosos son, y cómo te hacen perder en la masa. Por eso hay que alternarlos con "El plebeyo" para romper el ritmo y poder pensar.

Había llegado tarde, di media vuelta y me dirigí a la mina donde un nuevo escenario me esperaba.

En la mina de cobre El Teniente, Marcial Balladares me explicó las cláusulas de mi contrato y lo que de nosotros, Perla, la actriz colombiana y yo, se esperaba —la mina, de acuerdo al cuoteo, tiene dirección socialista, el segundo, es comunista, y así sucesivamente en todos los puestos de mando, salvo cuando por apertura nos conviene dar puestos al Mapu, a la Izquierda Cristiana, a los radicales, etc....

Así, de golpe y porrazo, le habían quitado un par de tablones a mi escenario.

—Se espera que montes obras con los mineros, que reflejes su historia y sus intereses.

—Ningún problema —respondí—. Salvo que uno de los tablones crujió peligrosamente, el de los intereses.

—Hay que ligar la casa 50, la Casa de la Cultura en Coya, a los trabajadores. Queremos que te quedes en Rancagua; en Coya trabajarás con Pancho Gacitúa, el escultor. En la música está Silvia Urbina, en la parte murales está Ana María, de la Jota, miembro de la Brigada Ramona Parra. En artesanía, un artista local, Germán Ruz, ese no milita, otro pintor, Víctor Hugo Núñez es el director. A propósito, esperamos un informe detallado de tus viajes, lo piden los viejos, los de Teatinos.

A esas alturas todo el mundo sabía que Teatinos significaba Partido Comunista.

Además —añadió bajando la vista—, el puesto, conlleva pagar una cuota.

Y quién hace del señor Corales en ese circo, me dije, afortunadamente para mis adentros.

Como pagar membresía implicaba de alguna forma comprometerse a seguir el riel, jamás pagué y me gasté la plata en comprar libros.

—Aprendió a cerrarla, siempre se aprende algo en la vida.

Marcial me condujo a mi oficina, un escritorio, un sillón de cuero todo para mí.

—Como los ejecutivos —me dijo de orgullosa voz—, y dos sillas para los futuros actores.

Habían puesto un anuncio en el semanario de la mina con mis horas de oficina: "Se necesitan actores. No se requiere experiencia previa".

Nada hay más hermoso que un escenario vacío, un escenario que espera la entrada de los personajes para renacer,

sube a nacer conmigo hermano,

dar vida al espacio y brillar nuevamente de luz propia,

que espera para levantar un decorado y mostrar las entrañas de una obra.

Nada hay más terrible para un actor que una sala vacía, hermosa, con sus asientos, esperando temblorosa ser poseída por los cuerpos, como el pobre actor espera tembloroso a quién darle una réplica, regalarle un parlamento, mendigarle una sonrisa.

Nada hay más terrible que el silencio impuesto, el silencio que puebla los escenarios vacíos, los libros, los cuadros, las canciones, las cuerdas de la guitarra utilizadas para amarrar las manos, los cuerpos aprisionados bajo la piedra esculpida, el silencio cómplice reflejo de una nueva y antigua cobardía escondida para evitar el estigma de ser calificado de cobarde.

Un escalofrío recorrió su espalda al igual que lo recorriera años más tarde en los salones que poblaban los refugiados de Estocolmo a París, de Quebec a Berlín, incluyendo esta vez, de Moscú a Sofía la dorada capital de Bulgaria, y a Teatinos.

Nada hay más terrible para un director que un sillón de cuero, como el de los ejecutivos, frente a dos sillas vacías y una que otra secretaria cruzando con disimulo por el pasillo mirando de reojo a la bestia clavada en un escalón de las escalinatas.

Al tercer día me cerré una nueva puerta, subí la cordillera para sumergirme en el vientre de la montaña; mientras unos sacaban cobre, yo sacaba actores, y ambos buscábamos una veta, y con distintas herramientas, unos horadaron la montaña, yo el alma.

Suena bonito, pero intente sacarle el alma a un minero, intente ponerle mallas de bailarín y que se pare de cabeza haciendo yoga, intente sacarle una voz que vaya desde la voz profunda gritando "¡alerta, derrumbe!" a la fina y etérea que resuena en el cerebro y sale en dirección a la luna. Intente que sus manos se dulcifiquen en una caricia, y al quitarle los bototos con punta de acero que usan para protegerse los pies en la mina, intente ponerle zapatillas de ballet, y, lo más difícil, encontrar las que le calcen.

Éstas y otras tareas me esperaban, nos esperaban. Perla los convenció de llevar a sus mujeres a los ensayos. Yo trataba de convencerlos hablándoles de Hamlet, y andaban como cabros chicos con cabezas de ratones muertos corriendo por los socavones de la mina buscando a la loca de la Ofelia.

Aceptaron, aceptaron, tras la promesa de que no saldrían al escenario con mallas porque se armaría una pelea de padre y señor mío cuando el primero de sus compañeros les pegara un agarrón. Los convenció el saber que líderes como Recabarren, Elías Lafferte y otros se habían subido al escenario de las mancomunales obreras de los heroicos trabajadores del salitre y ellos eran considerados los padres del movimiento obrero y ¡pobre del que se riera al ver a Recabarren maquillado!

Y con estos argumentos de la historia universal del teatro fueron llegando al grupo, TEC le pusimos, Teatro Experimental del Cobre, y unimos los esfuerzos para encontrar la veta.
En Chile, en los anaqueles de los almacenes faltaba de todo: la pasta de dientes, el papel confort, el arroz, el aceite; las carnicerías abrían exponiendo a los compradores el bofe y algunas tripas. La carne había salido entre gallos y media noche, se vendía por teléfono, las empleadas se deslizaban, sus cuerpos pegados a los muros, para ir por la puerta del lado al asalto de las plateadas, el lomo, el liso y el veteado, el costillar. El azúcar se vendía por sacos en la noche y por cuarto y octavo de kilo por el día, cuando había, por lo que usted sabe... "vengo de parte de doña..." era la palabra mágica que abría las cuevas. Otros, abrían otras cuevas diciendo, "vengo de parte del compañero", o "la compañera" y se obtenía no un octavo, hasta un cuarto de kilo y con suerte un car-

tón de cigarrillos. No es la cantidad, masiva o gota a gota, es adonde conduce ese camino.

Una gota con ser poco, con otra se hace aguacero, se deslizaba en el bosque de banderas.

De todo faltaba, de todo menos mallas para bailarines, incluso las zapatillas de ballet para hacer ejercicios las conseguimos.

—Cierto, lo inútil siempre sobra.

Mientras esperábamos a los personajes, tomamos prestados personajes ajenos. Trajimos al sindicato Sewell y Mina una tragicomedia, aquella de Calixto y Melibea, *La Celestina* de Fernando de Rojas, primer libro que llegó al continente escondido en los baúles de los conquistadores. La tragicomedia llegó escondida tras un llamativo afiche de una hermosa mujer, la falda arremangada, ofrenda de una Celestina a los mineros de Chile. La sala se llenó, 800 llegaron rugiendo. Ana González, nuestra alcahueta, se aprestaba a salir al escenario palpitando de emoción para entregarse en una versión con solamente una actriz sobre escena; el resto de los personajes se encontraba durmiendo en las mentes de los mineros, pero eso ellos aún no lo sabían. El escenario cubierto de negro asaltó la sala y el pensamiento.

En Teatinos criticaron el afiche por oportunista y hasta con visos de pequeño burgués lo que es terrible como acusación. Francisco Gacitúa, un exseminarista y el osado autor del mismo, se las sacó con un brillante: "el fin justifica los medios", como decía Lenin, compañeros.

Los teatinos se tuvieron que tragar el afiche. —Al menos podrían haberle puesto un puñito levantado en vez de una falda levantada —insistió el encargado de control y cuadros mirando con nostalgia hacia el cajón con vidrios que quedó vacío y esperando.

Algún día pondré el cajón con vidrios en escena, y será el actor principal.

Mientras esperaban que los mineros y sus señoras pudieran caminar de firme paso hacia el escenario, invitaron a *La madre*, de Gorki, en la versión de Brecht, montada por el teatro de la Universidad de Chile, el ITUCH y dirigida por Pedro Orthous.

Sobre el escenario, un actor (actor que desaparece para dar paso a un personaje, lo que es más Stanislavski que Brecht): el hijo, quien cara al público, distanciado como debe ser para provocar la reflexión (y esto es más Brecht que Stanislavski), tras el reclamo de su madre porque él iba a trabajar mientras sus compañeros estaban en huelga, repetía interrogándolos: "si mis compañeros no van a trabajar en defensa de sus derechos y yo vuelvo al trabajo, ¿qué soy yo?"

Este parlamento, que en la sala Antonio Varas en Santiago era seguido de un largo e incómodo silencio, y que tenía que ser repetido y repetido y repetido, perdiendo fuerza en la repetición, antes de obtener una tímida y educada respuesta:
"¿rompehuelgas?",
en la sala del sindicato Sewell y Mina, recibió una respuesta inmediata. De pie, como un solo hombre, los mineros se levantaron y lo taparon a garabatos. ¡Qué distanciamiento ni qué ocho cuar-

tos! Tuve que salir a calmarlos para que no subieran a sacarle la cresta al actor.

Los mineros comenzaron a agarrar fama de público bravo. Los actores comenzaron a envidiar al actor que hacía del hijo; nunca actor había logrado mejor respuesta de su público. Los grupos de Santiago comenzaron a pedir que se les invitara a la mina, al parecer el teatro conlleva una parte de sadomasoquismo, los directores comenzaron a preguntarse qué diablos estaba ocurriendo en la cordillera.

Habían comenzado un largo camino para pararse de presencia para desaparecer; de orgullo para mostrar modestia; de riesgo y mesura; de amor para hacerse odiar. Los mineros se querían parar sin zapatos de punta de acero que los protegieran de los personajes y parlamentos. Querían pararse con la modestia de todo actor para poseer el escenario y dejarse poseer por su público, querían pararse de actores, de aquellos que son capaces de tomar el futuro en sus manos. ¿Qué demonios estaba pasando en la cordillera? Que así como el cobre había cambiado de manos, el teatro pedía cambiar de manos en cualquiera de sus roles, espectador o actor.
¡Qué monstruos crea el teatro!

Nada hay más terrible para un director de teatro que el que un grupo se crea el hoyo del queque y se meta hasta a Shakespeare al bolsillo.

Para calmar las cosas trajimos al sindicato *Chiloé cielos cubiertos* de María Asunción Requena, un melo que cuenta la historia de un joven marino enamorado de una bella chilota que a su vez está enamorada del capitán del Caleuche, el barco fantasma que aparece en los canales de Chiloé las noches de tormenta, que atraca sorpresivamente y sin aviso y cuyo capitán seduce, e inevitablemente embaraza, a las doncellas.

El joven marino, el de carne y hueso, pasó toda la obra declarando su amor a la bella sin siquiera atreverse a tomarle la mano. El fantasmagórico capitán de la nave fantasma no le declaró su amor, sino que con pasión la llevó a navegar por los canales del placer que pueblan las noches de Chiloé cuando la tormenta se desata.

Los esforzados hombres de la mina, y sobre todo las pícaras mujeres de los mineros, no tardaron 15 minutos para tomar partido, y durante el resto de la obra, tapar los parlamentos del joven e inexperimentado marino con tallas y consejos. El actor, no el personaje, comenzó a enrojecer no de amor, sino de vergüenza. Nunca se había sentido tan pelotudo, tanto así que no quiso salir ni a saludar.

Es que los amores cuando son en el teatro son de verdad y no fingidos, y ello me lo enseñó La Bella entre las bellas.

Para regresar a la realidad, subimos un escalón de la escalinata e invitamos al Teatro de la Central Única de Trabajadores con *Tela de cebolla*, la historia de la explotación de todo tipo a la que eran sometidas las mujeres en la recién nacionalizada textil Yarur. Le siguieron el grupo de Lota, los mineros del carbón, los que con

sus negras ropas, sus negras caras, sus pulmones llenos de polvi-
llo limpiaron el escenario de malos recuerdos.

Y los nuestros seguían avanzando, aprendiendo, asimilando, eli-
minando. Comenzaron a contar su historia a través de cortas improvisaciones frente a unos cuantos primero, luego a más y más
mineros: los de la fundición de Caletones, los de la bocamina en
Sewell, los de Rancagua, hasta algunos ejecutivos que dejaron
sus sillones de cuero, se calzaron sus bototos de minero con punta de acero, y fueron a ver qué demonios estaba pasando en el
vientre de la mina.

Los actores del TEC ya podían pararse de cabeza, hacer la flor de
loto, integrar los ejercicios en el gato, el desperezar de un gato,
compendio de los ejercicios de Jerzy Grotowski que en su teatro
pobre señala que la mejor herramienta de un actor es su propio
cuerpo. Salían de ocho horas de trabajar en la mina, viajaban dos
a tres horas para llegar corriendo a los ensayos, quitarse los bototos, la ropa caliente del minero, la faja roja que protege los riñones
de pesos excesivos o puñaladas traicioneras, ponerse las mallas,
las zapatillas de ballet y comenzar el calentamiento. Al llegar la
hora de las improvisaciones proponían sus vidas, sin decirlo, por
modestia. En segundos, los cuerpos se reunían para formar un
socavón, para sacar el mineral de la veta a la correa transportado-
ra, las manos manejando imaginarios barrenos para horadar la
piedra. Segundos más tarde todo era caos, el humo, una fragua
se incendió en uno de los portales de la mina. No fueron las llamas, fue el humo, el monóxido de carbono el que causó las muertes. En un segundo pusieron en escena la grandeza de aquellos

que van a morir y se atreven a regalar un segundo más de vida a un compañero. Abajo se corrió la voz de la tragedia, la compañía, la Braden Copper Company en la época, no entregaba información. Las mujeres se agruparon durante tres días frente a los portones bloqueándolos hasta que les dieran los nombres de los muertos, hasta que les revelaran la verdad que ya conocían.

Tres días demoró el rescate de los cuerpos: 355 mineros perdieron la vida asfixiados por el monóxido de carbono, era un 19 de junio de 1945 que revivía ante mis ojos mudos de silencio.
Casi al terminar la improvisación, cuando un coro de mujeres acompañaba el cortejo fúnebre hacia una salida del escenario, por el otro extremo entró un actor con una silla y una mesa sobre la que puso un cartel: "se contrata personal".

Algunos actores abandonaron el cortejo y fueron a hacer cola frente a la mesa.

Una mujer se acercó al contratista —los hombres en mi familia, los que había, van en esos ataúdes, necesito trabajar.

Milagro de la escena, Zola había traspasado las fronteras de la vida y la muerte, *Germinal*, regresó a la vida.

La vida continuaba y continúa.

Neruda explicó las muertes en su *Canto General*:
"no es el gas, es la codicia la que mata en Sewell".

Me habían enseñado a enseñarles a caminar por los caminos del teatro. De entre todas las obras que leímos, Perla propuso *Los que van quedando en el camino*, de Isidora Aguirre, la historia del primer sindicato campesino en Chile, pero eso ya todos lo saben. Se escogió por lo que los mineros provenían de familias campesinas, se hacían mineros en las entrañas de los socavones. Nacían en la superficie de la tierra, el color de su piel venía del polvo que levantaba el viento antes de arrancarlos de los surcos para arrojarlos a las profundidades lejos de la luz del sol.

Para la distribución de personajes no hubo mayor problema, el problema se presentó cuando hubo que darle vida a Naranjo, el traidor. Todos miraban para el lado agarrados a sus ponchos —ya teníamos vestuario— se miraban las ojotas, las manos apretaban fuertemente los azadones, sombrerito a los ojos, preferían ser llamados campesino 1 y campesino 2 a Naranjo; ese traidor tenía nombre, no era letra chica en el reparto y cruzaba la obra de principio a fin.

Al comenzar el ensayo del día siguiente dije: entre nosotros, ¡qué gran personaje es ese Naranjo! Cierto, es un traidor, pero desde el punto de vista teatral es de ese tipo de personajes que hacen brillar la escena, que atraen la vista, que van creciendo y madurando a vista de público, es ese tipo de personajes que, y no importa que sean traidores, sacan premio.

Costó conseguir campesinos 1 y 2. Definitivamente estaba trabajando con actores.

Güalterio, un carpintero de la fundición de Caletones, fue Naranjo. No era tonto el Güalterio, sabía que iba al matadero, que con seguridad iba a ser más popular que el actor que hacía de hijo en *La madre* de Brecht, pero se sacrificó con ese gesto hermoso que

—

muestra la grandeza de alma de los actores cuando, con elegancia cortesana, ceden a otro actor un parlamento de esos de los que se sabe sacan aplauso.

Una noche subimos otro escalón y al mirar el horizonte, sorprendidos nos dijimos: estamos listos, llegó la hora del parto, hay que salir del vientre del ensayo para dar los primeros pasos en el escenario.
Fijamos el día del estreno.

Todo estreno tiene su preestreno donde se mide, se estudia, se adapta el ritmo, se asegura el equilibrio del escenario, se miden los desplazamientos para que nada aparezca desplazado y los triángulos para permitir a todos la posibilidad de ver y de ser vistos. Se sigue la dirección de las miradas para saber si sirven de autopistas que llevarán a su destino las miradas del público, o si por el contrario, los lleva por camino equivocado. Se escucha el grito de los silencios rotos por el gesto preciso de una mano, de un seno, de una cadera que sobresale. Sirve para medir si está claro el movimiento de masa, y dentro de ella, justificado el del detalle que da significado y relevancia al movimiento individual, que le permite al individuo existir y no desaparecer en el montón; el detalle que hace que el movimiento de masa tenga una razón de ser; sirve para comprobar si se logró saltar el cuarto muro y pasar del escenario al público para que éste juzgue.
Todo grupo de teatro antes de un estreno tiene su preestreno y el nuestro ya era grupo y había, escalón tras escalón ganado su derecho al escenario y a ser juzgado.

Sube a contar conmigo tu historia, hermano.

Los ejecutivos, sin chistar, liberaron a los actores de sus obligaciones en la mina, estaba en juego el honor del mineral. Nos pusieron un bus para nuestro preestreno.

Los actores, ansiosos, se preguntaban dónde sería. Salimos de Rancagua rumbo a Santiago, la capital, tomamos la curva que no era y nos desviamos en Graneros, se nos acabó el asfalto y por un camino de tierra nos adentramos en el campo.

El comité de recepción estaba compuesto por los dirigentes de un asentamiento campesino —nos copiaron el vestuario —dijo Naranjo— compenetrándose con su personaje. La escenografía era una fila de gallineros vacíos; antes de ser expropiados, los propietarios del fundo dejaron morir las aves, miles de aves. Frente a ellos unos troncos delimitando un anfiteatro, al centro la madera para prender una fogata, alrededor de ella nuestro escenario y los troncos servían de gradas para que el público se sentara.

—¿Los camerinos? —preguntaron las actrices.

—El tercer gallinero, ese tiene una ampolleta.

Esa noche, por primera vez nos agarraron el poncho para avisarnos —cuidado con Naranjo, nosotros tuvimos uno así.

Esa noche no hubo aplausos; al terminar, los campesinos estaban de pie y nos miraban sus ojos enrojecidos. Nos fundimos en un abrazo, público y actores, antes de sentarnos en círculo a devorar una cazuela de gallina como sólo se hace en el campo, y conversamos hasta que todo el cielo estuvo estrellado; y las estrellas más hermosas se me confundían con los ojos de mis actores.

Tres días más tarde fue el estreno. El sindicato era un hervidero.

Estaban los de Caletones, los de Sewell, los de Coya, los del patio Rancagua, los compañeros del liceo de niños, las del liceo de niñas, teníamos hijos e hijas de mineros, y frente a ellos el escenario vacío.

En el medio del público, los críticos, no los de siempre, los profesionales; la noche anterior me habían llamado de CODELCO —te estamos mandando dos autos con un pool de periodistas de Santiago, si quieres, aún podemos pararlos.

Ante nuestros ojos desfilaron las imágenes del primer día cuando los mineros habían cambiado sus gruesos pantalones por delicadas mallas, los bototos por zapatillas de ballet; cuando con miradas ansiosas se interrogaban: ¿qué demonios estamos haciendo aquí?, hasta la noche en que de pie, los campesinos explotaron en un inmenso aplauso silencioso.

—Que vengan, sabemos lo que estamos haciendo.

Y en un gigantesco movimiento de masas, seis por lado, los campesinos de Ranquil entraron por la puerta ancha y avanzaron por los dos pasillos que dividían la sala del sindicato llamando al público a sumarse a ellos.

Juntos volvieron a la superficie y a la historia sacando a luz el detalle que importaba, aquél que permitiría ver el sentido de la historia, aquél que nos interrogaba, aquél para el cual no teníamos, ni proponíamos, respuesta.

Los críticos entraron en el juego, lo único que les faltó fue tirarnos el poncho para avisarnos de Naranjo. Tampoco, ellos eran de la capital, y estábamos en Rancagua.

Gritaron —trampa, entre los actores había profesionales disfrazados de mineros. Como prueba publicaron la foto de Naranjo: a ése lo hemos visto antes.

No, no lo habían visto antes, y quizás ahí estaba el problema. Nos habían acostumbrado a mirar sin ver, a obviar el detalle, no fuera que enviara mensajes peligrosos; para modelar la sociedad se necesitaba modelar la mente. Solamente cuando todos pensaran igual se conseguiría el bienestar y la felicidad; era la fórmula ideal para no pensar.

—¡Auxilio! —grité.

El país ardía. Un país en que antes los almuerzos familiares los domingos eran una tradición, se transformaron en una pesadilla. Las familias se dividían, el diálogo estaba roto, no se intercambiaban ideas, se intercambiaban insultos, no se reconocía nada positivo en el otro, el otro se transformó en una bestia a abatir. No cabían argumentos,

es peligroso argumentar, amigo.

Vivíamos tiempos de la sinrazón de la razón, al interior de la Unidad Popular surgieron las divisiones. La crítica (no la del cajón con vidrios), era recibida con desconfianza y el mensajero era puesto en la lista negra, ¿o era roja?

—¿De qué libertad me habla, amigo?

Al otro lado fabricaban sus propias listas. En la sala del sindicato, durante el estreno, varios tomaban nota, uno dobló con disimulo un programa y lo desapareció en sus bolsillos. Lo volvería a ver durante mis interrogatorios, antes de que me vendaran los ojos. Cobarde, no me atreví a decirle que el programa tenía errores, se habían escapado un par de acentos. Tuve la sensación de que no era la hora de purismos.

Había escasez y el problema no era la producción. Los camioneros encabezados por Cumsille atravesaron sus camiones cortando los caminos, en el camino del cobre, el que llevaba los mineros a la mina, comenzaron a escucharse explosiones que no provenían de los socavones. En La Moneda, Allende pedía diálogo, en Isla Negra Neruda pedía diálogo, en el Estadio Nacional, en un ritual que precedía el final de una tragedia, Allende ofrendaba su cuerpo al pueblo de Chile.
En las graderías el pueblo aplaudía empujando al sacrificio. En las graderías yo era pueblo y era actor sumando mi voz a la del coro.
La sombra negra de un cóndor comenzaba a extenderse en el sur del continente y a avanzar sobre Chile. En la lejanía, la VI flota calentaba motores.
La noche perdió su quietud, en ella se desplazaban los conspiradores. Por increíble que parezca en ambos lados se pensó en lo militar como salida. A veces se juntaban los de ambos lados. En la izquierda algunos pedían la creación de un nuevo ejército conformado por el pueblo armado y se reunían con militares supuestamente leales a la Constitución para dar el golpe y así defender la revolución. En la derecha había sectores civiles que pedían silenciosamente a gritos la intervención del ejército, junto a ellos, militares que en las sombras planeaban el golpe para terminar con el

estado de derecho.

Ambos pensaban asumir el poder sin oposición. Por el bien del pueblo.

Se intervino lo ya intervenido, las reuniones cambiaron de rumbo, ya no eran de trabajo, eran de ordenar, de carnet en mano, sin los otros, en defensa del riel. Entre ellos, como en el día del estreno, unos tomaban nota.

—Es necesario controlar la información, la historia muestra que si no se controla se corre el peligro de que las fuerzas enemigas del progreso desestabilicen el proceso de cambio. Es necesario dar solidez a los principios y la mejor forma es que no se tenga la posibilidad de elegir o comparar, el enemigo se aprovecha de nuestras debilidades —afirmó un teatinos.

Nos habían citado a una reunión en que el compañero encargado de prensa de Codelco presentaría a Valentina, la nueva directora del semanario de la mina, y querían que estuviéramos presentes. No todos, la lista la seleccionó teatinos. Valentina sonreía tras sus enormes y gruesos lentes, su sonrisa ocultaba su pensamiento, era una sonrisa de decorado, al igual que nosotros estábamos en la reunión como decorado. De vez en cuando una chispa brotaba de sus ojos mientras el compañero seguía con su cantaleta del control y sus virtudes.

Era tarde, los arroyos de la cordillera bajaban impregnados de colores creando un nuevo paisaje. Entre los árboles sonaban las cuerdas de la guitarra de Silvia Urbina cantando a lo humano y a lo divino, los telares tejían nuevas formas, las láminas de cobre cobraban vida, mis actores caminaban de paso propio, se había roto la norma establecida.

Mis actores no estaban invitados, no todas las normas habían sido derribadas. Ni lo serían.

Y las derribadas volverán, como siempre, volverán.

Es el horror vivir sin normas, amigo. Le tocaría pensar por sí mismo.

Nos aislamos, sin darnos cuenta nos aislamos, y nos dejamos aislar. No logramos distinguir el detalle de la masa, lo superfluo de lo fundamental, lo necesario de lo inútil. Perdimos la humildad del que sabe renunciar para dejarnos ganar por la soberbia del mal actor que intenta perpetuarse en el poder. Y no siempre son los actores principales, son de aquellos que se creyeron en el rol de actores principales por lo que asaltaron los vagones de primera y se arrogaron el poder de conducir la desgastada locomotora al precipicio. Sin embargo el conductor, Allende, ante la situación había planteado una salida, informó a los políticos de todos los pelajes, a los militares de todos los pelajes, que pensaba llamar a un plebiscito para ver el rumbo a tomar, la posibilidad de un gobierno de unidad nacional e incluso renunciar si fuera necesario para abrir el camino al diálogo y preservar la democracia.

El 12 de septiembre daría a conocer su propuesta por cadena nacional de radio y televisión.

El TEC incorporó una nueva obra al repertorio: *Libertad, Libertad* de Flavio Rangel y Millord Fernández, obra brasileña, obra que adaptara a nuestra realidad y actualidad. Nadie chistó cuando llegó el turno de otorgar la palabra a Shakespeare, no con Hamlet, con el discurso de Marco Antonio increpando a Brutus y al pueblo de Roma tras el asesinato de César cuyo cuerpo inanimado yacía sobre las escalinatas que conducían al foro romano.

Siete puñales atravesaron el cuerpo de César, siete puñales apuntaban a las espaldas del pueblo de Chile, el último de ellos sostenido por un militar con nombre de emperador, Augusto, su puñalada en la espalda la tenía reservada para Salvador, nombre de mártir.

Hasta las reglas del teatro se rompieron, no hubo preestreno, el grupo pasó directamente de los ensayos al escenario, había un sentido de urgencia, hubo que instalar parlantes hacia la avenida Brasil, el público no cupo en el sindicato, la radio El Libertador, la radio de los teatinos, instaló micrófonos para transmitir en directo la obra, habíamos ganado la confianza.

Cual coro de tragedia griega entramos por ambos pasillos, doce y doce, avanzamos lentamente, interrogándonos hasta en el caminar. El corifeo depositó la túnica ensangrentada de César sobre el escenario vacío y el pueblo ocupó la escena.

Al terminar, cargamos vestuario y escenario en un bus que nos esperaba para comenzar una gira rumbo a Chuquicamata, para subir un nuevo escalón en la cordillera y avanzar al encuentro con mi destino.

El bus se detuvo en La Serena, una presentación en la tierra de Gabriel González Videla, el 25 presidente de Chile, elegido en el 46 por una coalición de partidos de izquierda, el mismo que en el 48 decretara la ley de defensa de la democracia, la ley maldita que declaró fuera de la ley al Partido Comunista, el mismo que creara el campo de concentración de Pisagua, el mismísimo que persiguió a Neruda, senador de la república en la época, y lo forzó al exilio.

Una presentación en La Serena era una obligación moral.

Próxima parada: ¡Chuqui! ¡Todos se bajan!

Entramos a un paisaje lunar, las piedras del camino nos contaban sus historias, historias de amores escondidos, historias de suspiros de hombres recios llorando un amor perdido, las piedras del camino entonaban canciones de cantina en que se mezclaban risas y rudos piropos de minero.

Al llegar a la cima, la cordillera abría impúdicamente sus piernas para entregar su fruto, sobre ellas, reposaba el infinito. En Chuqui más importante que los bototos con punta de acero eran los cascos para proteger las cabezas de las estrellas fugaces que surcaban el firmamento.

Desde el fondo de la mina de tajo abierto más grande del mundo subía una espiral de vida, desde el borde de la mina se hundía en las profundidades una espiral de muerte. Los inmensos camiones nos devolvían a la condición humana en esa región de gigantes.

Cómo encontrar un parlamento que diera réplica a las piedras, a los amores que habían desgarrado su piel y secado sus venas en el desierto, a la boca abierta de una solitaria y triste calavera que pedía a gritos le devolviéramos la palabra para contar su historia.

Nos subimos al escenario para presentarnos por última vez el 10 de septiembre de 1973; la presentación terminó el 11. Un manto negro cubrió las estrellas y nuestros sueños, al fondo de la sala, como de costumbre, uno anotaba.

Con el Cachencho, director de la Casa de la Cultura de Chuqui, y el Palta, un actor uruguayo, nos quedamos conversando, del pasado y del futuro. Al presente le hicimos el quite. En el fondo hablábamos de un futuro que no existía para exorcizar el presente. Me despedí, al día siguiente seguíamos de gira hacia las salitreras; el 11 en la noche estaba programada una nueva presentación.
El camino en espiral bajaba.

Me dolían las mandíbulas, me dolían los puños de tenerlos apretados, había soñado con cucarachas. Estaba en una pieza, sentado, conversando con mi señora y mis hijos, por el respaldo del sillón se me subió una cucaracha al hombro, la agarré con un pañuelo de papel y me levanté para ir a arrojarla al baño. Al dar el primer paso apareció otra cucaracha en la alfombra, por su boca botaba un huevo transparente, anaranjado, gelatinoso, del que salía una nueva cucaracha que volaba a posarse sobre una cortina. Por las piernas de mi hija subía otra, de todas partes salían cucarachas, era imposible controlarlas, mataba la madre y aparecía la pequeña que escapaba corriendo a esconderse debajo del sillón. Con dos frascos de insecticida corría de un lado a otro de la pieza eliminándolas, al moverme sentía el ruido desagradable de las cucarachas al explotar bajo mis pies y en venganza las cucarachas seguían botando cucarachas por la boca. Cerré la boca con fuerza, me vi en un espejo, una cucaracha saliendo por entre mis labios. La cucaracha sonreía. Vomité.

X. De cómo se enfrentó a su cobardía

El bus había desaparecido, comenzó el descenso a los infiernos, nos adentramos en el limbo.

Entre gallos y media noche el chofer se había largado con el bus tomando la espiral de muerte, la que desciende. ¡El horror! El vestuario y la escenografía estaban en él. Lo del teatro pobre se puede aceptar y hasta resulta un desafío; pero ¿teatro en pelotas?. La idea comenzó a darme vueltas en la cabeza, la concretizaría en París.

Regurgitado desde el fondo de la mina apareció el bus, se detuvo frente a la casa de huéspedes y paró su ronroneo, había regresado a casa. Los mineros, los mismos que fueran nuestro público, pasaban frente a nosotros ignorándonos, cabizbajos, los hombros encorvados por el peso de herramientas invisibles. Vestían sus cabezas con los blancos cascos y al llegar al borde de la mina se arrojaban a su vientre abierto ofreciéndose en sacrificio.

Me arrojé.

Al igual que los otros caímos en el primer círculo de la espiral, aquél que quedaba cerca de las estrellas, aquél donde comenzaba la vida, o terminaba la muerte.
David Silberman, el gerente de la mina, se arrojó el último. El gigantesco anfiteatro dejó de respirar pendiente de sus entrecortadas palabras: golpe... se levantaron... se combate... Allende está

en La Moneda... se defiende... Los carros militares están subiendo desde Calama... lo que tenemos no alcanza...

Dispérsense, confúndanse con las piedras, transfórmense en polvo llevado por el viento, y de noche sigan las estrellas, bajen a perderse en las luces, en las sombras de la ciudad, siempre en ella una mano amiga abrirá una puerta. Si en el camino los militares los detienen, no resistan, entréguense, no se sabe cómo viene la cosa.

No, no sabíamos, lo sospechábamos, pero de tanto repetirlo nos habíamos creído nuestro propio cuento, ustedes saben, la historia muestra que los militares chilenos... y una vez más olvidamos parte de la historia. Julio Durán, un político de derecha, antes del triunfo de Allende amenazó que por las calles de Chile correrían cuajarones de sangre. De inmediato respondimos: es la campaña del terror, sin embargo la campaña del terror no era en broma.

Años más tarde políticos irresponsables, para ocultar su incapacidad, comenzaron nuevamente a utilizar el slogan, denunciando: hay una campaña del terror contra nuestros candidatos.

Se puede jugar con todo, pero ese todo tiene un límite. La decencia marca el límite. La historia que incomoda se puede borrar con el codo, pero con el terror no se juega, nada hay más horrible en esta vida que enfrentarse al terror sin límites, y nuestro terror no se vende por un puñado de votos.

El más viejo entre los viejos dirigentes se acercó a mí y a Perla y nos dijo —compañeros, estamos organizando la salida de David por el desierto, quedan dos vacantes en el jeep.

Miramos a nuestro grupo, sus voces resonaron en nuestros oídos, de seguro hubieran entendido, de seguro; pero en un gesto de máxima cobardía no dimos un paso adelante, dimos un paso atrás camino hacia la casa de huéspedes, esta vez como grupo, en que la belleza de la masa la daba la belleza de nuestros actores.

Esperamos con la misma ansiedad que esperamos la entrada del público, pero un público que marcha, un público uniformado, no es público.

¿David? David no cruzó el desierto, lo interceptaron el 13 de septiembre del 73, un tribunal militar lo condenó a 10 años de cárcel, permaneció en la penitenciaría de Santiago de donde un grupo desconocido lo sacó 21 días más tarde, el 4 de octubre del 73. La última vez que alguien lo vio con vida fue en la enfermería de Cuatro Álamos, estaba en mal estado, había caído en manos de Manuel Contreras.

—De ahí nunca más se supo... Tenía 35 años... se le buscó hasta en Paraguay... —dijo una voz entrecortada en el vientre de la mina, allá, arriba, en Chuqui...
¿O era el viento?

Durante tres días permanecimos, sin salir, en la casa de huéspedes. Por las rendijas de las cortinas veíamos los desplazamientos de los militares, a veces solos, uniformados, a veces acompañados de hombres y mujeres sin cascos. De sus hombros encorvados, de sus cabezas gachas se elevaba una dignidad que sobrevolaba los fusiles, nuestro público se había transformado en actor principal.

___

Al caer la noche el Cachencho y el Palta nos trajeron alimentos: un cajón con comida de guagua, se lo habían robado del hospital, y un libro —para pasar el tiempo.

¡Pasar el tiempo!

Era un tiempo de esos que uno quisiera suspendido, de esos en el que uno deseaba que el camino hacia el destino se detuviera, o se desviara al tomar la curva equivocada, o diera un salto al vacío. Un tiempo copia de ese segundo justo antes de que se ilumine el escenario y uno desaparezca al dar sonriendo el primer paso; ese segundo en que la obra entera pasa por la mente y todo se olvida para renacer con otra cara al entrar en el círculo de luz sobre escena, de sombras en la sala de interrogatorio, y se establece un nuevo tiempo que ya no es el suyo.

Al tercer día me escoltaron a la jefatura militar, dos militares conversaban entre ellos, el jefe de plaza y un coronel, a decir verdad nunca reconocí en sus vestuarios el significado de las charreteras, estrellitas, condecoraciones, medallitas, hilos dorados trenzados que colgaban sobre hinchados pechos.

Entre ellos, yo, y la puerta yacía una ametralladora. Mentalmente medí la distancia, estaba más cerca de mí que de los otros que continuaban conversando entre ellos ignorándome. Todo estaba dispuesto en línea recta, casi como indicando un desplazamiento. Jamás he aceptado que mis actores tracen en el escenario rígidos desplazamientos de esos que por lo marcados no conducen a ninguna parte y asesinan el equilibrio del escenario. Podría desplazarme en un movimiento semi circular, me dije, es más largo pero me daría una visión global y en vez de sentir solamente en mi espalda la presencia de la puerta cerrada podría sentir lo que estaba detrás de la puerta, podría, de un solo movimiento circular, apropiarme de la ametralladora y cubrir la escena para detenerla en los dos militares que ajenos a mi presencia conversaban.

¡Ajenos a mi presencia! Para un actor nada hay más doloroso que el que lo ignoren; para un director nada hay más peligroso que el que los actores se le disparen por su cuenta y la escena pierda su sentido.

Para mí nada había más peligroso en ese momento que el que la ametralladora estuviera cargada, y yo estoy en contra de la pena de muerte, la de los otros, no la mía.

La ignoré, olímpicamente la ignoré, no era parte de mi utilería, y lo que no uso me sobra. Desclavé mi mirada de la ametralladora y la clavé en los dos militares.

Cobarde, leí en sus mentes.

—No sabíamos qué hacer con ustedes —habló el que parecía tenía el mando.

Así que ellos tampoco lo sabían, o al menos no todos lo sabían. De saber hacer lo suyo, eso sí lo sabían, los límites del horror, esos nadie los conocía.

—Los mandamos de regreso, los otros ya están en el bus, solamente falta uno.

—Sáquenlo de aquí.

El motor del bus ronroneó como un gato, regresaba a casa; el bus a casa, yo a bajar otro escalón a encontrarme con mi destino.

Hasta las piedras guardaron silencio, la calavera perdida en el desierto cerró sus mandíbulas, los jirones de ropas desgarradas por el uso y por el paso del viento intentaron recrear un bosque de banderas, esta vez sin canciones; un bosque de banderas silenciosas, descoloridas, un triste bosque en la inmensidad del desierto y de mi pueblo, un bosque de banderas esperando que alguien diera nuevamente la palabra a la seca calavera y devolviera su musicalidad al viento.

Morir; dormir. ¿Dormir? ¡Soñar acaso!
¡Ah! La rémora es esa; pues qué sueños
podrán ser los que acaso sobrevengan
en el dormir profundo de la muerte,
ya de mortal envoltura despojados

Respetando la pausa de la historia, viajamos en silencio.

Cruzamos Santiago de noche. Un manto negro había cubierto la ciudad, la oscuridad era desgarrada de vez en cuando por haces de luz que caían sobre nosotros desde los helicópteros Puma. El ruido de los helicópteros producía escalofríos, ruido, silencio, ruido; de vez en cuando ruido de disparos. Estamos resistiendo, me decía para consolarme. La luz del bus, un solo foco, cíclope que avanzaba en la noche iluminó una bandera roja que yacía solitaria en la avenida.

La pisó.

La pisó y continuó su marcha, continuábamos bajando las escalinatas.

Me adormecí. Cuando abrí los ojos, mis actores habían desaparecido, Perla había desaparecido, quedé el último de una lista. No era una lista nacional, era local, pero era una lista, estaba nuevamente en los periódicos, y para un actor, para un director salir en los diarios produce un gran placer, significa reconocimiento, aunque fuera en esa lista.

Se buscan, era el encabezamiento, simple, directo, amenazador por el contenido tras él escondido.

Bajé en el próximo paradero, regimiento Membrillar, se leía en el frontis del decorado. El director de orquesta era un exprofesor de gimnasia mío de la época de Temuco, en ese momento jefe de plaza en Rancagua, comandante Cristian Hackernek San Martín.

Mi destino me seguía, sin saberlo caminaba hacia él, al frente de él.

¡Cuán simple hubiera sido mirar hacia atrás o haber tomado el jeep junto a David!

Cruzada la entrada, otra sala de espera, sentado frente a mí un soldadito con un uniforme desconocido, al parecer era aviático. Silencio, miradas desconfiadas entrecruzándose, hasta que llegado el momento el soldadito karateca se levantó de su banco, se acercó y me rompió el silencio.

Ése era su papel.

Ahora entiendo el porqué le llamaban regimiento Membrillar.

Sin decir palabra me subieron a otro bus, me sentaron al centro, me encadenaron. Miré a mi alrededor, estaba solo. Delante del bus un jeep militar, detrás otro jeep lleno de milicos, me pasearon por el centro de Rancagua, por calles peligrosas, pasaron frente a locales peligrosos, uno anotaba posibles reacciones.

En la plaza una bella me dedicó una sonrisa, sonreí; en la calle Zañartu, a mi paso, se cerraron las persianas de un local de teatro,

a veces es mejor no ver, amigo.

En la avenida Brasil cruzaron frente al sindicato Sewell y Mina, las puertas estaban cruzadas por cadenas. Al frente, la cárcel pública. Fue en ese momento que caí en cuenta que no me habían preguntado nada y con ello me dejaron sin la posibilidad de dar mis réplicas. Nada hay más terrible para un actor, quien durante 1.665 kilómetros preparó sus respuestas, que el que no le den la oportunidad de decir líneas tan cuidadosamente ensayadas.

Estaban aprendiendo, negarme el uso de la palabra era parte del castigo.

Frente a mis ojos se desplegó la cárcel de Rancagua, viejo edificio de ladrillo que ocupaba toda la manzana. En el frontis dos palmeras, una a cada lado de la puerta principal, en las esquinas unos bosquejos de torreones desde donde vigilaban a los presos. Al interior dos patios, el de menores y el de los comunes separados por un bloque. El bloque tenía dos pisos, al segundo se subía por una escalera metálica que se encontraba al fondo de la galería. Al lado izquierdo, una cañería de la que caía un chorro de agua helada, a la derecha: un bloque de cemento con tres hoyos: los baños.

Al final de la escalinata un pasillo que se abría en dos distribuyendo los personajes en pequeñas celdas; en el sector de la izquierda, pasada la mitad, estaba la 55.

Mi celda.

La 55 arriba había sido ocupada en el pasado por dos comunes, los sacaron para dar paso a los políticos. Cuando me arrojaron en ella, doce la habitaban.

Seis dormían a cada lado y en el hueco de la puerta el que sobraba, el recién llegado.

Durante el día, el improvisado dormitorio se transformaba en sala de estar, seis a un lado, las piernas encogidas, seis al frente, las piernas encogidas, en el pasillo del medio, entre piernas encogidas, nacía un corredor. Nadie sobraba en la celda de tres por cuatro metros, el 13, y todos éramos el 13, por turno caminaba en un movimiento perpetuo.

Cuatro metros para el frente, media vuelta cuatro metros para atrás. El secreto estaba en la dimensión de los pasos, en la forma de estirar la pierna para poner todo el cuerpo en movimiento y devolver el pie que había osado levantarse al corredor un suspiro más adelante.

El teatro pobre, los ejercicios, el gato desperezándose, el decorado en movimiento, dos murallas de cuerpos contraídos, dos murallas construidas de miedo, y entre ellas el avance incontenible por las escalinatas en pos de nuestro destino.

La primera puerta se cerró detrás de mí, al frente, en la guardia armada una fila de presos, frente a ellos un gendarme. Revisé el libreto, gendarme, decía, la última rueda del carro entre los uniformados, no eran milicos, no eran pacos, no eran aviáticos, no eran de la marina, eran gendarmes, una especie de perros guardianes no entrenados que cuidaban a los presos.

Temblé. Me apodaban el gato.

Bajito, un vientre prominente, algo desdentado, los pantalones de su uniforme de gendarme apenas se sostenían bajo la guata, zapatos en los que se adivinaba la suela agujereada, el gendarme mayor se paseaba frente a la fila gritando insultos.

Se le debe haber metido agua en el zapato en los fríos días de lluvia del invierno rancagüino, pensé.

Con ojo crítico estudiaba el desarrollo de la escena: no debería gritar, pierde toda autoridad, además no articula bien y en la guardia armada hay resonancia; el movimiento es lineal y se desplaza siempre en una línea paralela y al mismo ritmo, lo que quita todo elemento sorpresa. Se acerca demasiado a nuestras caras, tendría que guardar distancia —y no pensaba en Brecht—, tenía mal aliento.

Una sonrisa me traicionó, sin darme cuenta sonreí.

Error, craso error, hay que guardar silencio y el silencio pasa por silenciar el cuerpo.

El culatazo me lo recordó.

Aprendí a esconder mis sueños cuando era un tiempo de soñar, aprendí a esconder mi pensamiento cuando era un tiempo de pensar, aprendí a obedecer cuando era un tiempo de desobediencia, aprendí a callar, yo, que había aprendido a escuchar para poner en el escenario la palabra, yo que adoro la palabra, y que me perdone La Bella.

Aprendí a hablar sin palabras, aprendí a reconocer los detalles en un bosque de uniformes, aprendí a dejar mi pensamiento corriendo por un lado y mi cuerpo por otro, aprendí a que ni uno ni otro se traicionaran, aprendí a hablar en yo, olvidando el nosotros, podía poner en peligro a otros.

El yo/director fue reemplazado por el yo/preso, y en ambos casos ese yo asumió el yo/nosotros para permitirles a mis actores sobrevivir en el escenario.

Lo que no pude aprender fue a preferir la marcha sobre la canción, la masa sobre el individuo, el doblegarse sobre la dignidad, la avaricia sobre la generosidad, la corrupción sobre la honestidad. Observé la falta de principios disfrazada de principios, generales, siempre generales, tan generales que parecían ser de cartón piedra y podían servir de decorado a cualquier obra.

Todo eso aprendí por lo que eran tiempos de aprender aunque fuera por esa necesidad de sentirme humano cuando el yo/humano gemía como una bestia herida.

Unos no aprendieron, ni aprenderán.

—Es que no quieren ver la diferencia.

XI. De cómo aprendió a hacer gritar el silencio

Un carcelazo no sirve si no se aprende algo, y el algo es diferente según lo miren los encarceladores o los encarcelados. La dimensión de la cárcel no interesa. Puede ocupar una manzana o un país, un país o una unión de países; puede ocupar, y ello sí es terrible, un individuo, su mente encarcelando su cuerpo o su cuerpo encarcelando su mente y de ese tipo de cárcel difícilmente se escapa.

Desde el dintel de la puerta observaba a los doce. En la mañana, a primera hora me pasaron la voz: en esa celda hay un par que nadie conoce, cuidado. La luz del día se deslizaba entre los tres barrotes de la estrecha ventana, con el avanzar del tiempo el rectángulo luminoso creado por los rayos se iba desplazando de un rostro a otro deteniéndose el tiempo suficiente para examinarlo. La tensión era insoportable, no reconocía a ninguno de los doce, y los doce habían sido parte de mi público. Ni un solo detalle los traicionaba, yo temía que mis nervios me traicionaran y los dos o uno de los dos se diera cuenta, lo que significaba firmar mi sentencia de muerte.

El aire se volvió irrespirable, los pasos del paseo canero se aceleraron, las espaldas se contrajeron, los silencios gritaban.

¿Ése? No. ¿Ése?, o quizás ¿ése?

Esa noche hasta los chinches se quedaron sin salir de sus cuevas, nada se movía en la celda 55.

En la madrugada del día siguiente llegó otra información: los conocían, uno era de Codegua, el otro de Lo Miranda, militantes de partidos de centro, y sus familiares, atemorizados, no habían venido a verlos o a preguntar por ellos.

La vida recobró su ritmo normal: en las mañanas salir de la celda al conteo —los milicos se habían hecho cargo de la cárcel—, el gendarme gordito iba siguiendo el ritmo al numerarnos para que nadie diera dos veces el mismo número. Por juego acelerábamos, el gordito aceleraba; por juego uno entraba a la celda antes de que pasara para que al terminar no le cuadrara la cuenta; por juego nos poníamos la soga al cuello, nadie sabía a ciencia cierta cuántos habíamos, cuántos entraban, cuántos salían, cuántos desaparecían.

Hay juegos peligrosos.

Quince minutos para ir al baño, una canaleta que atravesaba el suelo del piso de abajo permitía una meada masiva. Frente a los tres hoyos del güater, colas, era un ceremonial, un altar donde se subía con los pantalones abajo para mayor rapidez, se daba vuelta para enfrentar a los fieles y el oficiante evacuaba. Cuando había pocos en las tres filas hasta se podía hacer un poco de vida social.

A los quince minutos, un grito, y salíamos corriendo de regreso a nuestras celdas. De paso, se había hecho algún contacto, se veía quién había ingresado, con temor se miraba hacia las celdas amigas para ver si estaban todos.

En la noche, sonaban los cerrojos.

Nada hay más terrible que el sonido de un cerrojo en la mitad de la noche, ese ruido que rompe la pesadilla para volverla realidad, ese ruido que indicaba que se salía de la luz de la luna para entrar en la oscuridad que cubría el sur del continente y cuando se desaparecía en la sombra no se sabía si se regresaría a puerto seguro: la 55, mi añorada celda, el ancla que me ataba a la vida.

Nada hay más terrible que una celda de esas en las que no se abren los cerrojos, de esas que jamás permitirán que el pensamiento recobre la palabra, que la sonrisa no tenga que esconderse, de esas que no permiten la disidencia, de esas donde las decisiones las hace el colectivo y todos sabemos cuán reducido es el colectivo.

Debió haber montado *Marat Sade*, es mejor hacerse el loco en medio de la locura generalizada.

Y sin embargo, era y seguiré siendo, lo que pasa es que mi era, a diferencia del somos de ellos, conlleva el yo, el mío y el de cada uno de ellos.
Soy, querido Carlos; soy, Pepe; soy, Gracia; soy, Guillermo; soy, Pancho; soy, compañeros, aunque me nieguen el derecho al soy.

—El soy existe, pero se reserva para los que viajan en vagones de primera, el resto son nosotros y nos pertenecen —me respondió el colectivo.

Se escuchó el ruido de los cerrojos que se cerraban sobre mi vida.

Bajé/Subí otro escalón de las escalinatas, los dos escalones que me conducían a mi asiento en el bus que transportaba a los prisioneros.

Esa mañana habían llamado mi nombre por los parlantes, era uno de los doce que ese día íbamos a la fiscalía.

Yo soy el trece, intenté sacármela.

La Intendencia de Rancagua nos esperaba, en la plaza de armas, al lado izquierdo de la catedral, con un hermoso patio de luz, verdadera explosión de verdes, con sus oficinas y su salón, nave central alargada coronada por una chimenea, con ventanales hacia la plaza, salón de recepciones.

Parado en su centro: el teniente Medina, nuestro verdugo.

Tres naves había, a cada lado de la principal, dos más pequeñas, una piloteada por los aviáticos, la otra por una mezcla de civiles y militares, la del medio, la más grande, la de la chimenea, la que fuera el salón de recepciones de la intendencia, la nave madre, la más temida, estaba reservada para Medina.

Aunque recibía de a uno, necesitaba espacio, Medina.

El cabo Lara, el encargado de llevar la mercadería desde la cárcel, nos depositó en el patio de luz de la intendencia. Se hizo silencio, nadie hablaba, hasta el respirar se detuvo, el pasar del tiempo se detuvo, las miradas clavadas en la puerta que conducía del hermoso patio a las tres naves.

El primero que apareció para escoger entre la mercadería fue Medina; a contraluz, su silueta se dibujaba amenazante. Avanzaba un paso, se detenía, sonreía. Nos recorrió lentamente con su mirada, no parpadeaba, ni siquiera parpadeaba, lo único que pedíamos era un parpadeo, una humilde señal de humanidad.

No levantó la mano para indicar a nadie, dio media vuelta sin decir palabra, respiramos, cruzó el umbral de la puerta, su cuerpo desapareció, tras unos segundos desde la sombra reapareció una mano. Extendió un dedo.

Me apuntaba.

Hasta las plantas suspiraron, no les había llegado su turno.

Avancé lentamente de desplazamiento aprendido en paseo canero, ganaba segundos que eran siglos de bienestar, repasaba el diálogo cuidándome de que no se automatizara, que pareciera natural, que fluyera con espontaneidad, enterré en mi mente lo que tenía que enterrar: el miedo que me acompañaba desde mi infancia.

Avancé la cabeza en alto intentando que mi cuerpo no reflejara mi terror, incluso ensayé dos o tres pasos de inocencia.

En la sala, al centro de la escena, Medina. Abarqué la sala con la mirada, la grabé en mi mente, por si acaso, para el futuro, me dije.

—Hay algunos que nunca aprenden.

Se dio cuenta, me vendaron. Sin quererlo me ayudaron, pude concentrarme.

Me quedé esperando mientras el horror comenzaba a caminar por mi cuerpo. Mis temores se confirmaron: el horror no tiene límites.

Las preguntas sí, y por lo limitadas no tienen respuesta, son preguntas clasificables, de esas que se pueden despachar con una fórmula o una frase sin sentido que conlleva un gesto de desprecio. Había perdido el tiempo miserablemente ensayando durante más de dos mil kilómetros desde Chuqui hasta Rancagua. Me sentí frustrado.

Durante los tres días que siguieron me dediqué a explorarme, mi mente había explotado, aprendí a reconocer los rayos de luz que cruzaban por mi cerebro y explotaban hiriendo mis ojos vendados; mis sentidos percibían hasta el más mínimo ruido, adivinaba de dónde vendría el próximo golpe, el significado de una puerta que se abría y una que se cerraba, el cómo se desvía una línea recta para explorar otros caminos. Conocí mi cuerpo y sus reacciones, previsible mi cuerpo. Me desilusioné, respondía a impulsos eléctricos, no los míos, los de afuera, respondía a los golpes, no los de la vida, los de la muerte, esos duelen menos. Le enseñé a responder ocultando la respuesta, enseñé a mi voz a no delatar emociones, a mostrar el miedo —había que darles gusto— no lo que se estaba pensando.

—Los decorados de cartón piedra, ¿recuerda?

Me enseñé a reconocer las voces, entre ellas la del excompañero de colegio de los Maristas en Rancagua. En la intendencia se mezclaban militares y civiles, en la cacería se mezclaban militares y civiles, en mi cuerpo adolorido se mezclaban militares y civiles, en mi mente registraba los detalles.
Los utilicé años más tarde cuando en Francia monté un Edipo rojo

latinoamericano.

El escenario estaba delimitado por columnas de tela, unas blancas, otras color concho de vino. A un costado, el derecho, en la parte delantera, una pequeña tarima, un poco mas atrás en diagonal un pedestal.

El resto del escenario estaba vacío.

Un actor cruzó el escenario sombrío, se subió a la tarima altar, una tenue luz blanca lo iluminó.

Lentamente comenzó a desnudarse.

Ni una mosca volaba en el teatro, se sentía el sacrificio del actor que por primera vez se ofrecía en público, un enorme costurón atravesaba su estómago, cicatriz recuerdo de alguna pelea en un bar en el norte de Chile. Al quitarse la última prenda, el pedestal que estaba tras él comenzó a iluminarse lentamente, sobre éste un par de botas militares, Medina.

El actor comenzó a colgarse de una cruz inexistente, su cuerpo desapareció para dar paso al cuerpo del otro, levantó la cabeza, su rostro sin ojos miró al público y lanzó su primera réplica:

—reconozco tu voz.

Quería que lo supiera.

Sin preguntas, las preguntas olvidadas en el tiempo; sobre el escenario afloraron las respuestas, aquellas que tan cuidadosamente había preparado desde Chuqui hasta Rancagua. No había perdido el tiempo mientras cruzaba esos dos mil kilómetros.

Al terminar el tercer día regresé a la 55, con todos los privilegios del que regresaba de un interrogatorio, derecho a una cama improvisada con la ropa de los compañeros, ¡con espacio para estirar las piernas!

Nadie preguntó nada, no era un tiempo de hacer preguntas, era un tiempo de compasión.

No hablé, no por valiente, ¡qué va!, si no, pregúntenle a mi cuerpo. Hasta el día de hoy salto si alguien se aproxima en silencio por mi espalda, hasta el día de hoy me despierto en las noches bañado en sudor y gritando.

No hablé por lo que el horror no tiene límites, no hablé por simple curiosidad, quería ver qué había detrás del límite, asomarme al último escalón, o quizás simplemente por lo que Medina, sin darse cuenta, se detuvo un escalón antes. Todos tenemos un límite.

Que conste, nada hay más terrible para un actor, para un director de teatro, que ocupar la escena, la nave principal, y decir: no hablé, sin embargo estaba contento, apoyé la cabeza y me dormí.

Tiritaba, por fin, de dignidad tiritaba.

Meses más tarde, terminaba de tomar una ducha; a mi lado, Moraga, miembro del comité central del Partido Comunista, terminaba de contarme su historia —por si no salgo —me dijo.

Por los parlantes se escuchó mi nombre llamándome a la guardia armada. Temblé, me pregunté si resistiría otro escalón. Tras una pausa la voz añadió —con todas sus pertenencias.

Crucé el patio, recorrí los rostros de los compañeros, los de los que se quedaban. No había envidia en ellos. Nos habían prohibido aplaudir las liberaciones. Como con los otros, se formó una doble fila y todos daban/dábamos una palmada cariñosa en la espalda.

Moraga añadió —no te olvides de mi historia.

Crucé la puerta principal en dirección contraria, a ambos lados, tapando las palmeras, mujeres. Mujeres que vigilaban cuando salíamos a interrogatorio, no para darnos valor, para decirnos, "los vimos"; mujeres que esperaban nuestro regreso para decirnos, "los vimos regresar", y regresaban a sus hogares vacíos de hombres, pero tan llenos de calor. Mujeres que cuando nos prohibieron aplaudir las liberaciones aplaudieron por nosotros. Valientes mujeres de Rancagua.

A mi lado, dos enviados por Naciones Unidas. En la avenida, un auto con dos banderas en las que se dibujaba el mundo; me habían sacado. Entendí por qué Moraga me había contado su historia, me sentí mal, como viajando en un vagón que no era de tercera. Hice lo que me habían recomendado no hiciera: levanté el puño.

—Siempre se aprende algo, pero hay algunos que no aprenderán jamás —me dijo sonriendo el chofer del auto, Víctor, un actor del teatro de la CUT, de los de *Tela de cebolla*.

—¿Qué demonios estás haciendo aquí?

—Recogiendo huevoncitos —explotó en alegre risa.

Enfiló hacia Santiago, la cordillera se fue borrando de mis ojos, el camino se fue borrando de mis ojos, estaba llorando.

En Santiago, rumbo a la oficina de Naciones Unidas para refugiados, pasamos frente a Teatinos. Del interior se escuchó un categórico "los hombres no lloran". En la oficina de NU un miembro de la Cruz Roja Internacional llenó una hoja, con membrete, y escribió mi nombre. Me serviría de pasaporte y documento de identificación hasta llegar a Francia.

Existía.

Un hombre no existe sin su pasado, lejano o inmediato, aunque a veces es peor existir conociendo su futuro.

Sonó el teléfono. Era Medina... que lo habían llamado urgente de Santiago, que en su ausencia su reemplazante había autorizado mi salida sin saber, que era un error, que aún no había terminado conmigo, y que debían devolverme.

Cambio de planes. El chofer me llevaría al refugio de Padre Hurtado, donde NU había concentrado a los extranjeros que había logrado rescatar de las cárceles.

Saldría como extranjero. A decir verdad era extranjero: me reconocía sin reconocerme, el país ya no era el mismo.

El chofer no había cambiado —vamos a ver La Moneda.

Fuimos, aún estaba la bandera chilena al tope en el frontis quemado.

Me bajó como un patriotismo, Allende no arrió la bandera.

Fuimos a ver la UNCTAD, hoy el centro Gabriela Mistral, donde funcionaba la junta militar de gobierno.

Me subió una rabia.

Paramos en el Haití a tomar un café.

Me bajó como una nostalgia de los verdes de Caldas, la zona cafetera de Colombia.

En el refugio Padre Hurtado, entre los extranjeros, una actriz y cantante colombiana: Perla.

Entre los falsos extranjeros, una tracalada de chilenos imitando acentos; me uní a ellos.

Tres días más tarde, nuevamente en bus, el acento paisa me salía como cubano, así que me cambié para el acento argentino, era más seguro. En el camino, una barrera.

Todo el mundo baja, esta vez buscaban chilenos.

Ello no impidió que el miedo alcanzara a los extranjeros, el horror no tiene fronteras.

Tres horas de atraso, sin embargo al llegar al aeropuerto el avión de Air France nos esperaba, el piloto se había negado a despegar sin tener su carga.

Nos cruzaron rápido por los puestos de control, en la rapidez, mi madre me hizo pasar una caja de cartón, me hicieron abrirla.

Libros: Brecht. Obras completas, teatro, escritos teóricos y poemas, Grotowski, Stanislavski, *La Celestina*, la alcahueta regresaba al viejo mundo.

El soldadito los miró, cerró la caja, y me dejó pasar con una sonrisa, casi sentí que me tiraba el poncho.

Se lo dije, escuché en mi memoria.

Subí al avión. Dado mi estado me ofrecieron viajar en primera.
Por los míos,
por los que se quedaron,
por mí,
me senté en tercera.

La razón de la sinrazón

o

la crítica de la razón impura

500 años estarás
condenado a vagar por el mundo.
Pasado ese tiempo
desaparecerás
consumido por las llamas
para renacer de tus cenizas
y caminar a ciegas
a enfrentar tu destino.

XII. De cómo retomó el camino de regreso a la soledad inicial

UP se leía sobre el frontis del edificio de piedra en el centro de París, en el 14 de la rue de Trévise para ser más exacto. La UP había abierto sus brazos a los refugiados venidos de Chile, primer foyer en el centro de la ciudad luz.

—Mmmm, dijeron los teatinos, ahí comenzó todo, en París.

Al salir del foyer, doblando a la derecha y en la esquina a la izquierda, cincuenta metros en total, estaba la entrada del Folies Bergère.
Al salir doblando hacia la izquierda y en la esquina a la derecha, los grandes bulevares, las grandes avenidas; al dividirse el camino en dos, la Ópera de París, y frente a ella, el Café de la Paix.
Si se doblaba a la izquierda, y es natural, se llegaba al diario del Partido Comunista Francés, *L'Humanité*.

Detalles, puesto que si se entraba al foyer, tras pasar bajo la UP, que no significaba Unidad Popular como creíamos, sino *Union de Paris*, había un hall; de frente, algo a la derecha una cafetería, y doblando a la izquierda y seis pasos más allá a la derecha, dos puertas de madera, gruesas, amables, marcadas por el paso del tiempo y de cientos de manos que las habían acariciado. Era la entrada a una sala de teatro con capacidad para 300 personas, un teatro abandonado ocultándose en el centro de París.
Fue el encuentro de dos almas solitarias, de dos seres despoja-

dos de su razón de ser, un director sin nadie a quien dirigir, un escenario sin nadie que lo montara y poseyera.

Entré a la sala, avancé por el pasillo, acaricié las butacas, me senté en una para dejarme acariciar por sus brazos, respiré el polvo, mis oídos se despejaron para captar el último parlamento suspendido en el tiempo. Era Monsieur Bip quien desde la escena sonreía diciendo: tú puedes hablar, la gente que regresa de la muerte tiene derecho a la palabra.

Sin esperar, subí al escenario, y en silencio, mi cuerpo explotó en un grito que dejó escapar los dolores contenidos en mi alma.

Es que aún uso la palabra. Mi cuerpo dijo todo lo que tenía que decir durante los interrogatorios, y no le hicieron caso.

La respuesta más calurosa llegó del segundo nivel, el paraíso, o gallinero como se llamaba en Chile, al igual que había surgido en los gallineros abandonados en los campos cercanos a Rancagua en los setenta.

Bajé del escenario, atravesé la sala, renací con los parlamentos, crucé la puerta, fuera del teatro di un paso de esos que no son caneros.

Estaba en París.

En la cafetería, una francesa, la misma que la noche anterior en el aeropuerto tomaba notas. Frente a ella un tazón de café y una silla vacía, me hizo un gesto. Me acerqué, soy débil, no resisto ni las francesas ni el café.

Sacó una lista, la de las notas. Me enseñaron a leer al revés, eran nombres conocidos. Mi mente regresó a la intendencia, mis manos siguieron subiendo al mismo ritmo acercando el tazón de café a mis labios, evité acelerar el ritmo, no se fuera a dar cuenta de que estaba ganando tiempo mientras buscaba la respuesta adecuada.

Bajé el tazón, tomé una servilleta de papel, de esas media transparentes y que no absorben nada, me sequé los labios; con la punta de mis dedos, para no ensuciarme, tomé un croissant, lo llevé a mi boca. De boca llena no salen palabras, es mala educación.

Monsieur Bip sonreía desde una esquina; le guiñé un ojo.

—Siempre se aprende algo.

¿Rancagua?
Mmmmm.
¿La cárcel?
Mmmmm.
¿Estaba el Pepe D. entre los presos?
Mmmmm.
Agarré una brioche, son más grandes.
Jacqueline comenzó a contarme su historia, me acordé de Moraga. Me pregunté, ¿por qué los directores de teatro, los actores parecemos curas?
Todo el mundo se cree autorizado a contarnos sus vidas.
Y después tenemos que andar como locos comiendo brioches para no traicionar la confianza.
Cavaletto, el director del foyer, nos trajo otra bandeja con brioches y croissants.
Amable Cavaletto.

—Nunca aprende. Cavaletto también quería ver la lista.

Había viajado a Chile llamada por la aventura, había participado en mayo del 68, pero no quería quedar como una soixantehuitarde, o lo que es lo mismo una excombatiente atrapada en el pasado y la nostalgia.

En Santiago se enamoró de un cabro, fotógrafo del diario *El Siglo*. El fotógrafo se enamoró del caché: una francesa perdida en la revolución era algo único. Casi al mismo tiempo, Catherine, otra francesa, estaba perdida en la revolución en Arica, se enamoró de un relojero, quien más tarde sería uno de mis actores, en Concepción, otra francesa...

Basta de casos únicos, me dije.

—De picado, por lo que a Rancagua no llegaron francesas.

Como que se sabe, como que se nota, como que se huele, al igual que se sabe, se nota o se huele cuando se ha sido del paseo o se es decorado de cartón piedra.
Confié.

Pepe no estuvo en la cárcel, el exprofesor de primaria y luego jefe de personal en la mina, 15000 trabajadores tenía a su cargo, se esfumó. Era uno de la directiva que teníamos de repuesto en caso de golpe. Pepe estaba a cargo de organización, yo, de agit-prop. Todos los fines de semana salía a caminar por la cordillera, para despejar la mente, para hacer ejercicios, decía. Estaba reconociendo, buscando senderos no transitados, grutas aún vírgenes. Pepe había leído el relato de la salida de Neruda en la época de la ley maldita.

Hay algunos que sí aprenden. Yo, pajareando, estaba leyendo mi destino. Lo sé, hay algunos que no aprenden.

Y sin embargo…, añadió mi mente.
—¿Ah? —preguntaron los teatinos.
—¿Ah? —preguntó Medina.

—Los viejos quieren verte —me dijo Jacqueline, despidiéndose con una cierta tristeza en los ojos. Se estaba separando del fotógrafo, al parecer no daba lo mismo ser francesa en Santiago que ser francesa en París.
Eran tiempos en que en París era mejor ser chilena.

Sobre la mesa, en la panera, un croissant languidecía, una brioche se endurecía, un pain au chocolat se quedó sin entregar el fruto de su vientre. En el fondo del tazón flotaban unas migajas. Por las escalinatas bajaba el eco de risas, de las duchas se escapaban los gemidos de las parejas haciendo el amor, subí el primer escalón y escuché el sonido de canciones escapando de los cuartos.
"América Latina canta a Chile"
"*L'Amérique latine chante au Chili*"
Miré hacia el viejo teatro y le dije: tenemos voces, tenemos nombre, estrenamos en quince días. Golpeé a la primera puerta.

Llamé al teléfono que me dio Jacqueline, me comunicaron con la oficina de los chilenos.
Desconfiados me preguntaron quién me había dado el número, desconfiado contesté —Jacqueline.

Me preguntaron si sabía dónde estaba la oficina.

Sin dar detalles dije —sí.

Me preguntaron en qué foyer estaba,

contesté —cerca.

—Ah —me respondieron.

—Mañana a las diez de la mañana —me citaron.

—Bueno —acepté la cita.

—Salut!

—Salut! —me despedí.

Estaba comenzando a manejar el lenguaje del exilio.

Al entrar al diario me dirigí a los de recepción para preguntar por la oficina de los chilenos. De reojo, vi a dos chilenos, uno a cada lado de la puerta. Instintivamente medí la distancia entre ellos y mi espalda.

Tuve un mal presagio, sin embargo eran los míos, los míos sin ser míos, me consideraban de los de ellos, incluso llegué a ser dirigente de los míos, pero yo era de los yoes, siendo de ellos era yo, y no me gustaba que me dijeran lo que tenía que decir y si el parlamento no me gustaba improvisaba y rompía el ritmo y el riel. Hasta prefiero el "nosotros" al "de", ese "de", de "de ellos", lo digo yo, que a veces dudo hasta del "yo".

En la capilla es pecado salirse del riel, incluso cuando se va al abismo.

En la oficina, dos, él, el encargado, Claudio, quien se encontraba fuera de Chile para la época del golpe, y así introduzco la primera de las categorizaciones del exilio: los que estábamos adentro el

11 de septiembre del 73, día del golpe, y los que estaban en el exterior. A su lado ella, Mónica, una joven periodista de *El Siglo*, y así introduzco la segunda de las categorizaciones: los institucionales o funcionarios (era la compañera encargada de prensa y propaganda) y los simples mortales, gallá sin cargo alguno.

—Nada sale a la prensa sin que antes pase por mí —me dijo Mónica a quemarropa.

Era una época de censura.

—No era censura, era la época, esto cambiará con el cambio de época, va a llegar el momento en que ya no sea necesario controlar, lo controlable habrá desaparecido, o estará controlado.

—Uf, ¡qué alivio!

De ella, se decía que tenía el poder, de él se decía que era "el mano negra", nunca pudieron explicarme el porqué.

Durante la conversación entraban y salían aquellos que detentaban el poder en las diferentes áreas: Quenita: Unesco y relaciones internacionales, el gordo Gustavo: organización, al Pepe, el de la mina, lo esperaban para que se hiciera cargo del cajón con vidrios. En cultura, en cultura, el medio lote, al parecer era como un área difícil de controlar, además era París, ¿a dónde más podíamos ir?

A cargo de la comisión, Carlitos, exrector de una universidad; en música, Sergio (en letra chica se leía: miembro suplente del Comité Central); en la crítica literaria, Lucho (en letra chica se leía: se dice amigo de Neruda, pero por alguna razón Matilde lo odia a muerte, averiguar); en las letras, Carlitos, un ex de Quimantú, la editorial del Estado (en letra chica se leía: fiel, requetefiel). Cerraban la comisión los pinceles: Pepe, (en letra chica se leía: comprobado, viajó en el Winnipeg, el barco en que Neruda embarcó refugiados de la Guerra Civil española para darles asilo en Chile en la época que Chile daba asilo y no asilados).

De lejos, desde Moscú, el responsable del lote era Volodia (en letra chica se leía: todo el mundo lo respeta) y era cierto.

Nadie preguntaba el porqué, pero cuando nos visitaba, todos teníamos que recomendarle fuera un libro, fuera una obra de teatro, fuera una película, fuera una exposición —recuerden, están en París —decía Volodia. Luego se reunía con los otros y nos dejaba crear tranquilos.

—Buen gallo el Volodia.

El músico-suplente, en su doble lenguaje decía —si fuera titular y no suplente cuán distinto sería, todo marcharía ordenadito y sobre rieles—. Los viejos aplaudían emocionados; pero qué fortaleza tiene el compañero. Por primera vez una cuerda de una de las guitarras del Quilapayún desafinaba en un concierto. Un escalofrío recorrió sus dedos. En el futuro, el suplente los acusaría de emplear la brujería como herramienta revolucionaria en una canción: "Malembe, Malembe"... —y si lo digo frente a la comisión es por lo que los compañeros de la comisión de cultura de la RDA me llamaron para advertírmelo. ¿Desde cuándo la brujería es revolucionaria? —había expresado el compañero Honecker—. Y el compañero Honecker sabía de rieles y lo que había que hacer para evitar descarrilamientos.

El suplente conocía el camino y los estatutos; es peligroso pensar en voz alta amigo, y de un alto dirigente no se habla mal hasta después de que haya caído en desgracia. Volodia jamás cayó, otros sí, Volodia, no.

Por suerte.

El editor de *Araucaria*, la revista cultural del PC cuyo director era
Volodia, se confundió, y entendió que editar era enrielar.
Al parecer cultura era el departamento más jodido, pero como era
París los viejos tenían que andar con guantes de seda. Poten-
cialmente, era el departamento con más caja de resonancia...
—Además más vale tenerlos juntos que dispersos, al menos así
sabemos lo que hacen —decía Mónica.
El editor no se había confundido, al contrario había entendido muy
bien, y ejerció su rol de pequeño comisario político soñando con
dejar de ser letra chica y algún día poner su nombre en la portada
de la revista. Con el pasar del tiempo se descarriló, fue en la época del gran descarrilamiento.

—No fue por una cuestión de principios, lo que pasa es que la leche materna no daba para todos.

Me retiré de la oficina evitando darles la espalda, por si acaso.
Bajé por las escaleras, el ascensor era un espacio muy cerrado;
una vez en los grandes bulevares enfilé mis pasos hacia el teatro.
Perla estaba preparando a los cantantes y yo necesitaba terminar
de estructurar el espectáculo.
Noticias, poemas, canciones. La agencia Gama, la de fotografía,
me regaló una serie de diapositivas tomadas durante el golpe,
Cavaletto me prestó un proyector. "América Latina canta a Chile",
era un gesto de hermandad, una forma de excusarme por la bruta-

lidad de los militares en contra de los extranjeros que se encontraban en Chile en el momento del golpe —no de todos, unos estaban participando en el golpe— una manera de tendernos una mano a través de las canciones de los pueblos latinoamericanos.

No calmaba, pero ayudaba.

Tenía un contenido testimonial. Lo más difícil: debía respirar sobriedad; tenía que ser veraz sin permitir una lágrima, tener corazón, corazón y mente, mas no transformarse en melodrama para sacar aplauso fácil, para ganar compasión y simpatía.

—Tienes que andar con cuidado —me decía sonriendo el Willy Odó.

Ya la hora de las mentiras había comenzado a tentar a algunos.

Las invitaciones habían sido enviadas, los comunicados de prensa, ídem, todo estaba listo.

—¿Todo?

Diablos, se me había olvidado avisarles a los teatinos y a la Mónica. De seguro que me sientan de nuevo en el cajón con vidrios.

Para mi mala suerte, llegaron periodistas, uno de ellos me pidió que escribiera un relato. Apareció un artículo de una página en *Libération*, Jacqueline, en secreto se preocupó del francés, no era molieresco, era parisino.

Me llamaron de nuevo, Claudio y Mónica —me van a felicitar —me dije.

—Hay algunos que no aprenden.

Podían dejar pasar lo de las invitaciones, pero ¿una página en la prensa, y con mi firma y no la de la encargada?

Con una frialdad que reproduje años más tarde al montar *La au-*

topsia de Enrique Buenaventura

—siempre se aprende algo—

me comunicaron que no podía aceptar ninguna otra entrevista, que de contactarme otro periodista debía dar aviso a Mónica para que ella cubriera la prensa. —¿Hay otra entrevista pendiente?

—Con Antoine Acquaviva, el encargado de *L'Humanité* para América Latina.

Mónica casi se traga la silla.

Durante meses había pedido encontrarse con él y nada, pese a que estaba dos pisos más arriba de la oficina de los chilenos.

Al dejar la oficina vi a Mónica borrando con saliva mi nombre del artículo del diario y, con un lápiz de mina H2, escribiendo el suyo en letras de molde. Para los archivos.

Habían comenzado a borrarme de la historia.

A través del espectáculo con Perla hicimos amigos, y cuán difícil es ser amigo de un francés. Obreros, intelectuales, de la Unesco, de la CGT, simplemente amigos; de los buenos, amigos amigos, no de esos que necesitan nombrar y nombrar a supuestos amigos para existir a la sombra de sus nombres y sus triunfos, para darle color a sus arrugados y grasientos ternos grises; aquellos que necesitan vestirse con la piel de otros por lo que no soportan la suya.

—No sea malo, necesitan encontrar el significado de su propia existencia.

—No soy malo, les estoy avisando, cada vez que usan la piel de otro ésta se va encogiendo, *La piel de zapa*, Balzac, ¿se acuerda?

—Es parte de la tragedia humana.

—No, es parte de la comedia humana.

Al foyer llegó Sergio, me abrazó, abrazó a Perla y nos dijo —les traigo una buena noticia, en tres días salen para la República Democrática Alemana, allí se encuentran algunos de los actores del teatro de la CUT, los de *Tela de cebolla*, los están esperando, van a formar un grupo que va a recorrer los escenarios del mundo.

¡Qué palabras pueden ser más hermosas para un director huérfano que aquellas de "vas a reencontrar una familia y salir a caminar por los escenarios del mundo"!

—Además —añadió—, como quedaste con problemas de salud después de Chile, necesitas someterte a un tratamiento.

Mi café se enfrió, quizás fue por eso que no me di cuenta de a qué tratamiento se refería. Era época de censura, había que conservar la pureza de nuestras convicciones, se escuchó.

Bajé otro escalón de mis escalinatas.

En la puerta del foyer el taxi esperaba, en el Hall, Cavaletto; me despedí del viejo teatro, no por corto no había sido un gran amor. Los sillones me abrazaron; Cavaletto me abrazó y me dijo —un consejo y un regalo.

¿El consejo? —Nunca entregues tus documentos, es como entregar tu alma, y sin alma no se viaja.

Había cambiado el papel de la Cruz Roja —el documento con que salí expulsado de Chile— por uno de la OFPRA, Office Français de Protection des Réfugiés et Apatrides, CH Nº 0060835. Había cambiado el salvoconducto de la Cruz Roja por un Titre de Voyage, documento de viaje que hacía las veces de pasaporte, estaba protegido por la Convención de Ginebra del 28 de julio de 1951, y la Prefectura de París me había entregado una carte de séjour y un permiso de trabajo, válidos por seis meses.

Existía.

Consejo inútil, me dije, ¿quién me va a pedir que entregue los documentos? Los compañeros respetan el alma.

¿El regalo? Un mapa del metro y dos boletos de primera clase —para cuando regreses —me dijo. Había marcado el recorrido del aeropuerto al foyer.

Me reí. Bromista Cavaletto.

Ambos los utilicé.

Al llegar a la RDA lo primero que nos preguntaron fue:

—¿Quiénes tienen papeles?, entréguenlos, los guardaremos, es para su seguridad.

Los escondí.

—Me los quitaron a la salida de Francia —mentí—, pese a que no era la hora de las mentiras.

Eran tiempos de desconfiar.

—Mmmm, éste no se leyó los estatutos —se dijeron los teatinos.

A decir verdad, a la primera entre las bellas se le olvidó entregármelos en la primera reunión, no era noche de estatutos ni de reglas.

XIII. De cómo aprendió a utilizar las sombras para recuperar la luz

Desde el cielo la ciudad se veía cortada en dos, una parte iluminada, la otra con luces mortecinas.

Están jugando el contraste, me dije, recordando que era la tierra de Brecht. Se despojaron de lo superfluo y queda lo fundamental, desaparecieron a los ojos del espectador los elementos que distraen para dejar al actor desnudo, al actor protagonista de la historia, al hombre nuevo sobre las ruinas de lo viejo. Lo esencial del mensaje pasa, el decorado lo pone cada uno de acuerdo a sus posibilidades.

Las ruinas de los edificios destruidos durante la Segunda Guerra desfilaron como decorado frente a mis ojos, Madre coraje y su carreta avanzaban por los caminos esquivando sobrevivientes y moribundos, Maître Puntila entraba a los iluminados bares del Berlín Occidental y borracho cruzaba al sector Oriental para regresar a las sombras cuando se le pasaba la borrachera.

Tenía doble personalidad y doble lenguaje Herr Puntila, pero a diferencia del otro personaje, doctor Jekyll, no tenía dos nombres y se las jugaba no en la bondad y la maldad, sino en las fronteras de la diferencia de clases borrada por la magia...

—¡de la revolución! —exclamaron entusiasmados los camaradas.

—No, del alcohol.

El blanco y negro jugaba en el paisaje dándole un tono gris que reflejaba tristeza, agobiaba, pesaba en los hombros y en la mente y borraba las sonrisas.

¿Qué parte del libreto no habían leído?, me preguntaba. Algunas cosas las entendía y justificaba, el horror estaba muy cercano en la memoria. La herida estaba aún abierta, y hay heridas que no deben cerrarse, aquellas que no son de cartón piedra, aquellas que hieren la conciencia de la humanidad, no así aquellas que por ser de cartón piedra necesitan de la firma de un diputado o senador para existir en la hora de las mentiras, ensuciando, robando, manchando, ocultando el sufrimiento, pisoteando una vez más la dignidad.

El horror no tiene límites. El dolor sí tiene límites y es insoportable cuando son los nuestros los que nos hacen avergonzarnos de decir que el horror no tiene límites por lo que forman parte del nuevo horror y esa complicidad puede hacer que el mismo regrese, o al menos justificarlo.

Berlín no me esperaba, Berlín, el Berlín político era para los de los vagones de primera, París en cambio era para los de tercera, los de primera se perdían en el metro: había demasiadas destinaciones.

El bus se dirigió a un castillo en los alrededores de Potsdam, 38 kilómetros me separaban de Berlín y del "Berliner Ensemble", el teatro de Brecht y de la Volksbühne que dirigiera uno de sus discípulos y amigo, Benno Besson. Su teatro lo ofrendó a los de tercera, me dije, recordando que Brecht jamás firmó, a la Weigel se le olvidó pasarle los estatutos.

Afortunadamente existen las bellas.

Brecht admiró a Chaplin por lo que sin palabras ridiculizó a los detentores del poder, por lo que con una carcajada desnudó a los poderosos y vistió a los obreros, yo admiré a Brecht por lo que llevaba sus obras y el camino a la epopeya escondido en mi maleta.

En la entrada del castillo, *genossen* Willy, a su lado konsomolas con flores, atrás, los chilenos. No vi a los actores; a mi lado Guillermo Deissler, pintor, no vio a los pintores. A él le habían pintado otra película.

Los actores habían desaparecido, los pintores también, durante diez días nos dedicamos a investigar. Nada. En la RDA uno no investigaba, era investigado. *Genossen* Willy era una tumba pese a que nos había agarrado buena.

Cuando le pedí papel para continuar escribiendo, me dijo: eres igual a Patricio Bunster, lo único que quería era papel. Así supe que Patricio había pasado por ahí. Vinieron los viejos, y los viejos eran cabros que hacían preguntas como los viejos, preguntas serias, otras infantiles, algunas daban ternura, otras daban escalofríos en la espalda.

Políticos o músicos —a uno se le había asomado la guitarra bajo el poncho— las preguntas y su tono no variaban.

El encargado de la Jota en el castillo, joven estudiante becado en la RDA era lengüilargo. Al parecer, durante mucho tiempo se encontró solo, necesitado, como hombre sin bella o bella sin hombre, otras mezclas no estaban permitidas, estábamos en la RDA.

Unas buenas cervezas, buena conversa y la lengua se le desató

—hay otros castillos, cruzas el bosque y hay uno con chilenos.

—¿Pintores?, ¿actores?

—Chilenos.

Peor es nada, al menos teníamos una pista.

Nos quejamos de la falta de ejercicio, le contamos al *genossen* Willy del paseo canero, de lo estrecho de las celdas, necesitábamos recuperar la confianza en nuestras piernas, el poder mirar hacia adelante, mantener el equilibrio, y nada hay mejor para mantener el equilibrio mental e ideológico que andar en bicicleta.

Nos consiguió las bicicletas, el buen *genossen*.

Efectivamente al otro lado del bosque había un castillo de chilenos, ellos también sospechaban que no lejos había otros castillos con chilenos.

No había pintores, estaban en Dresden, los actores del grupo de la CUT estaban allí. Nos abrazamos.

Hablamos hasta por los codos. —Sergio me comunicó la tarea —les dije en un lenguaje comprensible para los que estaban escuchando.

—¿Sergio?, ¿la tarea?

Hubiera preferido que estuvieran en Dresden con los pintores. Nada hay más terrible para un director que ser rechazado por los suyos.

En cambio, una bailarina del ballet nacional de Chile, dijo —yo estoy dispuesta, me cortaron las alas.

La abracé.

Al regreso por el bosque, tras nosotros, un carro verde alumbraba nuestro camino, no fuéramos a tomar la curva equivocada.

Me molesta la línea recta, además estaba furioso con Sergio.

Cambié el ritmo de pedalear, se me cortó la cadena. La de la bicicleta, no las otras, tampoco la cosa es tan fácil. A las bicicletas de la RDA, como al Partido, no se les podía cambiar el ritmo.

—Hay algunos que nunca aprenderán.

En la puerta, *genossen* Willy nos esperaba, serio. Nos condujo al interior, abrió la cocina, nos había guardado unas salchichas, pan negro y cerveza.

—Por si no les dieron de comer bien. Y luego, a descansar, mañana los llevo a Potsdam a comprar ropa, regalo de los sindicatos de la RDA —dijo orgulloso.

—¿Y papel?

—Regalo de los sindicatos —me repitió—, el papel no está en la lista, pero yo estoy autorizado para hacer algunas excepciones.

Cierto, en vez de las camisas normales, me trajo dos camisas de artista: una morada con vuelitos, otra blanca con más vuelitos. Ambas de una hermosa tela plástica transparente. En el teatro alemán no se oculta nada, pensé, de seguro que es Brecht.

—Camisas de artista del pueblo —dijo de orgullosa voz.

Las acepté. Nunca hay que darle la espalda a un sindicato. Bajo las camisas, había papel y papel carbón.

Guillermo tuvo más suerte, se enteró de que en la ciudad de Halle estaban montando *Fulgor y muerte de Joaquín Murieta*, la ópera de Neruda. Joaquín Murieta, el legendario bandido que azotó California durante la fiebre del oro, bandido chileno, reivindicó Neruda, y como prueba cantó su amor por Teresa. Sólo un chileno puede amar así, la prueba era irrefutable. De paso, Murieta representó la lucha de Latinoamérica contra el expansionismo norteamericano y anunciaba la llegada del galgo terrible a matar niños morenos... Era el 67, en Murieta continuaba viviendo el Che.

Guillermo logró comunicarse con los que estaban montando la ópera, digo logró, refiriéndome a problemas de idioma y de control. Había estudiado diseño escenográfico. Vinieron a verlo, conversaron con él, le explicaron, hizo un par de monitos, les encantaron, decidieron llevarlo como parte del equipo. Se puso feliz.

Me puse triste, no, no por envidia, sino por lo que estaba pensando pedirle que me diseñara la escenografía de un escenario vacío para mi próxima obra.

Comenzó a preparar su maleta, viajábamos por el mundo con una maleta, una maleta y escondidos en el corazón nuestros sueños y temores.

Le hicimos una despedida. Al día siguiente vendrían a buscarlo a mediodía. A las nueve llegó al castillo uno de los encargados de Berlín y anunció que un grupo saldría rumbo a Bulgaria; traía una lista. Me acordé de la ventana con tres barrotes que separaba el patio de la guardia armada de la sebosa tabla sobre la que, al lado de ellos, los guardianes, había un micrófono, de un interruptor que producía un chirrido antes de que comenzaran a leer nuestros nombres en otra lista.

Respiré, mi nombre no podía estar en esa lista, el músico-suplente me había asegurado...

Estaba.

Cuando el encargado venido de Berlín apagó el micrófono, perdón, cuando dejó de hablar, me acerqué

—debe haber un error, compañero, mi tarea es...

Su respuesta fue de esas como de comisión política, sin apelación.

—A diferencia de otros —dijo mirándome con desprecio—, nosotros no cometemos errores.

Un escalofrío recorrió mi espalda, las piernas me temblaron, 38 kilómetros eran demasiado para hacerlos en bicicleta. Tomé el tren en dirección a Berlín, y sin permiso; los compañeros entenderían, había urgencia, en tres días saldría para Bulgaria.

Bonito Berlín, bonita la casa en que estaba la dirección de los chilenos, por las ventanas entraba una luz fría que congelaba el ambiente y no permitía ni sombra ni matices.

—¿Partido? —me preguntó a la entrada un compañero desde su escritorio.

No me equivoqué, no tienen matices.

Pensé en la bella, en la primera, y pese a que nunca firmé, ni pagué, respondí —comunista—, había urgencia y necesitaba hablar con alguien.

Se perdió por el pasillo, a los quince minutos regresó. —Tercera puerta a la izquierda.

Me recibieron.

Frente a ellos un dossier —¿en qué trabajabas en Chile?

—Teatro, dirigía el Teatro Experimental del Cobre en la mina de El Teniente.

Y comencé a contarles de los gallineros vacíos, de las presentaciones alrededor de fogatas, de cómo nos tiraban el poncho, pese a que tenía absolutamente claro que no era el efecto de distanciamiento de Brecht, añadí por si acaso, de la última gira, del espectáculo en París, de lo que me había dicho el músico-suplente.

154

—¿Te gusta sembrar papas?

Esa no me la esperaba, aquí no se trataba de controlar las contracciones del cuerpo, mi mente había perdido su agilidad, simplemente no me la esperaba.

Me sorprendieron y tuve que salirme del libreto:

—Si la revolución lo pide.

Encogí los hombros, había sonado falso, casi como decorado de cartón piedra. Pelotudo, mil veces pelotudo, me autocritiqué. Sabía que hay parlamentos que no me salen.

—Ahora, regresa a preparar tu maleta, sales para Bulgaria, a sembrar papas.

Aunque sabía que la línea es la línea, que el riel no se cuestiona, que se termina en el cajón con vidrio, pensé: prefiero sentarme en el cajón que sembrar papas, y dije:

—hay un error, exijo que llamen a París, ahí les van a explicar que vengo a hacer teatro.

—Bulgaria —repitieron.

—¿Por qué?

Los castigos son más llevaderos cuando se entiende el porqué.

—Para que aprendas. Por culpa de huevones como tú perdimos, intelectual pequeño burgués.

Al cruzar la puerta para ir a tomar el tren, me crucé con Guillermo. No me atreví a decirle nada, como la ópera era de Neruda quizás tendría mejor suerte.

XIV. De cómo aprendió que irrespetar es una virtud

Del avión bajó el batallón castigo, un lote de cabros de la Jota, contentos estaban, un actor de la Católica de Valparaíso y su señora (dos, sumé), un fotógrafo, hijo de uno de la comisión cultura en París, el de Quimantú, (tres, sumé), Conchita, la hija de Pepe, encargado de artes gráficas, y su compañero el Chacal —no Vladimir el de Venezuela, no, el de una población en Chile— (0 sumé), la Conchi tenía una guata como sandía, Perla, Guillermo y yo.

El único con boleto de regreso era Guillermo, pagado por los de la ópera de Halle (uno, resté).

¿Y éste?, se preguntaron en Bulgaria.

—Las órdenes de los compañeros chilenos son órdenes y hay que respetarlas, sin embargo la orden no dice que no podamos traerlo de regreso —dijeron los alemanes. Organizados los compañeros de la RDA, el vuelo de regreso salía una hora más tarde.

Guillermo lo tomó, regresó y se quedó y trabajó en la RDA. Murió en la Alemania reunificada, en la misma ciudad donde participó en el montaje de Murieta.

Era una época irracional.

—¿Era?, ¿dijo, era?

Nos reunieron en una sala, preguntaron una vez más si alguien tenía documentos de identificación de otro lado que no fuera un país socialista. Nos pasaron a otra sala, una VIP, nos esperaba un coro de jóvenes comunistas chilenos que estudiaban en Bulgaria.

En homenaje nos cantaron:

No, no, no nos moverán

Y el que no crea que haga la prueeeeba

No, no nos moverán... esperaban que respondiéramos.

Me quedé boquiabierto.

Sí, estábamos en Bulgaria.

—Eso no es nada, hubieras visto Rumania —me susurró el poeta Lara.

Me alegré, por meterse donde no le corresponde le pasa.

—¡Vengativo!, y con un compañero.

—¿Y qué?

—Mmmm, parece que se está mejorando —dijo el músico-suplente—, hay que volver a tratarlo.

No era lo mismo Sofía bajo un bosque de banderas que Sofía bajo un ajado ramillete de fotos del Líder, Todor Yikov; no era lo mismo Sofía resplandeciendo bajo las cúpulas de oro de sus iglesias, que languideciendo bajo la pintura color oro descascarándose, no era lo mismo tomar el tranvía número 8 por divertirse, que pagar 5 stotinkis y tomarlo por obligación para ir de Dervenitza al centro de la ciudad.

No era lo mismo visitar Sofía, que vivir en Sofía.

Y no se trata de ser malagradecido.

El encargado en Bulgaria, el exembajador, era hermano de Fernando Alegría, el de *Lautaro, joven libertador de América*, quizás eso me salvó de terminar sembrando papas.

Pensando en Guillermo, terminé de escribir y comencé el montaje de *Te llamamos Pablo-Pueblo*, en homenaje a Neruda.

—Como ven, siempre se aprende algo.

Lo mismo dijo la Koleva al comenzar a dictar su primera clase de búlgaro. Los más entusiastas para aprender la nueva lengua eran los jóvenes pensando en proseguir estudios, no sabían que muchos terminarían en los campos de instrucción militar, algunos de los cuales estaban en Bulgaria, e irían a alimentar las filas del Frente Manuel Rodríguez.

—Se le olvidó el Patriótico, es Frente Patriótico Manuel Rodríguez, mala señal —dijeron los teatinos.

Repitiendo las frases en búlgaro, *¿kak se kazvash Víe?, ¿kakvó ima?*, o algo parecido, me preguntaba en qué idioma montaría la obra mientras regresaban a mi mente Monsieur Bip, el desperezarse del gato, el pensamiento disociado de la respuesta corporal, el ritmo del silencio, la musicalidad de la palabra, el mágico sonido de los parlamentos rodando por las escalinatas.

Comencé a buscar cuerpos además de voces, comencé a jugar las espirales cruzando las diagonales, el balance y desbalance del escenario, las luces y las sombras del teatro negro, las máscaras y los coros, y con la soledad del corifeo decidí interrogar a la audiencia sobrepasando la barrera del idioma.

"Se necesitan actores", decía el cartelito, "experiencia no es necesaria, entre sin golpear". En vez del sillón de cuero como los ejecutivos, tenía una dura silla de madera y una rústica mesa en mi cuarto.

Hicieron cola.

Abandoné a la Koleva y su laboratorio —*dovízhdane tovarich*—, y me dediqué a pasear por Sofía, necesitaba descifrar el secreto escondido bajos los descascarados techos de falso oro, necesitaba encontrar el lugar donde Cirilo y Metodio escondieron el alfabeto cirílico durante los 500 años de ocupación turca, necesitaba interrogar a las mujeres violadas durante la ocupación, necesitaba comprender qué ocultaba el silencio de los polvorientos e inexpresivos retratos de los líderes, necesitaba que los konsomoles dimitrovianos desataran sus lenguas y me explicaran el porqué luchaban, necesitaba ver el teatro: no el oficial, sin gran interés, el clandestino, el que se escondía en los sótanos de la universidad, tanto más rico, tanto más auténtico, tanto más alegre, como *Joró*, del nombre de la danza búlgara, necesitaba ver el festival nacional de teatro estudiantil en la frontera con Rumania.

—Una frontera representa una amenaza y por lo tanto un desafío.

Necesitaba aprender el lenguaje de mi nuevo público para encontrar un lenguaje en qué comunicarnos. Estudié el movimiento de las manos, la duración de las sonrisas y sus diferentes tipos. Estudié los gritos del amor y sus diferentes tipos, los reales y los fingidos. Me fijé hasta en los caminados, el de aquellos que poseían el poder, el de aquellos que temían al poder; necesitaba aprender a desplazar a mis actores sobre el escenario.

Me protegí del sol para desaparecer bajo la sombra al pie de las estatuas de los próceres, incluyendo Lenin y Stalin, estudié el cambio de temperatura bajo cada una buscando la forma de entregar calor a la sala.

No necesité ver *Santiago, Hotel Carrera*, obra montada por actores del pueblo bajo la dirección de su autora, la compañera del compañero encargado de cultura y distinguida miembro de la comisión política del Partido Búlgaro, pero todo eso lo supe demasiado tarde, después de que me pidieran mi opinión. Hablé hasta por los codos.

Lo sé, hay algunos que nunca aprenden.

Lo que no sabía y tampoco la dirección sabía era que el compañero senador que llegó a integrarse a la dirección había llegado por lo que estaba rayado y lo mandaron a Bulgaria para que lo internaran en un manicomio mientras se recuperaba. No tan rayado, el senador ocultó la carta.

El senador fue el que más duro me dio cuando opiné: que la estructura no era estructura, que la historia no se la creía ni Blanca Nieves, y esa se las creía todas...

La obra trataba de un miembro de la comisión política del Partido Comunista que había escapado de La Moneda y se había refugiado en el Hotel Carrera en el cuarto de una funcionaria de Naciones Unidas.

Ella, elegantemente vestida decía el libreto, él, revolucionariamente vestido decía el libreto. A ella le pusieron un traje sastre de esos que le ponían a la compañera Valentina Terechkova para las conferencias de prensa; parecía una prieta con patas. A él le pusieron un chaleco rojo, roto en los codos, y con franjas amarillas; parecía señal de tráfico anunciando peligro.

Ella era búlgara intelectual cultivada, él entre superman y un héroe de la Revolución rusa. Salía del ropero en el cual se había escondido y avanzaba por el cuarto como si bajara las escalinatas que daban acceso al Palacio de Invierno, le faltaba el coche de guagua para que pareciera una escena de *El acorazado Potemkin*, a decir verdad ésta fue la mejor parte de la obra. Desgraciadamente rompió la tensión insoportable cuando abrió la boca, miró a los ojos a la intelectual funcionaria internacional, y levantando el puño lanzó su primera réplica:

—¡Venceremos!

La intelectual búlgara respondió —con Chopin —y continuó machacando el piano de cola de juguete que adornaba el escenario recreando la elegancia del Hotel Carrera.

A partir de ese momento cada diálogo del dirigente terminaba con el venceremos levantando el puño, lo que a la décima vez logró que la Conchi me mirara y me dijera desde su asiento: ¡venceremos, Pedro!, levantando el puño.

Fue la señal de partida, de partida no de partido, todos los chilenos que estaban en el público comenzaron a jugar a levantar el puño y repetir el diálogo con motivo de escopeta.

El público búlgaro se emocionó y los espectadores comenzaron a su vez a levantar el puño, los viejos desde su palco se emocionaron al ver el homenaje y se levantaron el puño en alto. Al parecer a ambos les faltaba tomar distancia.

Pero eso me lo salté al hacer la crítica.

Me llevé una perorata del compañero senador que parecía un monólogo sacado del asilo de Charenton. Marat no era, de eso estaba seguro, quizás el abbé de Coulmier, el abate loco, exdiputado que dirigía el asilo. Me prometí volver a leer *Marat Sade* y en el futuro ponerle atención a los discursos de los senadores.

Pueden servir de inspiración, no la que ellos piensan, pero el ritmo, la cadencia, la velocidad que adquieren cuando se creen escuchados por la humanidad, el énfasis en aquellas palabras que parecen monumentos. ¡Extraordinaria utilización de la palabra! La parte de las pausas es más problemática, el contenido ni qué hablar.

Solidaridad internacional... camarada responsable... pueblo... lucha... dirigente... agradecimiento... realismo... socialismo... machacaba el senador abate.

Desde la sombra de mi silla estuve tentando a levantar el puño y contestarle

"venceremos";

pero me contuve, tenía la impresión de que el senador, junto a la chaveta, había perdido el humor.

Al llegar a Dervenitza algo había cambiado. Los juveniles puños no se levantaban alegremente corriendo por los pasillos, el encargado de la Jota Jota había caído en desgracia y había uno nuevo: el actor de la Católica de Valparaíso, el único que no había querido formar parte del grupo de teatro.

Lo escuché repetirle a una niña: solidaridad internacional... camarada responsable... pueblo... lucha... dirigente... agradecimiento... realismo... socialismo...

—Venceremos —le respondió la niña con cierto humor.

Me prometí poner al actor de Valparaíso en escena en algún montaje; años más tarde incluí ese tipo de personaje como utilería en *La Orgía*, de Buenaventura: era la alfombra que se extendía a los pies de una vieja puta.

Me fregaron los ensayos, cada vez que les daba la espalda mis nuevos actores me levantaban el puñito y se reían. Como veo por la espalda, utilicé las risas, los ojos brillantes, los cuerpos saltando de alegría, las manos entrecruzándose con disimulo, y a aquellos que no se tomaban de las manos, los puse a tomárselas, no fuera que me comenzaran a cerrar el puñito sobre el escenario.

Taché algunas palabras en el libreto, habían perdido su sentido. Entre cada raya del lápiz dejé una rendija, por si en el futuro, quizás, nunca se sabe, volvían a adquirir sentido.

El estreno sería en quince días, nuevamente sin preestreno. Fui a ver a Alegría, el encargado, esperé pacientemente en la esquina que saliera el senador, no quería que estuviera presente cuando pidiera la sala, ni que preguntara ¿para qué?, ese era capaz de pedir un preestreno vigilado, y de seguro me quedaría sin estreno. En todo caso, mis actores estaban preparados, de venir el senador tenían que levantar el puño como un solo hombre, con eso lo deslumbraríamos y no vería el resto.

Los puños levantados son un bosque de banderas.

Añoré París, donde me bastaba con no poner mi nombre en los artículos para sortear la censura. Aunque más tarde el músico-suplente salió con la idea de pre-exposiciones, para darle el visto bueno a los cuadros; de pre-textos para darle el visto bueno a los textos, usando, por supuesto la democracia como pretexto. Recuerden que era músico, pero músico con alma de senador abate.

Había mucho movimiento en la oficina, idas y venidas, y hasta Volgas, lustrosos autos negros para primerísima clase —no como los grises y opacos Lada— frente al local de la exembajada.

Para mi suerte, el senador salió y no regresó. Me precipité al local, logré pasar la petición, el exembajador se encargaría de pedir una sala de teatro al Frente de la Patria.

Había pasado el tiempo, mis documentos, tanto de las Naciones Unidas como de los franceses se acercaban peligrosamente a su fecha de caducidad.

Esa noche nos invitaron a una reunión restringida. Desconfiado, me pregunté por qué yo estaba en la lista de los invitados. En la sala del Frente de la Patria se nos advirtió que si reconocíamos a alguien no dijéramos su nombre. Respiré, no era para pedir un preestreno. Una pesada puerta de madera se abrió de par en par.

El primero en entrar fue Caputo, un economista que me había sido presentado por la bella en Santiago. Hicimos buenas migas, aunque sospechaba que estaba enamorado de ella. Se había pagado los estudios cargando y descargando camiones en la vega central. Tras él, Coke, miembro del secretariado de la Jota, luego del Partido y futuro encargado en París.

Me alegré, fueron entrando pesos pesados que habían logrado salir vivos de Chile. Dieron un informe insípido, sin novedades, lo que todos sabíamos, le añadieron una gota de esperanza y callaron la parte más interesante: ellos y su salida, los gestos, gestos, no nombres, los actos de grandeza y de bajeza.

Les faltó la vida.

Si hasta Neruda había descrito la parte humana de su persecución y salida, ocultando eso sí el nombre de la vida, Matilde, por lo que aún oficialmente seguía con Delia del Carril, la pintora argentina, la hormiguita, que lo introdujo a París y a la vanguardia. No le puso nombre a la vida, pero los versos del capitán pusieron la vida por delante para proteger a Matilde. Al final de sus días en su *Álbum de Isla Negra*, al parecer nuevamente puso la vida por delante, esta vez se llamaba Alicia y era sobrina de Matilde, belleza de piel oscura y generoso cuerpo, salvo que Matilde, mujer que se las traía, no se la aguantó y puso a la vida de patitas en la calle. Es que la Matilde era muy chilena.

—Pa'mí que Neruda entró a militar por lacho.

Al igual que las entradas y salidas del corazón, hay que cuidar las entradas y salidas en un escenario. Ellas determinan la dirección de la escena y fijan la mirada del espectador, más aún cuando se enfrenta una diferencia en el lenguaje que puede dificultar la comprensión.

Llegó el día del estreno, ese día tan ansiado y tan temido, el momento en que las puertas se abren para dejar ver tu alma, tus entrañas, tus sueños y temores, tus deseos más secretos expuestos sobre el escenario.

Como todo director fui temprano, el primero, solo, a pedirle a la sala nos tratara bien, a pedirles excusas a los que antes habían dado vida al teatro por caminar sobre sus huellas, a rogarles a los sillones que acogieran con amor a los nuevos huéspedes, para bien o para mal, mis verdugos.

Pedí subir a la sala de la técnica, quería prender uno por uno los reflectores, dominarlos, exigirles que dieran luz a la vida, sacarlos del reposo, pedirles que al dar luz desaparecieran diluidos en los personajes.

—La orden del Frente de la Patria dice sala de teatro, pero no indica el uso de los reflectores, no podemos dejar que los prenda —escuché paralizado.

La oscuridad no tiene límites. Entre todos, esas lumbreras no alumbraban una ampolleta de 15 Watts.

Al aire libre, la luz de la luna me bastaba; la luz de la luna da otro matiz, otra dimensión, la comunión se vuelve sagrada. Alrededor de una fogata, luz y sombra juegan sobre los actores poniéndolos en valor o sacándolos de la escena, permitiendo que los diálogos se desplacen ondulados sobre nubes de humo; la escena juega con la dura realidad y la suavidad del terciopelo y la obra navega en el espacio.

En una sala cerrada, sin ventanas y sin iluminación, el amable escenario se transforma en una sala de interrogatorio con un público con los ojos vendados. Frente a ellos: la nada.

Aunque, ¿quizás?, ¿por qué no?, jugar, no con los interrogatorios del pasado, sino con el desafío de la imaginación, con el vacío absoluto para poder sentir la intención, la dirección de la palabra, la reconstrucción de la imagen a partir de la nada, la nada y el todo de cada espectador. Dar luz a una nueva dramaturgia, la primera, la de las cuevas de Platón.

Pero, cuidado, estaba en el presente y esa noche venían los viejos y entre ellos, el senador abate.

Con calma, habían pasado algunos meses y había asimilado el ritmo local, con calma dije —no importa, compañeros. Por favor, facilítenme un teléfono para llamar a un senador, miembro de la comisión política del Partido Comunista Chileno y pedirle que llame a los compañeros del Frente de la Patria.

La respuesta fue la esperada, había aprendido de la RDA y de Bulgaria —no es necesario, debe haber sido un olvido, tome las llaves de la cabina, incluso le dejaremos abierto el armario con filtros.

Y de debajo de una mesa sacaron una caja de zapatos, y añadieron —incluso le prestaremos estos filtros de colores, se le quedaron a un grupo francés que se presentó en un festival internacional, puede mezclarlos con los rojos. Ah, dígale al compañero que les diga a los dirigentes del Frente de la Patria lo rápido que les solucionamos el problema a los compañeros chilenos.

Las puertas se abrieron a la hora señalada, el público llenó la sala, tras las cortinas, los actores, nerviosos, esperaban.

Se apagaron las luces de la sala, se prendieron las del escenario y...

Un aplauso cerrado recibió al primer actor, un aplauso estilo congresal, primero lento, acompasado para ir acelerándose y terminar en una ovación acompañada de los ¡vivas! de rigor.

Iba a salir el segundo actor, y taparon el escenario de flores, al más puro estilo recepción de compañeros.

Una mosca sobrevoló el escenario de izquierda a derecha, aplauso cerrado. Me asaltó una duda, ¿de izquierda a derecha es mala señal, y buena cuando vuela de derecha a izquierda?

—No es con una mosca, es con un abejón, y tiene que ser mono. Y no es en el teatro, es en la guerrilla, y esa vaina pasa en Colombia y no en Bulgaria.

Miré por el hoyo de la cortina, todo teatro que se respete tiene un hoyo en la cortina por donde los actores pueden ver la audiencia y contar: sala casi vacía, sala a medio llenar, sala a tablero volcado.

Era sala a tablero volcado: los viejos, más los jóvenes: jóvenes colombianos, jóvenes cubanos, jóvenes ecuatorianos, jóvenes chilenos. Ni un solo búlgaro entre los espectadores, ni un ruso, aunque fuera prestado, quizás, pero quizás, suspendida en el aire, la sombra de Dimitrov.

Me lo había sospechado, pero hasta en las peores pesadillas hay un momento de respiro. Aplaudieron hasta al que barrió los claveles para que los actores no se me fueran a desconchiflar.

Yo, el barredor de sueños, barrí las flores, retiré los actores, salí por la izquierda, no importaba que fuera una mosca y no un abejón, y el escenario nuevamente vacío, amenazante en su silencio, logró imponer silencio.

Volvimos a empezar.

Meses estudiando gestos, movimientos, cadencias, meses buscando la forma de romper la barrera del idioma, meses encontrando un terreno común en el cual comunicarnos salvando la belleza de la palabra y la poesía.

¡Ni un solo búlgaro!

Me habían robado el derecho a la palabra, y nada hay más terrible para un director de teatro, para un actor que el que lo silencien; nada hay más terrible para un director de teatro que el que los suyos, su sangre, crea que está hablando en búlgaro.

Tengo que revisar el lenguaje, tengo que revisar los filtros para crear diferentes ambientes con la luz, tengo que cambiar el ritmo, me decía, y todo eso estuve dispuesto a hacer, lo que no lograba encontrar era cómo cambiar el bosque de banderas en la cabeza para que pudieran ver más allá de la masa, ver el detalle que permite diferenciar el decorado de cartón piedra de la idea y lo que es fundamental en ella, ver sin perderse en el camino y avanzar sin ver.

Cómo enseñarles a ver como Homero que, ciego, vio más que los videntes, me dije sumergiéndome en la masa guiado por Yocasta. Sin saberlo, había manchado el vientre de mi madre, le pedí perdón, y cerré las puertas de ese teatro, en Sofía, arrancando las imágenes de mis ojos.

Tambaleando regresé a Dervenitza.

Años más tarde, en mi puesta en escena de un Edipo latinoamericano, ciego, su cuerpo tapado por un pesado manto raído hecho de piel de oveja, empuñando a modo de bastón la rama eterna de un árbol de Fontainebleau, puse a Edipo a caminar sobre el escenario guiando en su recorrido a los cientos de miles de campesinos desplazados por la violencia en Colombia.

—¡Asamblea!

Nos llevaron en buses, la cosa debía ser seria. Los más optimistas exclamaron: "¡cayó el dictador!" Todos quisimos creer, eran tiempos donde era necesario creer, ¡creo, luego existo!
Dirigió la asamblea el compañero senador. No, no había caído el dictador; el senador abate leyó el decreto:
—Por concesión del Frente de la Patria, les permitiremos estudiar.
Miré a los jotosos, eran todos cabros en edad de estudiar y desde un comienzo estaban convencidos de que iban a estudiar como todos los de su edad que estaban en Bulgaria.
Continuó el discurso buscando borrar la cara de felicidad de los muchachos.
—Quiero que piensen que en estos momentos sus compañeros en Chile no pueden estudiar, que son perseguidos, torturados, que no tienen qué comer, que no reciben dinero como ustedes para tomar el bus, que muchos perdieron a sus padres —y continuó enumerando.
Todo eso era cierto, pero cierto también que él no tenía derecho a hacerlos sentir culpables porque iban a estudiar. Era inmoral borrar la sonrisa de sus rostros. Me acordé de la obra *Santiago, Hotel Carrera*, me acordé de la muletilla.

No me dieron ganas de levantar el puño, no.

El exembajador planteó si había alguna pregunta antes de que el compañero leyera la lista y el destino de los jotosos.
El Chacal fue el primero. Error, me dije, pero no alcancé a prevenirlo.
—Compañero, todos admiramos al heroico pueblo soviético por su amor a las artes, el mundo entero admira a sus bailarines.
Nada de huevón El Chacal, pensé. Éste quiere irse a la URSS.
—Con la Conchi…, (la hija del encargado de artes gráficas en París), otro punto a favor; definitivamente nada de tonto El Chacal —estudiábamos ballet en la Chile.
Entonces eso explica su vestuario, de seguro lo había diseñado el Pato Bunster: un terno de terciopelo color verde loro, pantalones pata de elefante y zapatos amarillos de tacón alto, si parecía escapado de *La flauta mágica*. Eso volvió loca a la Conchi y la llevó a cambiar la seguridad de la casa de sus padres en el barrio alto de Santiago por un cuartucho en una población. Al Chacal me lo pude imaginar bailando en zapatillas de punta, pero imaginarme a la Conchi, con la media guata, y en tutú, no pude aguantar la risa.
—Todos sabemos que los búlgaros son los mejores alumnos de los rusos…
La cagó el Chacal, se era compañero, discípulo, pero no alumno, además, se le olvidó que Nureyev, el máximo exponente del Bolchoi, de regreso de París a Moscú, tras una gira, al momento de tomar el avión, pasados los controles y aliviadas las tensiones, se había dado media vuelta y en un salto envidia de los cisnes del ballet, se había elevado por sobre las barreras de protección del aeropuerto y pedido asilo político en Francia.

A uno se le puede olvidar, el Partido tiene memoria de elefante.

—Carreras de maricones, no se aceptan —tronó el senador.

—Tenía principios el Partido.

Amostazado, el Chacal se sentó. Hay insinuaciones que en la población no se aceptan. Pero estábamos en Bulgaria; la Conchi se desmayó, como fue su costumbre durante todo el embarazo, eso lo salvó.

Acto seguido se levantó el actor de la Católica.

—Yo, compañero, estudiaba teatro en la Católica de Valparaíso —y encadenó rápidamente—, pero entiendo que hay que estudiar profesiones que sirvan a la revolución…

No sólo lo iba a poner de utilería, la alfombra iba a ser sebosa.

—Por ello pido se me autorice a estudiar filosofía, para poder explicarle a nuestro pueblo los escritos de Marx, Engels, Lenin y los informes de nuestro glorioso Partido.

—Aprobado —dijo el abate.

El resto de la reunión la pasé observando los descascarados techos dorados de los palacios de Sofía.

A la mañana siguiente regresé a la oficina, y pedí regresar a París. A mis documentos les quedaban quince días de validez.

El exembajador, con tristeza dijo —en Chile, Pinochet se refirió a los refugiados como reyes viajando por el mundo. Para desmentirlo el Partido decidió que a partir de la semana pasada nadie se mueve de donde está.

Eran tiempos de irracionalidad.

—¿Eran?

Un marido quedó en un Berlín, su esposa al otro lado del muro, ambos sin poder pasar; un hijo en Sofía, los padres en París; unos en Argentina, otros en Venezuela, era como si una gigantesca cortina de hierro cercara el mundo.

El viajar, a menos que fueras en una misión de esas de primera, era un delito; a los afortunados que tenían pasaporte y se movían se les castigaba con el ostracismo, a los que estábamos al otro lado de la cortina, simplemente nos negaban el permiso de salida, y sin permiso, en esos lares nadie subía a un bus, a un tren y menos a un avión. Sin permiso se era un paria, y yo era hombre de teatro y no bailarín, además las barreras que separaban Sofía de París eran más altas y yo, el eximio actor-bailarín, apenas había logrado pararme en la primera y segunda posición, en la tercera o la cuarta me desconchiflaba.

Insistí, mil veces insistí, tengo que salir. El tiempo pasaba y los documentos se acercaban a su caducidad.

Me estaba volviendo loco.

Pregunté en el consulado de Francia qué pasaba con mi caso. De llegar antes de la fecha fatídica conservaría mi calidad de refugiado y mis documentos podrían renovarse, de no ser así, perdería mi calidad de refugiado y para recuperarla tendría que comenzar todo de nuevo, pero la Convención de Ginebra era clara, se pedía asilo en el primer país que se pisara. Para pedirlo tendría que fijar como país de salida Bulgaria, pasaría a ser refugiado del Este y no estaba dispuesto a ello, no por ellos, por mí.

Sin papeles, nadie me aceptaría en ninguna parte del mundo, quedaría en un limbo jurídico.

Volví a ver a Alegría, hablé con el intelectual no con el compañero, se comprometió a consultar con Moscú.

El tiempo seguía corriendo y corriendo el exembajador llegó con la noticia: Moscú autorizó.

El Frente de la Patria dio la luz verde, los jotosos nos acompañaron al aeropuerto, estaban contentos, estaban tristes habíamos creado lazos más allá del efímero tiempo de una obra.

Chao Pablo, chao pueblo.

Atrás quedaba Sofía, sin su bosque de banderas, el decorado descascarándose a pasos agigantados, los jotosos el puño en alto y con orgullo.

En mi asiento me preguntaba, ¿Moscú?, ¿quién? La misma pregunta que me había hecho al salir de la cárcel de Rancagua: ¿quién autorizó mi salida?

Mientras me perdía en las nubes pensaba: ¿Gladys?, no; ¿Orlando?, quizás, pero no creo que tenga el poder, es como de segunda fila entre los de primera; ¿la bella?, la primera, no, de estar en alguna parte no sería en Moscú. ¿Quién?

Me trajeron una bandeja con una ensalada, me pasaron un salero, al ver caer los granos de sal, sonreí: Volodia, hijo del salitre.

Las nubes se separaron, a lo lejos, las luces de París comenzaron a alumbrarse.

Subí otro escalón hacia mi destino.

XV. De cómo se subió a los grandes escenarios en busca de la piedra original

La primera noche la pasé en vela.

—¡Ah, es que París!

No, no esta primera noche, la otra, no la primera, la segunda, la del foyer cercano al Folies Bergère.

—¡Ah, es que París!

Echaba de menos los silencios de los pasillos, la pesadez de la oscuridad, la espera de los cerrojos descorriéndose.

—Definitivamente le habían cerrado un cerrojo en el mate.

De la sala de estar del foyer salía una luz enviando señales intermitentes con un arco voltaico que iluminaba los movimientos robóticos de mis pasos. Hipnotizado crucé la puerta. Un desvencijado sillón de cuero se encontraba en el centro de la sala, de él no salían ruidos, estaba vacío, esperando, no había otros sillones en la sala. Frente a él una mesa, sobre la mesa un televisor, y en la pantalla, *King Kong*.

Me senté para practicar el idioma, era el primer *King Kong*, en blanco y negro, una obra maestra del cine mudo.

Nos entendimos de inmediato.

Hoy, la primera noche que pasé en París, no esa, la primera de la tercera, la pasé en vela. Entré a la sala, el sillón estaba vacío, como esperándome, me senté, el televisor estaba al frente, sobre la mesa. Estaba apagado.

Regresé a la segunda vez intentando descifrar el porqué me habían sacado del corazón de París y llevado al otro lado de la cortina de hierro.

Tras el estreno de "L'Amérique latine chante au Chili" no solamente había aparecido un artículo en *Libération*, a la mañana siguiente, a la hora de mojar mi croissant en un humeante tazón de café, había aparecido Georges Dememay vestido con sus mejores galas. De noble gesto saludó, de sureño y altivo gesto de una liana meciéndose en el cerro Ñielol en Temuco, le indiqué la silla del frente y lo invité a un café. Cavaletto pagaba.

Georges era el relacionador público del Teatro de la Ville. Jean Mercure, su director, había leído el artículo y le había ordenado hacernos conocer París, mejor dicho "le tout Paris" del teatro.

Esa noche pasó a buscarnos y nos llevó a ver la obra que Mercure estaba presentando. Al apagarse las luces e iluminarse el enorme escenario del teatro de la Ville apareció un campesino, en ojotas, harapos de seda, cargando dos baldes. Al llegar al borde de la escena, nos miró y dijo su primer parlamento, el primero, el que daba comienzo a la historia:

—Soy Wang, el aguador.

¡El alma buena de Se-Chuan! Al final de la obra, cuando los dioses sacaban la mano, ¿recuerdan? y dejaban sola a Shen-Te y sus preguntas sin respuesta, en el momento de subir a los cielos, el escenario comenzó a crear ante los ojos de la audiencia, mis ojos, una escalinata surgida de la nada que desaparecía en el espacio infinito de los cielos de París.

En los camerinos, al finalizar la obra, le conté a Jean, el primer dios, que en una producción en Colombia yo había sido el tercero y que a mis cielos se subía por una vieja y destartalada silla. Nos dimos un abrazo divino.

Y así, en una espiral de vida fuimos recorriendo los teatros y los barrios de París.

Al día siguiente abracé a Fedra en el camerino en la piel de Silvia Monfort, hermosa y legendaria actriz. En el barrio 18, Montmartre, subimos las escalinatas para luego desaparecer tras el Sagrado Corazón por la Puerta de Saint Denis y adentrarnos en la combativa cintura roja de París. Allí esperaba el Gérard Philipe, uno de los 8 centros nacionales de dramaturgia en Francia, y en su puerta José Valverde, su director. Hijo de refugiados españoles, hombre de teatro, nos abrió sus brazos y su teatro, estábamos en casa.

Como un rayo cruzó en mi mente la imagen de Mónica borrando mi nombre del diario y de la historia. Tras ella, una sombra sonreía. Intenté identificarla, no lo logré. Recordé a alguien entrando en el foyer anunciándome —te tengo una buena noticia...

A partir de ese día me desplacé por los salones con un farol en la mano.

—Es peligroso hacer sombra, amigo —susurró Ícaro en su camino de regreso—, mientras yo encaminaba mis pasos de regreso a la oficina en *L'Humanité*. Tras el escritorio estaba sentado Gustavo, le Gros, el encargado de organización.

Con esa mirada de no mirar tan característica de algunos dirigentes, salvo cuando te tienen sentado en el cajón con vidrios o te van a comunicar "una buena noticia", dijo:

———

— tienes que hablar con Pepe, el minero.

Sonreí, era el rancagüino.

—Ahora es el encargado de control y cuadros.

Se me quitó la sonrisa.

Esta vez hablé.

—Si es por lo de la salida de Bulgaria, tú sabes que nadie sale sin permiso del otro lado, y que en mi caso consultaron con Moscú. Me acordé del Chacal, me prometí comprarme un terno de terciopelo color verde.

—Te dejaron salir, pero nos avisaron que vienes castigado, te suspendieron, no tienes derecho a militar en una célula, para que sirva de ejemplo. Tras tu salida, hay un montón que han pedido regresar.

Una vez más me quedé sin célula, sin célula pero no sin tareas, igual tendría que salir a vender los discos del Quila, pero no tenía derecho a decidir adónde.

—Sin embargo, el castigo no dice nada de comisiones, así que te integras a la comisión de cultura, esta noche se reúnen en un salón del piso de arriba.

El piso de arriba, me sentí en el cielo.

—Trata de ser discreto —me aconsejó el Pepe, el minero—. Te invito a comer este sábado, llegó Elisa. La sala de su departamento se llenó de vida, música y tallarines con atún, la especialidad culinaria francesa de la Elisa, su señora.

A las siete en punto entraron en la sala de conferencias Carlitos, el encargado, Lucho, el crítico (de arte, no de la línea), Pepe, el pintor que se pasaba toda la reunión dibujándonos (esbozos que Lucho guardaba sin disimulo en su cartapacio), el editor, el mismo amigo que había sacado mi prólogo de una antología de canciones en Quimantú, el suplente, el único que no sonrió cuando ocupé mi puesto. No era personal, es que le costaba sonreír, creía que eso podría restarle seriedad a lo que decía.

Ese día fue el primero en tomar la palabra.

—Acaba de llegar una cantante, una voz prístina, una promesa del bel canto que lleva a una etapa superior la música popular. Es nuestra obligación conseguirle una sala de prestigio y presentar a París y al mundo a Ana María.

Silencio, todos se concentraron en los dibujos del pintor y con un movimiento imperceptible me cedieron la réplica.

—Que el Quila la presente en uno de sus conciertos.

—No quisieron, además Ana María no está para ser presentada por nadie, está destinada a brillar con luz propia en el firmamento.

No conocía a Ana María ni en pelea de perros. ¿Qué habrá pasado en mi ausencia?, interrogué con la mirada a los otros. Unos se miraron las uñas, otros miraron al techo, otros cerraron los ojos para no ver, no para ver mejor, el aire se enrareció.

—Quizás tenga que hacer como todos —aventuré—, comenzar de abajo, o que la tomen los franceses de Chant du Monde, la graben y de ahí parta con la presentación de un disco.

—Cambiemos de tema —pidió Sergio—, el suplente. El ambiente se despejó.

A la salida, caminando hacia los grandes bulevares con Lucho y Pepe, casi a coro me preguntaron:

—¿De verdad no sabes quién es Ana María?

Confesé mi ignorancia.

—Es la mujer de Sergio.

Definitivamente jamás voy a aprender. A partir de ese día cada vez que un incómodo silencio irrumpe en una reunión, al igual que todos, desvío la mirada al techo con disimulo, pero claro, como soy actor me sobreactúo y la acompaño con un tamborileo de mis dedos, la mano discretamente apuntando al que preside.

—No es sobreactuarse, es llamar la atención. Es sabido por la gente de teatro que basta un acento en un hombro, una cadera, el esbozo de una mirada, para dirigir sobre uno la atención y luego hacerla seguir al verdadero destinatario.

Una vez más era, sin serlo, era. La vida seguía su curso y ya podía preocuparme de cosas serias. Necesitaba actores y si no los encontraba necesitaba formar actores. Como me habían cortado alas y contactos me tocaba recomenzar de cero. De día trabajaba. Mi hermano, quien vivía en París, no como médico, como escritor, me ayudó a conseguir empleo, sin quererlo me ayudó. Me invitaron a hablar a la célula de su barrio, cerca de la République, allí se encontraba un obrero del sindicato del libro, hablamos, me citó para tres días más tarde mientras arreglaba algunas cosas. En un papel anotó la dirección, ¡era el diario!

La pega no era en el tercer piso, tampoco en el segundo, en la oficina o cerca de la oficina de los chilenos. Respiré. No era de funcionario, hombrecitos grises que ocupaban las oficinas de la revolución poniendo sus pechos para impedir entrar la sombra de una crítica, funcionarios, guardianes de la pureza que permitieron que la bella se secara; la bella llena de esperanzas, no sus bolsillos sin fondo, esos no se secarían jamás.

Me acordé de la RDA, me acordé de Bulgaria, me acordé del traductor y me acordé de algunos de mis compañeros.

Era en un tercer piso, pero para abajo, el tercer sótano, de obrero. Mis herramientas, una escoba y productos de limpiar. Poco a poco, a medida que aprendiera podría incluso llegar a limpiar las rotativas que cada noche daban nacimiento a *L'Humanité*.

Llegué.

Con mi salario de obrero pude financiar pasajes en metro y buses para los actores. No todo, Perla trabajaba limpiando los pisos de las oficinas del prestigioso diario. Con ello pudimos ofrecer un ligero casse-croûte, sangüche en chileno, a la mitad de las cuatro horas de ensayo diarios.

Nuevamente trabajar el cuerpo, trabajar la voz, trabajar la imaginación. Hacerlos olvidar todo aquello que en el pasado les oliera a teatro y forma de actuar, a dejar de levantar el puño en cada parlamento. Les enseñé a reírse de mí para que en algún momento pudieran reírse de ellos mismos.

Los busqué en cada acto solidario, a la llegada de los aeropuertos, en los bares y universidades, en el pupitre de alumno o de profesor. A las bellas las arranqué de los brazos de otros para entregarlas a los brazos de las butacas y una vez virginizadas subirlas al escenario. Los enseñé a amar sin necesidad de tocarse; en Rancagua me tocó enseñar dulzura a las rudas manos de los mineros, en París me tocó cerrar heridas.

Incluso fui a la oficina del segundo piso, me duché, me cambié el viejo suéter azul, el color lo había escogido en homenaje a Rubén Darío, me saqué el overol hediondo a tinta, sudor y petróleo —ya estaba limpiando las rotativas— me puse un pantalón limpio, la camisa de artista que me regalaron en la RDA y subí otro peldaño. La apariencia cuenta. Al entrar a la oficina me percaté de que se me había olvidado cambiarme las alpargatas, entré en terreno resbaladizo.

—Vengo a pedirles que me ayuden a buscar actores.
—¡Qué casualidad! —respondió el músico-suplente—, un gran director francés vino a pedirnos lo mismo y le dijimos que desgraciadamente no había actores chilenos en París, solo una en Aviñón, (y cierto que había una en Aviñón, pero falso, no era una actriz, era una gran dama del teatro chileno, Marés. La había conocido en Chile cuando cual una reina nos recibió en su casa)
—Pierre (se refería a Pierre Debauche) está montando "la" (acentuó el "la") obra sobre Chile, yo haré la música. Tendrá actores de diferentes países del mundo, se hará en cinco idiomas y un caballo paseará entre el público.

Seis idiomas, pensé mentalmente, tiene que contar al caballo, y relativamente poco original, Peter Brook con su grupo en el Teatro Bouffes du Nord, en el barrio 18 tenía actores vietnamitas, hindúes, franceses, iraníes, etc..., pero actuaban en francés no importaba el origen de la obra. Acababa de presentar *La Conferencia de los pájaros*, basada en un cuento iraní, la sala desnuda salvo por una alfombra persa que colgaba sobre los ladrillos del fondo del escenario. ¡Hermosa!, la alfombra valía una manada de caballos o 100 camellos, y ante nuestros ojos desfilaron los pájaros del mundo entero, y todos nos sentimos pájaros reflejados en el escenario desnudo.
Nazim Hikmet, director turco, tenía estudiantes de todo el mundo

en su grupo en la ciudad universitaria, entre ellos dos de "La Candelaria" de Colombia, Emiliano Suárez y su compañera Elvira.

—A mí me contrataron como historiador —dijo el flaco Thayer—, historiador que en la época enseñaba en Vincennes. —Y a mí para organizar los archivos —añadió petulante su esposa—, la que era por todos conocida como "la señora de", triste título nobiliario de algunas.

—El ministerio de cultura, la municipalidad de Nanterre y el Consejo de la Seine et Marne, financian la obra, y nuestros sueldos.

—¿Y tú, con cuánto cuentas, y en qué idioma piensas actuar? —preguntó el suplente.

—¿Yo?

Miré a los míos, a la distancia miré a los míos, los que nadie quiere, aquellos que nadie escoge, aquellos a los que los suyos con cariño les tiran del poncho cuando están actuando, que pasan horas trabajando el cuerpo, la voz, el parlamento que les negaron.

—¿Yo?

Cuento con estas alpargatas, mi suéter azul y vamos a actuar en el único idioma de nosotros conocido: en teatro.

Los paré en 16 festivales internacionales de teatro, quizás fue de picado, pero los paré, con orgullo se pararon.

—Y sin caballo.

Pero antes de pararlos en los escenarios, tenía que pararlos en la sala de ensayos. Perdí la cuenta de los diarios que vi pasar y de los sacos de trapos usados que utilicé para limpiar las rotativas, perdí la cuenta de las noticias que leí esperando la noticia.

Jean Vilar es el nombre de la sala donde se programó el estreno de *El país de las lágrimas de sangre*. A decir verdad, durante los ensayos habíamos derramado lágrimas de sangre. La pequeña sala estaba llena, una vez más le tout Paris del exilio, nuestro tout Paris, no solo el chileno, el nuestro: uruguayo, paraguayo, ecuatoriano, colombiano, argentino, boliviano, francés; curioso, palpitante, a la expectativa, interrogándose, sobre el resultado, sobre el contenido, sobre los actores, mezclándose, de igual a igual, de espectador a espectador.

No había asientos reservados.

—¿Tienen un caballo? —preguntó el músico-suplente.

—Sentí como una especie de mala fe.

Al terminar, silencio. Luego uno, luego dos, luego tres, uno a uno, a destiempo, hermosamente a destiempo, los aplausos se fueron sumando; uno, luego dos, luego tres se fueron poniendo de pie.

Uno llevó flores, para todos, menos para uno. Comencé por las actrices.

A lo lejos desaparecía el uniforme aplauso congresal. Durante el cóctel, un periodista chileno se me acercó para presentarme a un francés que estaba en la sala tomando notas. Había sido enviado por Jack Lang, el director del Festival Internacional de Teatro de Nancy.

Francés, cartesiano, necesitaba ver para creer. Vio y creyó. Me extendieron la invitación.

Cuando las luces se apagaron y salió el último, actor o público, ya eran uno, me despedí con respeto del escenario y salí del teatro. Frente a la sala, sonriendo, una flecha apuntaba al este: Nancy

281,71 kilómetros. En otra flecha, apuntando hacia París, se leía: Joinville, asilo de Charenton, 3 kilómetros.

La espiral se había abierto, era la de vida, otro escalón de mis escalinatas quedaba atrás.

Miré la invitación, miré el reloj, tenía que apurarme. En tres horas, a las seis de la mañana, comenzaba mi turno, las rotativas me esperaban, me dolieron las manos.

Me quedé dormido tras limpiar la primera de las máquinas, entre sueños creí ver la figura de Thierry le Gros, uno de mis invitados, que sacaba de mi lado el balde de petróleo, el saco de papel con los trozos de tela y la bolsa de basura.

Por mi mente desfilaban diarios y noticias mezclándose con escenas y momentos, la música de los Calchaquís meció mis sueños. Nicolás, su director, había compuesto la música de la obra en un estudio en el barrio cuatro, bueno, era más bien un sótano, las paredes forradas de cajas de huevos para aislar el ruido. Un grupo de amigos encabezado por Bibí, Jean-Marie Binoche, actor y director de teatro reproducían la música en carretes rotulados como: cintas para ensayo, para gira, de seguridad. Estaban listos para prestar sus voces si fuera necesario, queríamos reproducir parte del último discurso de Allende, pero en francés. Pasó el primer actor, lo escuchamos, en silencio volvió a sentarse y a llenar su vaso de vino, estábamos en familia. Bastaba una mirada para decidir, y nadie salía lastimado. Pasaron todos, el último Jean-Marie. Escuchamos, se sentó. Jean-Marie me pasó el micrófono, me negué.

—No, no para grabarlo, para ver cómo lo sientes, eres el director.

Regresé en el tiempo, pasé frente a La Moneda, miré la bandera que aún se mantenía izada en el frontis, cobró vida. Al terminar, Bibí me alargó otro vaso de vino. —Listo —dijo—, ahora, a hacer las copias. Habían grabado.

Contra un muro gris en el living de un HLM en Montreuil, alguien dejó un par de trenzas clavadas. Era el departamento del editor, las trenzas eran de la Chica, su hija, una de mis actrices cuando logró salir de Bulgaria junto a su hermano. Se creía fea, la habían hecho sentirse fea, ella, hermosa en sus últimos momentos, se cortó el par de trenzas que su padre adoraba tirar y se arrojó por la ventana del séptimo piso. Su frágil cuerpo se esparció sobre el cemento de un parking mal iluminado en el barrio obrero de Montreuil en los alrededores de París.

Esa noche no ensayé, mis actores y yo no podíamos movernos del dolor.
Iba a cumplir 18.
18 después de vivir un siglo.

Quizás fue por ello que en una reunión a la que no fue invitado, de esas que anunciaban el pasado, presente y futuro, cuando el control fue herramienta necesaria (no se fuera a producir un descarrilamiento), reunión en que la Jota exigió al Partido manejar los grupos culturales, el editor levantó la voz y dijo: el grupo de teatro le pertenece a sus fundadores, el Quila y el Inti a sus fundadores, sin ellos esos grupos no existirían, exijo respeto a la creación.

El relincho del músico se escuchó hasta en Nanterre.

—¿Tenía un caballo?, pregunté.

—Tampoco, no se aproveche.

Había comenzado una lucha interna para decidir quién era quién, quién mandaba a quién, quién se quedaría con la locomotora y quién viajaría en los carros de tercera.

Intentaron controlarlo todo. Una sombra cubrió el exilio.

Se acercaba la hora de crear los Manolitos y tomarse el poder.

Los Manolitos los crearon, lo segundo, paciencia, y tomarse el poder no significa compartir el poder ni mucho menos pluralismo.

—¿Y de qué democracia me están hablando?

Se gobierna para el bien de todos, pero no todos gobiernan ni cuentan. Y las élites se quieren perpetuar, y las luchas internas se llamaron purgas en el pasado, se llaman purgas en el presente y se llamarán purgas en el futuro. Dependiendo del grado de poder alcanzado o te purgan o te borran de la historia o te asignan un papel en su historia; y ojo, ¡de ahí no te mueves!

Me acordé de Quevedo: entre una rosa y un clavel…

—¿Y si por una vez no escogiéramos?

Todo el escenario sería algo así como una gran duda y cada desplazamiento llevaría a un círculo de vida que al morir generaría otro círculo de vida, por lo que el círculo estaría abierto y no encerrado sobre sí mismo, y cada parlamento respetaría el derecho a réplica y el escenario se equilibraría e incluiría a todos y cada uno y...

—¿Algo así como la creación colectiva?

—Sí, pero a la luz de todos.

Desperté en el auto, tomamos la A 4. Hacia el este, al cruzar Verdún intercambiamos cicatrices; las trincheras que cruzaban su superficie nos ofrecieron protección, desde el fondo de una de ellas un pequeño tanque, casi de juguete, tan pequeño como aquél de Praga, mudo testigo de la Primera Guerra Mundial, apuntaba inflando el pecho, tiernamente, casi juguete de mi infancia hacia el sol que alumbraba la planicie, marcando la primera y última línea de defensa, la Línea Maginot. En Colombey les-Deux-Églises, los cuatro brazos de una cruz nos dieron la bienvenida. Nancy y su festival nos abrieron los brazos y un espacio. Al día siguiente se habían suspendido todas las presentaciones para, a las once en punto de la mañana, en una carpa de circo entregarnos un escenario. El escenario cada vez se hacía más pequeño, la carpa llena, los actores encontraron el camino para llegar a la escena y sentarse en el borde, luego en el borde del círculo de luces, luego en el círculo de luces.

Frente a esta nueva realidad, reuní a los actores —muévanse como puedan, pero hay dos reglas de oro, una: nunca en línea recta, y dos: al público no se le pisa. Capaz de que al final no aplaudan.

Cerré los ojos, la carpa cobró vida.

Al entrar al diario, no por el lado de los grandes bulevares, por la puerta del lado, la de los obreros, la que daba a la rue du Faubourg Poissonière, el compañero que estaba a cargo de levantar las barreras me entregó una carta.

Casi siempre que una carta se entrega de esa forma impersonal es que anuncia malas noticias.

Tenía sello francés, una Marianne me sonreía desde la esquina superior derecha, tenía mi nombre, y el del grupo y decía: director.

Tenía remitente: Paul Puaux, la ciudad decía: Aviñón.

Casi siempre una carta que tiene remitente borra la primera y desagradable sensación. Bajé a cambiarme, preparé mis herramientas de trabajo: el balde con petróleo, un saco de trapos y un saco para los trapos sucios. Mojé un trapo, lo pasé por el rodillo entintado y lo dejé al lado de la rotativa. Eso es lo primero que todo buen obrero del sindicato del libro hace al comenzar su turno, nunca se sabe cuando pasa un jefe.

Y como todos, me fui a comer mi *casse-croûte*, desayuno con jamón, queso, pan de campo, salchichón al ajo y una copa de vino tinto. Era necesario tomar fuerzas para trabajar, no solamente aprendí a limpiar las rotativas, ahora era un *prolo* y hasta hablaba argot *mon pote*.

—Sin embargo, nunca estuvo al centro de la mesa, siempre a un costado y en una punta, era un *intello*.

—Debe ser por lo que después del primer vaso de vino me paso al café.

Abrí el sobre, silencio en la mesa. Grité de alegría, todos esperaban. —Aviñón, el festival de teatro más importante de Europa, participo con mi grupo.

—*Ça s'arrose.*

———

De acuerdo a la costumbre, me levanté y traje dos botellones de rojo, Côte du Rhône. A la amable compañera del mesón le dije

—Claudette, hoy no tomo café.

El jefe de cuadrilla preguntó —¿Cuántos días?

—Quince.

Para hacerme perdonar, añadí —me dan el local de la CGT.

Durante el festival, hasta el más mínimo local abre sus puertas, y allí había estado durante la resistencia Jacques Duclos, el sastre revolucionario, el hombre de la resistencia.

—Ça s'arrose.

Dos botellones más, esta vez pagados por mis compañeros.

Era de esos momentos en Francia en que todos somos *prolos* o todos somos *intellos* o donde simplemente todos somos.

—Ça s'arrose —dijo el manual del perfecto luchador.

En general, antes del festival, los críticos de teatro hacen entrevistas. No alcanzan a cubrir todo el festival y es una manera como otra de hacer una preselección de acuerdo al interés que los grupos despierten, no fuimos la excepción.

Conversando con José Valverde sobre las posibilidades de un local donde realizar la conferencia de prensa fuimos descartando, por distintas razones, las opciones: el Gérard Philipe podía dar la impresión de que estábamos subsidiados o apadrinados, el Jean Vilar, un poco lejano para la prensa parisina, y en general no van dos veces al mismo lado. Descartando unas y otras, fue quedando mi lugar de trabajo, pero no en los salones del tercer piso, podía dar la impresión de dependencia, no en la oficina de los chilenos por la misma razón. Si para comenzar, mis actores en Chile habían salido de los socavones ¿por qué no salir en París desde los sótanos?

Los periodistas llegaron por la puerta principal; los recepcionistas de la entrada principal llamaron al segundo piso —¿tienen una conferencia de prensa?

A Mónica le dieron ataques surtidos.

Preguntaron —¿dónde hay otro chileno?

Un obrero que pasaba dijo —en el tercer sótano.

Intrigados, los periodistas bajaron, escucharon la historia, preguntaron, se preguntaron, no sonaba 68 trasnochado, sonaba teatro popular, sonaba parte de una historia en Francia, la de Vilar y el Teatro Nacional Popular (para no mencionar el Festival de Aviñón), la de Planchon en Villeurbanne en las afueras de Lyon, la de Vitez en el Palais de Chaillot donde, poeta al fin y al cabo, montó un *Hamlet* de ocho horas. Hasta la Tour Eiffel se sentó acalambrada en la explanada.

No, ahí se equivocaban, cuán lejos estábamos nosotros de ellos. Estábamos recién parándonos, de trabajo, parándonos, saliendo de las cavernas. No exageremos, de las cavernas no, de las entrañas de la Cordillera, del fondo de las celdas, de los campos, de la muerte y de la vida.

—*Ça s'arrose*—, y todos subimos a tomar un *apero* al primer piso.

Había subido otro escalón de las escalinatas y estaba a la luz del día.

París también es hermoso de día, comprobé.

XVI. De cómo aprendió que sólo el amor permite saltar de una espiral a otra

Salimos de París a través de los restos de una de las puertas de la ciudad amurallada. Al cruzarla pensé: nuevamente estoy cruzando una frontera y nunca sé si regresaré, si nuevamente no perteneceré, si me la cerrarán para siempre, si voy expulsado, o castigado, nunca he logrado descifrar si las murallas son de piedra o de cartón piedra, o si la cita con mi destino no es otra cosa que el encuentro con la palabra, la palabra, la bella que nunca poseí.

La ruta iluminada por el sol resonaba en nuestros oídos, las luces se prendían y apagaban a nuestro paso, los ríos tendían puentes imaginarios para que los cruzáramos bailando sobre ellos, los olores invadieron nuestras mentes, 689 kilómetros nos separaban de la ciudad de los papas, de la ciudad piedra.

Mareados por la fragancia de la lavanda, por las luces que explotaban en arcoíris ante nuestros ojos, subimos al infinito antes de bajar a las entrañas calientes y amables de la Provence.

El Ródano nos abría sus brazos y sus piernas; más lejos, el mar nos llamaba con sus movimientos de cadera, las velas de las embarcaciones separándose para mostrar sus frutos y esperando satisfacer los deseos de los caminantes.

Navegamos, como navegaríamos en Marsella.

Las campanadas del reloj de la plaza me volvieron a la realidad, encontrar la *rue* Ledru-Rollin. Afortunadamente la sala estaba en el número uno, era fácil de encontrar para dar comienzo al ritual:

saludar, descargar, montar, y *ça s'arrose*. Luego, pasear por las callejuelas, sentarse en la plaza a beber una *moresque*, bebida mezcla de Pastis y jarabe de almendras, en recuerdo de la historia, abrir los brazos y abrazarse con comediantes venidos del mundo entero. De una ciudad amurallada, de una ciudad de recreación para los papas, de un palacio para uno y su servidumbre, Aviñón se había transformado en una escena del mundo, en un palacio del teatro para multitudes. En el patio del palacio, en las calles, en los rincones, al aire libre o en los socavones, teatro mudo, teatro hablado, teatro rico, teatro pobre, teatro, nada más que teatro, tal como lo soñó Vilar cuando abandonó la ciudad luz para ir a derribar los muros que aprisionaban la ciudad de piedra y dar a luz el festival.

La crítica nos fue favorable, una de ellas me marcó por mucho tiempo, hablaba de la sonrisa al hablar y la tristeza en los ojos, y por más que ensayamos, la tristeza era difícil de esconder, había cosas en que Stanislavski tomaba la delantera sobre el efecto de distanciamiento o extrañamiento de Brecht.

Distancia teníamos, extraños no éramos, nunca hemos sido más "parte de" que en el escenario, nosotros y ellos, los personajes.

Si el Ródano nos abrió sus piernas, el hexágono nos entregó su cuerpo, del Finis Terra a Brest, a Nantes, a Estrasburgo, de Calais a Marsella, de París a... y a... y a... Con esa primera obra cruzamos más de 100 veces los bosques, los castillos, los campos de batalla, los campos de flores, el calor, el frío, la nieve, el hielo. Francia, la bella, tenía sus caprichos y Marianne cambiaba de una región a otra. Se entregaba, pero la entrega no era la misma; una bella jamás se entrega dos veces de la misma forma como una función jamás será igual a la anterior, y siempre será diferente de la que viene.

Si no lo es, y se repite, lo están engañando, o usted está engañando a su público.

Bajo nuestros sueños pasaban los caminos, los paisajes, las buenas noticias de Chile, las malas, un amigo liberado, uno que caía, y los ojos que habían comenzado a sonreír volvían a evocar tristeza.
Evocar, no mostrar.

El tercer sótano había quedado atrás, el castigo se había disipado y volví a militar sin ser militante. La comisión de cultura reía libremente, hasta que el encargado, al comienzo de una reunión donde nadie le prestaba atención y nos entreteníamos hablando de viajes y amoríos —¡nuevamente se podía viajar!—, él, un rector, él a quien jamás nadie le había escuchado una mala palabra, dijo con una articulación shakesperiana —¡se pueden callar los huevones!—, rompiendo las reglas.
¡Ya hubieran querido ese manejo de la audiencia los actores de los teatros universitarios de Chile a los que invité a presentarse frente a los obreros del cobre! El silencio fue inmediato, todos clavamos la mirada en él, nunca actor había logrado tanta atención.

Silencio, tensión, dirección de las miradas, atención, un cuerpo de cinco cuerpos pendientes del próximo parlamento.

En la próxima obra meto un huevón, me dije.

No era el "huevón", era el efecto sorpresa, la ruptura, el brusco cambio de dirección que desconcierta, que hace que el futuro deja de ser futuro y se transforma en pregunta y el teatro adquiere su verdadera dimensión cuando en manos del público se transforma en pregunta.

Los caminos se abrían, los escenarios se seguían y nos sorprendían; recorriendo el alma de Francia aprendimos a conocerla. Los actores comenzaron a desfilar, unos salieron a estudiar, a otros los llamó la vida, la otra, adoraban las luces, ¡qué actor no adora estar bajo los reflectores! Pero el camino hacia los reflectores no era fácil, requirió de algo más que la experiencia, necesitó alimentarse de los pares. El movimiento, al ir perdiendo el bosque de banderas, debió perder su rudeza y aprender la dulzura. Trajimos a Bernard a enseñarnos a bailar danza clásica para poder bailar una cueca criolla de esas bien zapateadas. Para darle sorpresa al movimiento, llegó Françoise a iniciarnos en la danza moderna. Integrar los diferentes lenguajes implicó nuevas y complicadas coreografías, movimientos precisos para regresar al movimiento natural que fluye libremente, necesitamos conocer, conocer y dominar para poder poseer, ser poseídos y sorprender.

Las fronteras se fueron cayendo.

—Las fronteras no "se" caen, y menos aún impersonalmente, "se", como si fuera la fuerza del destino, ese "se" irresponsable, fácil, cobarde, ese "se" que no nos deja dormir tranquilos, no sea que nos sorprenda indefensos en la noche. No se caen, se derriban, y nuevamente el "se" es peligroso, otra vez lo ubicó en los que esperan, en los inmovilistas, no sea que tenga que tomar una decisión.

No hay que esperar amigo, es peligroso esperar compañero, lo pueden estar encerrando en otras fronteras.

Las hicimos retroceder, las pulverizamos, abrimos las compuertas, llamamos al mundo a invadir el grupo, llegaron actores de Ecuador, de México, de Colombia, de Perú, de Polonia, de Francia. Regresamos a los orígenes; a la palabra le otorgamos el movimiento, al cuerpo lo transformamos en tronco, a las extremidades inferiores en raíces y a los brazos en ramas agitadas por el viento. Tomamos posesión y nos enraizamos.

Tras tanto tiempo de ser actores llevados por el temporal, pudimos resistirlo, enfrentarlo, pero para ello necesitábamos aprender. Llegó un profesor universitario del sur de Chile, trajo el tintinear incansable de la lluvia sobre los techos de metal, la bruma alrededor de los braseros, y al traer la repetición del gesto nos enseñó a romper la monotonía; nos llegó un relojero del norte, traficante, vivaracho, alcohólico, nos trajo el hábito para romper el hábito y nos enseñó los caminos para evitar los controles y pasar sin que nos detuvieran.

Teatinos incluso llegó a pensar que era un infiltrado y estuvieron a punto de eliminarlo, por seguridad.

—¿Seguridad de quién? —le pregunté al encargado de seguridad, un obrero de la Fiat de Rancagua, afortunadamente mi compadre. Si no, hubiera perdido un actor.

La actriz polonesa trajo a Grotowski, el colombiano a Jacques Lecoq, otro chileno trajo a los mimos de Noisvander y Monsieur Bip; el ecuatoriano los ritos de Santo Domingo de los Colorados, aquellos que habían impregnado al *Boletín y elegía de las mitas* de César Dávila Andrade.

Todos y cada uno nos trajo parte del pasado para poder surcar nuestro presente.

Sin embargo me faltaba algo, miraba el cuadro y me faltaba algo.

Recuperamos la sensación de hundir los dedos en el barro, hundir las manos y los brazos lentamente en la tierra húmeda, separar los surcos para penetrarlos e impregnarnos de su olor. Aprendimos a trabajar la greda para servir de sostén a nuestra imagen, a recubrirla con las noticias desmembradas, retozos de otras historias que iban dando forma a la nuestra, y ese papel maché iba creando nuestras máscaras. Habíamos desnudado nuestra alma en el escenario, necesitábamos cubrir nuestros rostros con las máscaras del teatro; no podíamos darnos el lujo de máscaras prestadas a museos o coleccionistas privados, aquellos que compran la belleza para esconderla creyendo que así se transforman en hombres cultos, las hermosas máscaras de *La conferencia de los pájaros*. Así que tuvimos que recurrir a aquellos que desaparecieron de la historia para que nos prestaran sus rostros borrados por el viento del desierto, aplastados por el asfalto de una prolongación de una pista en un aeropuerto, hundidos en una mina abandonada en el norte, devorados por los peces en el Pacífico, rostros desmembrados que renacían en noticias desmembradas llevadas por el viento.

Desnudamos nuestras almas para desnudar nuestros cuerpos en escena, no todos, uno, el del relojero, frente al par de botas: Medina, ¿recuerda?

Por ello tuvimos que aprender a perdernos en el Marché Saint Pierre, allí, al lado del Sagrado Corazón, en Montmartre, en el mayor mercado de telas de París donde se entrecruzan los olores de las bellas del mundo entero con las telas que acariciarán sus cuerpos despertando nuestra envidia.

Aprendí a seguir sin ser visto, para sentir el contacto de otras manos sobre las telas extendidas frente a nuestros ojos: las mujeres de la India acariciando telas bordadas de oro, las de Argelia, sus manos decoradas de hermosos filigranas acariciando telas que irrumpían con impudicia en las mentes de los hombres. Aprendí a imaginar la caída, el movimiento al flotar contra el viento, los efectos del haz de luz reflejado sobre la tela, deslizándose, deteniéndose, explotando en mil direcciones, o poseyéndolo para hacerlo desaparecer entre sus fibras.

Los filtros para las luces de Sofía se habían escondido entre las telas para cambiar sus colores, para hacer enrojecer las mejillas de las actrices y palidecer la de los espectadores.

—Entonces, más que grupo eran escuela.
—No, no éramos escuela, éramos alumnos, lo que no éramos era discípulos.

La Escuela llegó más tarde, recién liberada del campo de concentración de Chacabuco, en el norte, en el desierto más árido del mundo, donde de día el calor es insoportable y de noche el frío hace explotar las piedras. Chacabuco, donde más que las alambradas, los muros son planos, cientos de kilómetros de arena y caliche; en el cielo el escape era el firmamento, el saltar de una a otra estrella hasta llegar a la estrella donde estaba ella, su amada. Iturra, no el "mano negra", Ricardo, su hermano, acababa de llegar a París, y contaba la historia de la escuela que habían creado al interior del campo, incluso —dado que contaban con los mejores profesores de Chile— habían pedido que los reconocieran oficialmente y les autorizaran a dar diplomas, y se atrevieron a insinuar un subsidio para materiales. Los profesores trabajaban gratis a cambio de alimentación y alojamiento.

—Hay algunos que nunca aprenden.

Al contrario, aprendían día tras día, Astronomía, Geología, Historia en la historia: un mango de una pala abandonada, un oxidado riel esperando inútilmente el paso de un tren con mineral, el guante de un trabajador. Aprendieron a reconocer los suspiros de amor entre las piedras y a diferenciarlos de los suspiros de los presos políticos. Enseñaron y aprendieron a escribir, unos las letras, otros el sentimiento. La historia, llevada a la escena, terminaba con la primera carta que escribió un obrero exanalfabeto a su señora, él escribiéndola en voz alta en el campo de concentración, ella, analfabeta, en la población, estremeciéndose de amor, acariciando el papel e imaginando su contenido.

Un solo día se detenía la espiral, las escalinatas negaban sus escalones, y los escenarios inútilmente nos llamaban, las bellas se retorcían en las camas preguntándose ¿qué hemos hecho?
Era el 11 de septiembre, aniversario del golpe de Estado en Chile, el dolor congelaba el movimiento, el parlamento se transformaba en latigazo, la locomotora disminuía su velocidad y todos podía-

mos subirnos en los vagones de la historia.

De toda Francia, de todas partes llegábamos a la *Fête de l'Humanité*, La humanidad, sí la del tercer sótano.

Tras la liberación de París los diarios volvieron a salir libremente a caminar por las calles. Las rotativas pudieron ruborizarse y añadir rojo a los titulares, el gris uniforme del mariscal Pétain desapareció, la prefectura vació sus calabozos al igual que en el pasado otros abrieran las rejas de la Bastilla. Al salir el diario del PCF nuevamente a la luz del día los obreros organizaron una gran fiesta para recoger fondos y asegurar, al menos por un año, una página, la primera, la *Une de L'Humanité*. Así, cuentan los obreros del sindicato del libro, se perpetuó la fiesta cultural más grande de París.

El canto salido de la tierra, de las planicies, de los escondites, del miedo, y la valentía, nos acompañaban camino a la *Fête de l'Huma*.

Ami, entends-tu le vol noir des corbeaux sur nos plaines?
Ami, entends-tu les cris sourds du pays qu'on enchaîne?
Ohé partisans, ouvriers et paysans, c'est l'alarme!
Ce soir l'ennemi connaîtra le prix du sang et des larmes.
Montez de la mine, descendez des collines, camarades...

Bajen del escenario compañeros, acompáñennos, déjennos acompañarlos.

Por una vez, al tomar el metro rumbo a La Courneuve, rumbo al parque a la sombra de la Cité de 4 mille, le dije al conductor —no se salga del riel compañero.

En la *Fête*, un millón de personas en dos días, *le tout Paris*, así, corto, es decir la crème de la crème, mezclado con *le tout Paris* del exilio, de todos, venidos de los tristealegres-alegretristes salones que recogían los pasos de los zapatos viejos, malolientes, desgastados de los exiliados del mundo entero, es decir la *ratatouille* de los desechados del mundo; salidos de los barrios populares, de los alrededores de París y venidos de la Francia entera, obreros, pescadores, profesionales, jóvenes y viejos y sobre todo amantes de la buena música, de la buena comida, de las salchichas y la cerveza, de los caracoles y las ancas de rana, de los vinos y tragos exóticos que solamente dos días en septiembre se ofrecían a sus labios.

Al otro lado, las luces y los escenarios, El grande, la escena central acogiendo un concierto de Bartók, la escuela de circo de Anna Fratellini, Los Colombaioni (los clowns de Fellini), Ray Charles, un ballet clásico o uno experimental. En las otras escenas, espectáculos de música, escenarios que cedían el paso a la palabra en interminables discusiones en que todos podían tomar la palabra y todos refutar al otro, y si era necesario se inventaba y aquello que no era cierto en el momento podría serlo en el futuro, y lo cierto comenzaba a ser incierto.

Era la fiesta popular más grande de Europa.

Y en ella, La Cité Internationale, el espacio privilegiado para viajar por las bellezas y las miserias de la tierra. Quioscos de todo el mundo representando cada país, cada movimiento de liberación, cada régimen derrocado, cada niño desaparecido, cada campesino desplazado, cada hombre, cada mujer de pie luchando por ser escuchado, al menos por ser escuchado.

Y aquellos más afortunados se hacían un deber el pasar a dar una mano, a regalar una sonrisa y un abrazo y a tomar un trago con los compañeros.

En el medio de la Ciudad Internacional: el boliche de los chilenos adornado como una ramada, con la ristra de banderitas plásticas colgando, con un facsímil de *El Siglo* para regalarlo mostrando amablemente con la mirada el frasco con monedas depositado al lado (amable recomendación de la Mireya Baltra), las empanadas de horno, de buen pino con carne, amasadas por las manos regordetas de las compañeras mientras los hombres cortaban ramas para darle caché al quiosco, para que se convirtiera en una ramada de esas llenas de vida y esperanza. No podían faltar los completos y los lomitos en pan amasado, y la mano, en altivo y continuo gesto abarcando el espacio de derecha a izquierda mostraba los componentes alineados de un completo: pan, hot dog, mayonesa, salsa de tomate (hecha en casa), chucrut, pepinillos, cebolla picada en cuadritos; como en la Fuente Alemana, explicaban las santiaguinas.

Al frente, un espacio para recibir a los invitados y entablar las discusiones. Con los de afuera era más fácil, se trataba de responder sin amargarles la fiesta, entre nosotros eran más divertidas por lo que en el fondo de nosotros mismos sabíamos que no teníamos respuestas, o que las que teníamos nos producían escalofríos en la espalda.

A mí me tenían que soplar los nombres, a medida que veía un nuevo-viejo amigo acercarse, escuchaba: Jean, La Vendée y tras el abrazo y besuqueo bien francés lograba meter —*Jean mon pote, ça va La Vendée?* Su respuesta me ubicaba y podía regresar a su escenario. Es que eran demasiados, y al invitarlos a un vaso de tinto, o al ellos invitarme a mí —*ça s'arrose*—, ya por la décima función se me andaban mezclando las luces, los personajes y los nombres.

La hora del café, me soplaban.

Un once todo cambió. Primavera, el tiempo nos acompañaba y en un raro momento de reposo conversábamos los dirigentes de la Central Única de Trabajadores, dirigentes políticos, Lucho el crítico y yo en un círculo de vida.

Estaba hablando, con mi molieresca camisa de artista del pueblo, las mangas anchas flotando al viento, accionando las manos para acentuar o suavizar la palabra cuando un rayo de luz me fulminó. Continué hablando y ni siquiera por orgullo de actor intenté escuchar la reacción, automaticé la otra parte del círculo para poder escapar con mi mirada. Caminando desde la escena central hacia nuestra ramada venía ella, La Bella entre las bellas, La Bella que marcaría mi destino.

Venía acompañada de un chileno, un rayo lo fulminó, Guillermo partió en humo, perdida para siempre mi amistad. Se acercó, cada uno de los miembros del círculo de vida congeló a los otros y se quedaron moviendo los labios como pescados fuera del agua.

Había escuchado de su belleza, había escuchado de su inteligencia, había escuchado de su sonrisa y de esos hermosos ojos negros, había escuchado que existía, y había escuchado de cómo desafortunados pretendientes se estrellaban en sus largas pestañas, pero lo había escuchado en la hora de las mentiras y no creí verdad tanta belleza.

Guillermo se acercó el primero y me dijo —te andaba buscando, quiero presentarte a Pris, una actriz caribeña.

Se me enroscaron los dedos de los pies en mis ojotas, espero no lo haya notado.

Como era la *Fête de L´Huma*, hice un gesto caballeresco, tomé su delicada mano, y al igual que Gérard Philipe interpretando a D'Artagnan, me incliné para besar su mano. —*Enchanté* —musité. Lucho, el crítico, imitó el gesto, pero tuvo que empinarse para alcanzar la mano de La Bella; Carlitos, el editor, se tuvo que subir sobre los hombros de Lucho; los dos dirigentes obreros le dieron un fuerte apretón de manos, con mano recia, de esas que encallecen con el uso del martillo, aunque uno era funcionario y el único martillo que conoció en su vida lo conoció a través de los afiches que tapizaban las paredes de la escuela de cuadros; los políticos pusieron cara de vagón de primera para impresionarla y Quena, la de relaciones con la Unesco, se retiró al ver el lamentable espectáculo, y por tanto a Quena le gustaban las comedias.

En la ramada, a las viejas les dieron ataques surtidos, la hermana de Quena, psiquiatra, tuvo que atenderlas. Durante media hora las empanadas salieron más planas que sopaipillas.

—Miren sus caderas —decían.

Las miré con agradecimiento. A veces, sin darse cuenta, el efecto de un parlamento es diferente al esperado, o se están entregando pistas para dirigir el pensamiento como una forma de liberación.

La Ciudad Internacional era un punto de encuentros y desencuentros, allí convergía el mundo para establecer sus diferencias, las ideas para nacer o morir, unos ojos se cerraban para dar paso a otros que iluminarían el escenario y el pensamiento; no se trataba de destruir, se trataba de dar una oportunidad al futuro.

La Bella entre las bellas —y la leyenda quedaba opaca— me contaba su vida en el teatro, su experiencia forjada en El Yunque, sus primeros parlamentos rodando desde las montañas hacia el mar que baña Puerto Rico, sus sueños, sus decepciones.

Con disimulo me quité la túnica, no la fuera a confundir con sotana, nunca he logrado entender el porqué a los directores de teatro nos cuentan las vidas.

—No les cuentan su vida, están buscando regresar a la vida sobre escena, hay algunos que nunca aprenderán.

Con la fragilidad de una orquídea, pero cimbrándose voluptuosamente cual palmera al viento en medio de un huracán, abanicando el aire con sus pestañas, sonriendo a través de esos labios que abrían el camino a mi destino, terminó diciendo —deseo actuar, ¿*Monsieur*, necesita una actriz?

Necesité. El *Monsieur* me puso en alerta, me preguntaba quién diablos sería el rey a quien habría de destronar. Miré sus ojos y me tranquilicé.

A partir de ese momento dejé de mirarla para observarla. Medí el alcance de su mirada, la amplitud del movimiento de sus caderas, la altura de la cual caería el parlamento, el arco de sus piernas y cómo jugueteando entre ellas se deslizaba la luz, los dedos de sus manos arrojando pétalos de orquídeas, como cada vez que se pone nerviosa, o explota de deseo.

—¿Tiene algún compromiso?

Sonrió.

—No.

Y ambos estábamos hablando de teatro dentro del teatro, otra cosa hubiera sido muy fácil, y cuando se es La Bella entre las bellas no se deja entrever el pensamiento. Un no es un sí, un sí es un no, una sonrisa es un quizás y un subir y bajar de pestañas es el comienzo de una guerra, ¡y que arda Troya!

33 años más tarde aún no logro saber con certeza cuando un no es un sí, un sí un no o una sonrisa un quizás.

Estaba montando *Los papeles del infierno*, de Enrique Buenaventura, avancé un nuevo escalón en las escalinatas.

La Bella conocía la obra; solos en la sala, ella en el escenario, yo en la sombra, ella temblorosa, yo separando emociones de mirada crítica.

—Esa no se la cree nadie.

Estuvo a punto de equivocarse, en teatro las emociones hacen parte de la mirada crítica; no es un bisturí atravesando la escena, es un sentimiento desgarrando para dar vida a la escena.

Había dejado de lado uno de los papeles, *La autopsia;* hasta ese momento no había encontrado la actriz para dar vida al personaje femenino. Necesitaba en el escenario una pareja que, bisturí en mano, en los ojos, en la sonrisa, en la mirada rehuyendo la mirada, fuera capaz —con precisión de experto cirujano— de hacer la autopsia de treinta años de matrimonio, sin un grito, sin levantar la voz, sin bajarla, sin levantar la mano o las pestañas sobre el otro, donde un sí fuera un no, donde un no se transformara en sí, donde todo fuera un quizás para el espectador.

Sí de sí, tenía la actriz. No de no, tenía a La Bella.

Necesitaba una enana, deforme, fea, capaz de utilizar el atractivo de su fealdad para manipular a los hombres, capaz de poner a los actores tras un velo para hacerlos resaltar, y La Bella se fue transformando. Pudorosamente se levantó la minifalda y se sacó una media, le hizo un nudo y se la puso en la cabeza, frente a mi sombra se fue encogiendo hasta que la falda tocó suelo, se dio vuelta lentamente y me sonrió. ¡Irresistible!

¡Ya sabía yo que algo faltaba en mi vida!

El placer me invadió, tenía al personaje de la enana en *La orgía*.

Para *La autopsia*, desnudé el escenario, y una vez que lo tuve entregado a mis deseos lo vestí de blanco. El piso lo cubrí con un telón de cine, el fondo con un enorme ciclorama blanco, creé un círculo de luz blanca que delimitaba el espacio y hería los ojos del espectador, añadí lentamente, durante toda la duración de la obra un toque de luz azul que poco a poco venía a enfriar la escena y la sala, hasta que un temblor invadía a los espectadores al pasar de las fronteras del teatro al reducto de un quirófano.

En el centro de la sala de operaciones, dos sillas de plástico, negras, sobre una, sentada, La Bella entre las bellas, tras la otra parado, el actor profe de Concepción, ambos vestidos de gris; a ella le daba una elegancia que sostenía su dolor, a él, una dimensión de funcionario, de pequeño funcionario escapado de los cuadros de Magritte.

El hilo conductor era aparentemente simple, él, un médico que realizaba autopsias en época de dictadura, ella, la esposa, ama de casa. Ese día, como de costumbre, él salía a hacer otra autopsia, sólo que esta vez era la del hijo. A ella había que construirla, ella llevaba el peso de la obra. Para él al menos una indicación, doctor; para ella, la penumbra que envuelve a un ama de casa.

¡Qué desafío!

Nada es más difícil para un director y sus técnicos que lograr el blanco perfecto sobre el escenario, nada hay más apasionante para un director y sus actores que construir los personajes a partir de la nada, se les abren las compuertas del universo, huérfanos de indicaciones deben navegar por el escenario para encontrar un punto de apoyo y poner la escena en movimiento.

30 días faltaban para el estreno, para acomodar los ritmos y personajes latinos al francés, para lograr universalizar los personajes, para traspasar la traducción literal a lenguaje teatral con el peligro de distorsión que conlleva una doble traducción.

El día del estreno, lo imprevisto. Todo estreno tiene imprevistos, pero imprevistos previsibles. Con La Bella entre las bellas era la primera, y la primera no se puede predecir. Como siempre, escuchaba detrás de las cortinas, los silencios me entregaban el ritmo de la obra, las sombras recortadas cual sombras chinas sobre el telón de fondo la tensión entre ambos personajes, y en eso un cascabeleo. La obra no tenía música, la música eran los silencios, la cadencia de la palabra, la frialdad de las miradas, y sin embargo un cascabeleo venido desde la tierra, incontrolable, montaba sobre escena.

Desde la sombra revisé las sombras, imperceptible un movimiento surgía de debajo de la falda de La Bella: le temblaban las cañuelas.

Afortunadamente el desesperado intento por controlarlas añadió tensión al diálogo.

El infierno y el paraíso pueden encontrarse, el subir y bajar de las escalinatas puede determinar que en un momento la espiral de vida se cruce con la espiral de muerte, que La Bella se cruce con la enana, que el parlamento muerto renazca entre las piernas de una vieja puta bendecido por los cánticos sagrados de la enana en medio de una orgía.

De la blancura inmaculada de un quirófano invitábamos al espectador a saciarse en un banquete, a vender su asiento y su alma por un puñado de arroz, a despojarse de su máscara y vestuario para entrar en el mundo esperpéntico de los mendigos miserables protagonistas de *La orgía*. A los andrajosos comensales de la orgía los invitaba a despojarse de sus harapos y a vestirse elegantes con el vestuario, enorme para sus flacos y deformes cuerpos, de los amables espectadores. Un obispo, un coronel, un político, un matón, el hijo sordomudo escondiendo sus defectos y la vergüenza de ser rechazado, su amor por su madre, ese amor que reventaba de deseo de reemplazar al padre ausente.

Un puñado de arroz y unas miserables monedas para recrear las fantasías de la vieja puta, su sexo arrastrándose por el piso, manoseado por los mendigos, sus fantasías subiendo sublimes a los cielos escapando de la mísera realidad.

El escenario se transformaba en un deslucido espejo que reflejaba una siniestra, pero alegre realidad. No se era uno y al no ser uno todo está permitido, incluyendo el ser uno mismo.

La vida interpelaba al escenario y el escenario al público. La vieja puta, cual directora de teatro, asignaba los papeles, los vestía y desvestía, observaba lascivamente sus tristes atributos, y con la maldad del director los invitaba a tomar su rol frente a la jadeante audiencia.

—Hable usted, señor gobernador—,

e invitaba al mendigo-candidato a subir al próximo escalón.

Éste estiraba las mangas del raído smoking; la chaqueta, cual vitrina del mundo, dejaba al descubierto las costillas. El mendigo-hombre de negocios le acomodaba, cual banda presidencial, una sucia bufanda la que si el espectador era un buen observador, adivinaba había sido de color blanco. El candidato levantaba ambos brazos hacia la chusma —el público—, hacía la V de la victoria, anticipo del triunfo, y lanzaba al aire la primera línea del discurso tan cuidadosamente elaborado:

—¡tenemos hambre, queremos comer algo!

La chusma explotaba en aplausos.

Las salas se llenaron, políticos del mundo entero hacían reservaciones. Otros cerraron los puños, hicieron rechinar los dientes, miraron de ojos entrecerrados para evitar mirar el todo. El todo no, los detalles que llevan al todo, el todo uniforme es parte de su ser, es la herramienta que les permite evadir la realidad.

Sin embargo sonrieron, y los compañeros de la Central Única de Trabajadores de Chile en el exilio aceptaron incluir la obra en un acto en la Mutualité: 8000 butacas, sala-catedral, nave central de los actos de obreros en París.

—¿Quién puede negarse a participar en una orgía?

El primer círculo de la espiral giraba interminablemente, el hexágono había abierto sus vértices y nos había arrojado a la vorágine europea. Cruzamos la cima más alta de los Alpes, bajamos vertiginosamente por las laderas del lado suizo, saltamos escalón tras escalón los caminos de piedra por donde transitaron los romanos,

nos cruzamos con un elefante perdido, saciamos nuestra sed en un acueducto, y empujados por los vientos, caímos en el remolino que ocultaba Berna y su festival.

Comenzamos a girar sin fin, a la décima vez que cruzamos el puente La Bella exclamó: el maelstrom, el remolino tan temido por los navegantes.

Nada hay más temido por un director, por un actor que el girar y girar alrededor del escenario sin lograr subir a su tabla de salvación. Las escenas desfilaban ante nuestros ojos, los personajes vagaban sin encontrar sus parlamentos, el vestuario rebotaba de cuerpo en cuerpo, las luces se prendían y apagaban creando caminos fantasmales.

Surgiendo del fondo del remolino, cual dios del teatro, el director del festival quien nos condujo por los caminos secretos a la ciudad sumergida en medio de las montañas y nos llevó a nuestra sala.

A las seis, seis en punto de la tarde, una hora después de que asesinaran a Federico, los tranvías sacaban de la ciudad a los náufragos, aquellos que limpiaban las calles, las casas, las estatuas, para limpiar así la ciudad y las conciencias. A las seis y treinta los depositaban en la periferia, en ciudades dormitorios, ciudades desperdicios, ciudades sin dios ni ley, ciudades de la desesperanza para que se reprodujeran y recuperaran fuerzas.

Por las noches la ciudad cobraba vida, la gente paseaba por sus calles y hasta los pequeños seres que vivían estáticos sobre las columnas descendían de sus pedestales para dirigirse al teatro.

A las nueve en punto la sala no reflejaba una sola impureza en la audiencia. A las ocho cincuenta y nueve habías mirado por el hoyito de la cortina, habían sacado los miserables de la sala, los Gavroche del mundo entero, los lazarillos que guiaban a los impedidos, los despojos de los náufragos arrojados por el maelstrom.

A las nueve en punto nos habían quitado la razón de ser.

Yo, que nací en los socavones de la cordillera, yo, que me había devorado la salvaje selva, yo el de los gallineros vacíos y de las salas con olor a sudor, me estaba presentando para los nobles. Yo, que al igual que Jean-Baptiste Poquelin había nacido para presentarme con mis sueños en las plazas públicas para los plebeyos, me encontraba encerrado en un trozo congelado y esterilizado de la historia.

Nadamos contra la corriente, nos aferramos a las paredes de la espiral, abrazamos los escalones, había que regresar a la espiral de vida, la espiral de muerte nos absorbía, el remolino más temido, aquél que intenta sorprender los sueños del director, de los actores, para tragarse hasta sus últimas palabras y desaparecerlos para siempre de la historia.

—¡El maelstrom! —exclamó horrorizada La Bella.

Logramos escapar, Liubliana nos esperaba, Aviñón nuevamente nos abría sus puertas de ciudad que había derribado las murallas, Nantes nos ofrecía sus astilleros escondidos para reparar y proteger los parlamentos; en el canal subterráneo más profundo, depositamos la palabra; los crucificados de La Vendée nos regalaron una cruz y clavos, los burgueses de Calais, la soga al cuello nos entregaron las llaves de la ciudad.

¡Logramos escapar! Esa noche, al maquillarnos para regresar a la realidad, los espejos nos devolvieron una imagen coronada de pelos blancos, habíamos perdido la inocencia.

Ello me permitió subir otro escalón hacia mi destino.

—Bajar, fíjese en la dirección de la espiral.

XVII. De cómo aprendió a leer la historia en los ojos vacíos de los náufragos de la historia

Desde la cima se observaban las planicies, y tras ellas, el mar acariciaba impúdicamente la tierra; ola tras ola, lengüetazo tras lengüetazo iba rompiendo las defensas de la ciudad sagrada.
Como íbamos en bajada, cruzamos los Alpes por una cima menos elevada.

—Craso error, de la altura no se baja, para que pase los controles siempre debe intentar pasar por las cimas más altas, aquellas a las que los comisarios no llegan.

Sin darnos cuenta comenzábamos a girar en círculos, no en espiral, y el remolino amenazaba con tragarnos. Las nubes nos ofrecían sus senos y los vientos desencadenados penetraban en nuestros oídos. Una vez más mis sentidos se habían abierto a los signos del mundo y herían mi cerebro.
Comencé a subir al último nivel de la pirámide, el tercero, aquel que toca el cielo con sus manos, aquel que se asoma sobre el universo, el último nivel, aquel que bordea el precipicio.

—¡Que se despierten la fuerzas dormidas del universo,
vengan espíritus errantes de la tierra!
Yo,
el gran burumbún,
imploré,

¡que se desencadene la tormenta!

Saltamos en punta de pie, salimos cargados de esperanzas, cruzamos el arco de triunfo, nos impregnamos de lavanda, atravesamos los Alpes nuevamente, nos detuvimos bajo la estatua de Colón para invocar su protección, mojamos los dedos de los pies en el agua de mar, nos persignamos, y embarcamos rumbo a un festival que al otro lado del Mediterráneo nos abría sus brazos y secretos en la ciudad sagrada de Hammamet.

Nedjma de mis primeros amores, Nedjma la de las caderas cimbreantes y el sexo perfumado con ramitos de jazmín, Nedjma y el grito de las mujeres del mundo árabe observaban el mar para avisar de nuestra llegada.

Yo, el huérfano de mundo, el sin tierras donde depositar mi castigado cuerpo, yo, al que robaron sus sueños y los caminos secretos de la Cordillera, me sumergía en otros mundos, en otra civilización en busca del bálsamo que me aliviaría al alimentar mi alma y mis actores.

Estaba quemando mis naves, no sabía si algún día regresaría a Génova o me internaría en el desierto para desaparecer de mi mundo.

La Bella entre las bellas, celosa de Nedjma, se acostó entre los limoneros, abrió las piernas para dejarse poseer por un limón, perfumó sus labios de azahar y se me entregó con un grito mezcla de palmeras y azahares.

Esa noche, en medio de gritos de júbilo, nuestro Colón entró al escenario desde el mar. Sorprendido se preguntó si no se había equivocado de nuevo. Coqueto, pisó tierra primero con el pie izquierdo, paseó la mirada abarcando al público de derecha a izquierda, miró por sobre sus espaldas las luces de la ciudad sagrada de Hammamet, y mientras la música de *Carmen* invadía el anfiteatro al aire libre, los dos mil espectadores formaron una barrera de amor para que se detuviera antes de perderse en el desierto.

La Santa María, una vela, se agitaba al viento. En ella un agujero para que yo, el mástil, observara el mundo que nacía.

Esa noche, tras la función, al caer el sol, nos sentamos con mi hermano Tahar y mi hermano Mediuoni, en un círculo en el suelo alrededor de una enorme fuente de cuscús.

Antes, nos habíamos purificado, estaba comenzando el ramadán.

Por ser teatreros, se autorizó a las actrices a sentarse en el primer círculo.

La Bella entre las bellas observó entre las sombras a una descendiente de Nedjma que con tristeza observaba. Rompió el círculo para ir a hablar con ella, la tristeza de sus ojos había logrado romper el cerco de sombras y el círculo de luz.

Yo me quedé sentado, estábamos al comienzo del ramadán.

Anaruz, ese era su nombre, le contó que deseaba ser directora de teatro y le preguntó si las actrices en su país podían llegar a dirigir. Riendo con picardía preguntó qué se sentía al bailar ligera de ropas y adornada con plumas frente a hombres, si el marido lo permitía y no la castigaba. Se ofreció enseñarle a bailar con la sensualidad de las mujeres árabes levantando un solo pie sobre la punta de los dedos para hacer resaltar el movimiento que ofrenda las caderas, a ella y a las otras actrices, pero en un salón cerrado, solo entre mujeres y en presencia de las mayores. Podía enseñarle a decorarse el sexo para atraer al marido, podía enseñarle tantas cosas si La Bella entre las bellas le enseñaba un solo secreto: cómo hace una bella para llegar a sentarse en el primer círculo, el de la luz y brillar más que el sol sin que la quemen en la hoguera, y cómo... guardó silencio, bajó los ojos y se retiró al círculo de sombra, los hombres estaban observando.

Al dejar atrás la ciudad escondida de Hammamet, los ramitos de jazmín caían de las orejas de los hombres abriendo un camino de flores a nuestro Atahualpa renacido en Colón quien abanicaba los rostros de sus admiradores con un aletear de sus pestañas. La Bella entre las bellas cambió su minifalda por un vestuario masculino para cruzar la horda que a gritos pedía al director la cambiara por alfombras, camellos y corales. La actriz francesa se despedía de su amante tunecino y cambiando el parlamento le decía con dulzura: "siempre nos quedará Hamammet, mi querido Mustafá". Steph, nuestro técnico francés, un *enfant de France,* niño abandonado criado en un orfanato en Villejuif al igual que Depardieu, el actor, y de igual corpulencia, metió en un baúl a su concubina, como le gustaba presentarla, y de un solo movimiento lo arrojó dentro del camión.

Dejamos el mar para adentrarnos en el desierto y tras cruzarlo, llegar nuevamente al mar. Íbamos en busca de los fenicios y las galeras que surcaron los sueños de mi infancia.

El festival de Tabarka y su castillo nos esperaban. Como esta vez la escenografía era el castillo y el escenario su patio central, Colón no llegó del mar sino que descendió de los cielos y la vela se quedó flameando enredada en un torreón.

El resto de los actores siguieron la ruta de los turcos, de los romanos, de los hombres del mar, de todos aquellos que los invadieron hasta que llegó Colón y el gran burumbún.

Los ojos llenos de un bosque de corales, de sol, de amistad, dejamos el mar para adentrarnos en el desierto. Nómadas del mundo, nos dirigimos a Djendouba, tierra de paso, tierra de nómadas, a juntarnos con los restos de sueños atrapados por la arena y las ruinas de un teatro romano construido en el siglo tercero.

Definitivamente las escalinatas son una espiral donde se juntan la primera y la última de mis ruinas, el gallinero quemado en el campo chileno, las ruinas de un teatro romano; y cada ruina, mis hermosas ruinas, me trae mi razón de ser.

Traídos por el viento del desierto, llegados de las profundidades de la soledad avanzaron por la noche los espectadores, incluyendo un puñado de palestinos venidos de un campamento de refugiados, restos de septiembre negro, enfrentamiento entre jordanos y palestinos, hombres olvidados en el tiempo, la historia y el espacio.

—Cuando son hermanos los que se entrematan, la historia, con vergüenza, los olvida.

—¿La historia o el hermano ganador?

—No a todos, fueron 3.000 los muertos. Los que tiene en la audiencia son fedayines que sobrevivieron, Hussein nos pidió que los escondiéramos.

Sus grandes ojos, dos aceitunas negras, brillantes, interrogaban el escenario. El sonido de sus almas interrogaba a los actores. El tiempo detenido nos permitía encontrarnos un segundo para volver a partir por ignoradas rutas: nosotros hacia nuestro destino, ellos hacia el olvido.

—Cuando los vuelva a encontrar deles saludos de mi parte.

A Génova se regresa, al igual que a Valparaíso se regresa. La concha acústica de sus montañas crea una sinfonía que llama irresistiblemente a los viajeros. Se regresa por sus hoteles casi clandestinos que cobijan los amores ilícitos, porque un sexo al pesto es un bocatto di cardinale al igual que un sexo decorado por un erizo añadiendo cosquillitas al amor es un mariscal donde pescan los poetas de mi pueblo.

A Génova se regresa de mano de La Bella entre las bellas para subir las escalinatas antes de pedir una pieza con vista a la bahía y en la noche dejar las luces del puerto para dejarse guiar por las luces de París.

En París el amor sabe a una *religieuse* a la que con delicadeza se decapita, sabe a lágrimas del amor que se aleja y a lágrimas del amor que comienza, sabe a parlamentos de enamorados bajo el Pont Neuf, a senos expuestos a las luces de los *bateaux-mouche* que cruzan el Sena.

En París el amor sabe a canciones y a silencio.

Esa noche el teatro pasó a ser amor, los gemidos lo fueron al alimón, esa noche el sexo se perdió en una espiral de vida y ambos, tomados de la mano, subieron por las escalinatas que, cómplices, les permitieron deslizarse en sus cuerpos sudorosos.

Esa noche decidieron partir a Grecia.

—¿En gira?

—No, en fuga.

Tenía una cita con Sófocles, quería que me devolviera la palabra, que volviera humano nuestro amor y sufrimiento, que me permitiera ser parte del pueblo, ser coro, ser máscara desenmascarada, ser humano frente a los humanos, quería que me devolviera el tiempo más allá de la puesta de sol o de que apagara los proyectores, quería que me diera el puñal del sacrificio y me acercara al altar de mi destino a ofrendar mi vida y desaparecer de la historia para poder confrontar mis errores y finalmente descansar.

XVIII. De cómo aprendió que el destino se escribe a medida que se lee

Llegamos un día seis, habíamos atravesado planicies, montañas y las grandes aguas, sabíamos que teníamos el tiempo contado, que en las nubes el destino comenzaba a dibujarse, que el vientre de La Bella entre las bellas se preparaba para recibir la semilla.

Llegamos un día seis, justo a tiempo para que en la madrugada del siete, el día señalado, ingresáramos a Delfos a conocer nuestro sino.

A la entrada de la gruta nos separamos, La Bella entre las bellas se fue a consultar a Afrodita; yo, yo continué el camino iniciado en la ruta de Aguas Santas en el cerro Ñielol, tenía que afrontar solitario la respuesta.

Yo, regresé desde las entrañas de la tierra.

Ella, regresó desde el fondo de las aguas.

Y al juntar nuestros cuerpos comenzamos a modelar la arcilla que daría nacimiento a la próxima bella.

La respuesta no estaba en la gruta, no se encontraba en gases mágicos que brotaban para envolver la mente, como tampoco estaba en el agua cristalina que brotaba en la cima de la cordillera para calmar la boca sedienta del viajero extraviado.

—Afrodita estaba más cerca de la respuesta —dijo La Bella— mostrando el Sena fluyendo entre sus piernas y sus senos explotando de deseo.

La respuesta está en la superficie, en el espacio en que se juntan las potencias venidas de la gruta y los vientos huracanados descendiendo de las alturas, en el espacio en que la lava se junta con las grandes aguas y éstas apaciguan sus deseos, la respuesta está en el parlamento que salta al abismo para tomar forma en el cuerpo del espectador.

—A fin de cuentas, ¿qué preguntó?

—La pregunta es secreta. Si se revela, el último escalón de las escalinatas desaparece.

La respuesta comenzó a surgir en el enorme teatro de piedra, donde uno entre diez mil, yo director, yo actor, me transformé en yo espectador. Me despojé de mis sandalias para pisar la piedra y transformarme en raíz, yo, uno entre diez mil vi aparecer ante mis ojos a Edipo, a la madre tierra y a mi pueblo.

Epidauro me permitió integrarme al coro, ser parte de los diez mil con igual derecho, junto a ellos contesté las preguntas del Corifeo, y cuando éste pasó por mi lado, un relámpago atravesó mi mente, le tiré la túnica y le susurré —cuidado, Naranjo es un traidor—.

Al abandonar el viejo teatro, y ni un teatro ni una bella se abandonan, ofrecí a los dioses un cordero en sacrificio; pero como todo director o actor, hombre de teatro hambriento de cariño y de comida, una vez asado comencé a devorar sus carnes apoyada mi espalda contra los asientos de piedra, La Bella recostada sobre mi vientre.

Los dioses comprendieron.

Ello no impidió que pese a tener todos los elementos en mano me invadiera la incertidumbre. Me embriagué tratando de encontrar una certeza, y fue inútil, a los pies del Partenón me deslicé en una obra e interrogué a la audiencia, y fue inútil; en el Ágora interrogué a los sabios, y fue inútil.

—Al único que no interrogó fue al yo.
—¿Y habría obtenido la respuesta?
—No sé, consulte el oráculo, pero recuerde, para interrogarse con la certitud de obtener respuesta se debe haber alcanzado el último escalón, aquél que se encuentra a la salida de la última vuelta del laberinto. Pero tenga presente que el interrogarse conlleva un peligro: el que haya respuesta.

Que conste, el desaparecerlo de la historia, el condenarlo al ostracismo fue solamente una medida para prevenir que se transformara en una amenaza para los que pueblan los vagones de primera. La condena está destinada solamente a los viajeros de los vagones de tercera, y en esos vagones hay algunos con ventanas en las paredes —aunque la mayoría no las tiene— así se puede mantener al "demo" en la ignorancia ilusionada. Pueblo no quiere necesariamente decir sabiduría, y se puede reemplazar a los vendedores de favores que viajan en primera por un vendedor de morcillas de tercera, y "demo" puede derivar en demagogia, todo depende de la curva que se tome en el camino. Y si su vagón no tiene ventanas está viajando a ciegas.

Del drama pasé a la comedia y en ambos fui público y actor, en ambos fui máscara y carne, túnica y cuerpo, voz y silencio, fui uno y fui diez mil.

Y en mi tierra, en los vagones de tercera no se vendían morcillas, se vendían tortas curicanas, de manjar, de alcayota con nueces las más caras; las más baratas, las mías, sin relleno.

Cada obra manda a un destino diferente, en una al sacrificio de un cordero a los dioses, en otra a la juventud perdida para retomar el camino.

Afrodita me arrancó de la pesadilla,
prestó sus ojos al viajero que se los había arrancado; en castigo,
por no ver avanzar su destino,
sirvió de bálsamo a mi cuerpo flagelado,
sirvió de elixir a mi corazón que se secaba
¡tanto era el amor que reclamaba!
Afrodita me llevó a hundirme en el mar
y delicadamente,
con la fuerza del ciclón,
me ahogó en sus jugos.
Frente a mí el camino se abría en dos, una vez más la incertidumbre. Por un lado: escalar las montañas, perderme nuevamente en los bosques de mi infancia, pero esta vez en Yugoslavia, para deslizarme por el camino de Aguas Santas y caer, los brazos en cruz en el Mediterráneo. Por el otro, hundirme en los ojos de la mujer amada y caminar sobre las aguas para descender, mi cuerpo renovado, en el puerto de Bríndisi y de ahí comenzar a caminar por la vida embriagado de perfumes.
Tomé los dos caminos: los techos de París nos esperaban.

—Siempre se aprende algo.

XIX. De cómo aprendió que el pasado es la peor frontera por lo que puede volverse futuro

Bajo los techos de París, Madeleine Renaud se hundía en un escenario montaña en *Oh les beaux jours!* de Becket. Al final de la obra, quien fuera el mimo del bulevar de la muerte, le tendía sus manos intentando salvar la palabra, intentando salvar a su amor, intentando salvar a la actriz que se hundía en la edad y el personaje.

—¡Garance! —se escuchó nuevamente en *Les Funambules* reencarnado en el *Rond Point des Champs Elysées*. Una vez más Baptiste, su corazón desgarrado, había clamado su amor por la bella. Por la bella, por su mujer, por el teatro, por el personaje, aunque en el intento tuviera que sacrificar su personaje y devolverle la palabra al mimo.

La Bella entre las bellas, los ojos poblados de lágrimas, me tomó la mano, y con sus pestañas secó las mías. Estaba llorando.

En silencio por las Tullerías, al cruzar el Pont Neuf nuestro sollozo estremeció París y los dos nos inclinamos ante la grandeza de ese amor.

Nada hay más difícil para una bella que inclinarse ante la belleza marchita de otra bella, nada hay más terrible para un director que el que se le escape un sollozo antes de ponerlo en escena.

Noches más tarde entramos a uno de los salones donde se reunía el *tout Paris* del exilio. Para nuestra suerte Willy Odó había visto tanto la obra con la Renault como *Les enfants du paradis*, la película de Carné, lo que nos permitió romper la rutina de las fiestas:

la hora de las mentiras, la hora de los chistes, para finalizar, al terminar la fiesta con un aviso de los teatinos anunciando la próxima reunión.

Al salir del salón me di cuenta de que algo faltaba en el decorado, bajo los techos de París el mano negra había desaparecido, y cuando un miembro de la dirección desaparece es mejor volverse mimo.

De regreso al departamento, caminado por el borde del Sena, la Rive Gauche, La Bella me preguntó —¿por qué se desaparece? Bajo las dictaduras lo entiendo, va en su ser, en la bestialidad, en la necesidad de aniquilarnos, ¿pero desaparecernos entre nosotros?

Di la media vuelta; Medina me dejó un reflejo, siempre mirar quién viene detrás. Caminamos en sentido contrario, me preguntaba cómo explicárselo, me preguntaba cómo explicármelo.

—El teatro, devolver a la palabra su significado.

Le conté que había regresado a la RDA, a fines del 77, comienzos del 78, a los diez años de mayo en París, ésta vez no engañado por el músico-suplente, sino a través del teatro. Benno Besson, quien dirigía la Volksbühne, me invitó a un estreno en Berlín. José Valverde, mi buen amigo, se ocupó de los detalles: pasajes, dinero para comprar unas tortas curicanas en el camino, perdón unas salchichas en el camino. Benno, de mandar la invitación en papel membrete con una copia, ¡había conseguido papel carbón!
—Regresé por mi propia voluntad —dije a La Bella. Pasé la no-

che, solo, en Berlín Occidental; las luces no me dejaron dormir, las luces que trepaban por las ventanas de mi cuarto, las luces que se estrellaban impotentes contra el muro. Al día siguiente tomé el subterráneo, el U-Bahn. Me interné voluntariamente en las entrañas de la tierra. Al poco andar, el túnel se volvió monocolor por la ausencia de color, de detrás de las columnas de estaciones deshabitadas surgían sombras de soldados vigilando, protegiendo. Miguelitos gigantes formados por rieles retorcidos impedían el paso por rieles abandonados, el riel era uno y controlado. Al bajar, una luz blanca, brillante, fría, impersonal (*La autopsia*, la usé en *La autopsia*), iluminaba la fila que avanzaba lentamente entre enormes cajas de madera. En ellas, o tras ellas, un vidrio y un pequeño círculo que permitía la comunicación. Me sacaron para el lado. Pasé mi título de viaje que me acreditaba como refugiado político chileno, paria sin otros papeles, protegido por la Convención de Ginebra, y sin embargo, me sacaron para un lado los compañeros.

Recordé el ruido al prenderse el micrófono en la cárcel de Rancagua, la sensación al escuchar mi nombre, el pasar por la guardia armada. Nuevamente me invadió el temor. Sin embargo me encontraba en tierra amiga, entre amigos. En una pieza iluminada, un *genossen* con un perfecto español preguntó con amabilidad

—¿motivo del viaje?

Le alargué la invitación de la Volksbühne, original y copia.

—¿Tiene una invitación de los compañeros chilenos?

No la tenía, no la creí necesaria, comencé a hablarle de teatro, de la importancia del teatro del pueblo, de Brecht. Le iba a hablar de los gallineros en Chile, del Teatro Experimental del Cobre, cuando como un relámpago me vi en un pasado no lejano diciendo lo mismo frente a los compañeros de Berlín. Cerré mi boca, levanté los hombros y mis manos, y sonreí.

Esa cara de pelotudo la tengo que guardar para otra obra, me dije. Me dejaron pasar.

Esa noche, tras el estreno, fuimos a la fiesta a casa de Benno o de la mujer de Benno, o de la compañera de Benno, un pequeño apartamento con vista al muro.

Nunca me sentí más bien cuidado.

Hablamos de todo y de casi todo, de las dificultades para crear y al mismo tiempo de las facilidades para crear, de cómo se podía usar la palabra y el escenario sin doblegarlos ni ensuciarlos.

Hablamos de Yverdón, su ciudad natal, hermosa, amable, sus aguas calmaban el dolor de los pies del viajero, los patios de sus castillos se abrían al teatro, la ciudad engendraba teatro. Le conté que la conocí cuando me invitaron a participar en su festival. Él no conocía Chile, aunque quiso ir en la época de Allende, y sin hablar de Chile, al hablar de teatro hablaba de mi mundo.

Para Benno el problema residía en las restricciones a la libertad de creación, en el intento de encerrarlo en una celda, de limitar sus sueños, de imponer las luces y colores, de inundar con decorados de cartón piedra el escenario para tapar la realidad del otro mundo, el de ellos. Para Benno el problema estaba en la falta de una mirada crítica, de que alguien entre los espectadores se atreviera a pararse y decir algo que fuera contra la corriente. Para Benno el problema estaba en su confrontación con los herederos de Brecht que se habían adueñado de la palabra, pequeños funcionarios, hombrecitos grises de oscuros trajes que intentaban controlar lo incontrolable, que ahogaban el germen de la creación por lo que temían ver el fruto; hombrecitos grises, mediocres que se agarraban de los pasamanos de los vagones de primera y hacían el viaje colgando, rogando por que los dejaran subir.

Al despedirme Benno me dijo —en quince días estaré en París, encontrémonos a las cinco de la tarde con José en el Café de la Paix, frente a la Ópera.

—¡Trato hecho! ¿Y tú? —le pregunté a su compañera—. ¿Vienes?

—¿Yo? —me respondió—. Yo no puedo salir, soy la garantía de que él regresa.

En el 78, recibí un llamado, me junté con José en el café, sin rodeos planteó:

—Benno quiere venir en gira con su grupo.

Me alegré.

—Quieren asilarse, necesitan respirar.

Tras una pausa añadió —estamos juntando firmas para apoyarlo.

—¿Firmas?

Vi los rieles retorcidos para que los vagones no pudieran pasar libremente de un Berlín al otro, la tristeza en los ojos de las rehenes en los departamentos que bordeaban la cortina de hierro, vi la Ópera de París como la había visto diez años antes, en el 68, con una frazada roja ondeando en sus techos, sus puertas abiertas, las canciones trepando por las escalinatas, el escenario iluminado de esperanza, "prohibido prohibir se leía sobre los muros".

Firmé.

—¿Sabes lo que significa y a lo que te arriesgas? —me advirtió José.

—Lo sé. Poder dormir.

Le permitieron salir, no fue necesario presentar las firmas. El Ministerio de Cultura le abrió sus brazos, los escenarios lo recibieron, traía consigo a Brecht, y más allá de Brecht, en el fondo de su maleta, el pájaro azul de la felicidad.

—Estuvo a punto de que lo borraran —continué explicándole a La Bella—, pero se salvó.

Once años más tarde, un 9 de noviembre en el 89, un rayo de luz atravesó Alemania, manos amigas, de ambos lados demolieron el muro y al igual que en el pasado las sombras huyeron a refugiarse entre las sombras, una, el *genossen* Honecker, llegó a Chile, otras, como en el pasado, se acomodaron.

—¿*Genossen*?, ¡su abuela!

Los teatinos nunca supieron que firmé, hasta hoy, y ya es demasiado tarde, hoy en día el firmar no tiene valor alguno. Si se fijan bien, en la foto de los salones del exilio verán que falta otro, yo. En ese instante habían comenzado a borrarme de la historia.

Habíamos llegado a la altura de los talleres de la Renault, dimos media vuelta, hicimos el amor a los pies de la réplica de la estatua de la libertad.

Nos acercábamos al departamento, cruzamos frente al estudio donde Picasso pintó "Guernica", en el cuadro, el árbol de la libertad se mantenía en pie.

Soñamos.

Siempre hay que mirar hacia atrás por sobre el hombro, el pasado y sus errores te pueden alcanzar. Las luces reflejadas sobre el Sena intentaron prevenirme con sus movimientos. Agitaron las imágenes, dieron vida al reflejo de los edificios y los monumentos, los techos tintinearon como lo hacían bajo la lluvia en la lejana Valdivia, los puentes arrojaron sombras fantasmagóricas sobre nuestro camino, las columnas Morris reflejaron el rostro de la Chica, mi actriz, quien se quitó la vida para sobrevivir en el recuerdo. Los rieles del único camino habían dejado salir a los controladores, hombrecitos grises que se expandieron por los tristes salones del exilio.

Quisieron controlar hasta la hora de las mentiras, aquella que nos permitía sonreír.

Hasta añoré al mano negra y su compañera, cuál no sería mi dolor.

Por el bien de todos, para enriquecernos, para lograr el ejercicio de la democracia, bien supremo, el músico-suplente que ya no era suplente propuso comités ampliados, con la presencia de los representantes de nuestro pueblo, el destinatario final, la razón de ser de nuestro ser, de nuestra existencia, para alimentarnos de la sabia, de las raíces, de la sabiduría de la clase obrera, nuestro faro.

Hermoso, sonaba hermoso, como esos parlamentos que guían al espectador para que no se descarrile. No, no estaba pensando en Brecht, o en el teatro pobre, algo me advertía que tenía que ir más atrás, al comienzo de los muros de la historia.

El primero en entrar a la sala para la reunión fue el pintor, un cuadro en sus manos en vez de los pinceles, un cuadro para ser expuesto antes de obtener la autorización para salir a exponerse a otros ojos.

Las puertas se abrieron para dar entrada a los representantes de nuestro pueblo, pero no se vio a nadie. Quizás fue el contraluz ¿o habían instalado unos svobodas?, genial creación del escenógrafo checo, el del teatro negro, que permitían crear un muro invisible que hacía desaparecer a los actores de la vista de la audiencia con solo cruzarlo. Nada, ni una tela, ni un trozo de cartón piedra, solo la luz permitiendo el nuevo movimiento, sus muros inexistentes se transformaban en símbolo de libertad.

Están aprendiendo, me dije, siempre se aprende algo.

El ruido de los pasos subiendo las escaleras invadió el primero la sala de reuniones y tras él, vestidos de estricto gris, los hombres y mujeres que venían a juzgarnos.

Me invadió un temblor incontrolable.

Le pidieron un poco más de rojo, una cadena rota, como aquellas que uno de ellos había visto en esos gigantescos monumentos canto a la gloria del hombre y del sistema cuando había viajado a la patria grande.

—Y un puño levantado —añadió la otra.

Siempre hay alguien que le añade un poco y rompe el equilibrio de la obra, me dije sonriendo para adentro.

Cobardes, todos bajamos la vista y esquivamos la mirada del pintor, es que usted sabe, en nuestra situación, y era el pueblo quien lo pedía.

Terminada la reunión salí rápidamente, pero no alcancé a cruzar el muro de luz y volverme invisible a los ojos del músico.

—El próximo es el teatro, trae el libreto de la obra que estás montando y la analizaremos; personalmente me gustaría tener una copia antes para estudiarla.

Al igual que en el patio interior de la intendencia de Rancagua los otros jetones sonrieron, se habían librado.

Caminando junto al pintor y al crítico rumbo a los grandes bulevares le pregunté al primero:

—¿cómo te sentiste?

—Es como echarle agua al pescado, resbalan, ya se les va a pasar.

No sé si se les habrá pasado, yo no volví, intenté regresar, pero no volví.

—No entiendo —dijo La Bella.

—A Chile, regresar a Chile, me dieron un pasaporte.

Desde hacía un par de meses estaban dando pasaportes. La Quena regresó, la mujer del pintor viajó a ver y a desempolvar los muebles; sentí que había llegado la hora de hacer mi entrada.

—Nuestra entrada —me reclamó La Bella—, somos parte de la obra.

La arcilla cobraba vida.

Comenzamos la gira de despedida, aunque de París uno no se despide. La gira nos llevó por Francia, aunque de Francia uno no se despide, por Europa, aunque de Europa uno no se despide. La despedida final fue en el salón de honor de la UNESCO, aunque del mundo uno no se despide.

¡Cuán grande fue mi terror!

Durante la gira de despedida, Pinochet hizo pública una lista de 5000 chilenos que jamás podrían regresar al país por representar una amenaza a la seguridad interior del Estado.

Cuando me pasaron la lista me dije: no veo para que me la pasan, yo no puedo estar en ella, me dieron pasaporte y pasaporte significa viajar a todo el mundo incluyendo Chile. El de la OFPRA permitía viajar por todo el mundo excepto Chile. Sería ilógico dar pasaporte y prohibir usarlo, sonreí, no, no podía estar en la lista.

Estaba,
234.
Estaba.

Miré hacia mis escalinatas y una vez más comencé, debe haber un error, y empecé a contarles del teatro...

—Hay unos que nunca aprenden.

Mientras esperaba que se corrigiera el error, por lo que estaba seguro que de error se trataba, comencé a trabajar la escenografía del regreso.

Mis lágrimas bañarían el adiós y ofrendaría mi espalda a la inmensidad, mis lágrimas bañarían el reencuentro y ofrendaría mi pecho a la inmensidad. En el lejano puerto lanzaría la cuarta guerra púnica, la más personal, la mía, para llegar a esa lejana tierra mía.

Con tu ayuda, Atenea.

A lomo de elefante blanco subiría las escalinatas labradas piedra a piedra en mi cordillera; los frenos exhalando aire me liberarían de las ataduras y me lanzarían en alocada carrera.

En otro mágico puerto con nombre de evocación embarcaría al elefante. En su interior, escondida, iría la sabiduría: cerca de dos mil volúmenes que contaban la historia del teatro del mundo, estudios de montajes, libretos —como no se sabe las vueltas de la vida y la mía era una espiral—, *Les cahiers du cinéma*, libretos de películas y anotaciones de directores de cine; había que alimentar el presente devorando el pasado.

Entre los libros, en el centro, en el lugar de honor, regresaría una pequeña caja de cartón ajada por el paso del tiempo, en su interior, las obras completas de Brecht, el teatro pobre de Grotowski y el manual de Stanislavski. Junto a ellos cientos de volúmenes, los libros que hicieron viajar mi infancia, que hicieron descansar mi infancia, joyas de la literatura universal, cientos de libros sin fronteras.

Telas venidas del mundo entero se meterían de contrabando para vestir sus entrañas; los rayos de la luna, del sol y los eclipses se esconderían en su interior para salir luego a iluminar el escenario, los actores, mis personajes. Una desvencijada olla, único tesoro de una vieja prostituta, se acomodaría para al volver a la superficie, rogar que almas caritativas llenaran su vientre.

Adornando la trompa del elefante blanco se verían dos romboides concéntricos donde se leería "Renault", y en la parte de abajo, "35 toneladas".

En la sombra, las enseñanzas de Jean-Jaques, maestro de las luces, me ayudarían a intentar romper el manto de sombras que cubría mis futuros escenarios:

—la luz por la luz no sirve —me había dicho—, se trata de iluminar la vida y la muerte, la comedia y la tragedia, de la actriz famosa hundiéndose en su escenario a la actriz que balbuceando da sus primeros pasos. Hay que trepar hasta las estrellas si fuera necesario para corregir el ángulo de un haz y lograr el efecto deseado, hay que entender el porqué a veces un haz se niega a obedecer.

Hay que crear la luz para que desaparezca de la vista del público y nazca en la palabra, para que la alumbre o la esconda dependiendo de la audiencia.

Viajaba de regreso a reencontrarme con la palabra y mi público, y yo no era el mismo.

Mi entrada sería por el espacio infinito, en Air France —dado que en Air France había sido expulsado del país—, en tercera, dado que me niego a viajar en primera. Durante el viaje escribiría la primera réplica, necesitaba ver la cordillera, sobrevolar Chuquicamata, bajar por el desierto, impregnarme de cimas, de precipicios, de costa, del mar intentando penetrar, al igual que un pobre director, la tierra donde plantaría limoneros, naranjales, olivares para que los espectadores pudieran alargar su mano al entrar al teatro y alimentar el cuerpo para poder alimentar el alma. Un pasillo de jazmines perfumaría a las bellas camino a la sala, un muro de luces lo ocultaría de los ojos de los inquisidores de todo tipo.

Necesitaba el roble y la araucaria para sostener a mis personajes, necesitaba el boldo y el canelo para que no se dispararan en un monólogo, necesitaba a Edipo y sus ojos ensangrentados para devolver la vista a mis mineros y cavar mi propia tumba. Necesitaba, ¡oh dioses cuánto necesitaba ofrecerme en sacrificio!

Con mis pies hinchados de caminar por el mundo aplanaría el terreno, con mis manos ensangrentadas reconstruiría piedra sobre
piedra un teatro sin muros que encerraran el parlamento, un teatro
que como Epidauro permitiera, ¡oh pueblo espectador!, escuchar
sin interferencias, un teatro sin vagones de primera.

Un teatro cerca de un hotel donde pudiera pedir una pieza con
una cama doble, y con paredes cubiertas con cajas de huevos
vacías, cajas de cartón piedra para que los gritos no escaparan
por los pasillos.
Y en la puerta de entrada del teatro, un simple afiche en el que se
leería: tras ausentarse del país en una larga gira internacional,
regresa a la escena nacional…

Una vez instalado, cruzaría la cordillera en la otra dirección, la de
salida, para asegurarme del funcionamiento de las puertas.

11.905,42 kilómetros recorrería el camión, a proa, sobre la cubierta de un barco, para llegar a descubrir su nuevo mundo: ¡Buenos
Aires!, el viaje directo de Amberes hasta Valparaíso costaba una
fortuna.

El reencuentro

... hemos visto el mar en movimiento, dicen,
... hemos visto naufragar barcos y derrumbarse
ciudades asoladas por el terremoto,
... hemos visto pueblos de lejanos países destro-
zados por la guerra.
Esto es lo que hemos visto en la casa de las imá-
genes vivas.
Y hay una casa de ésas en cada aldea.

Vientos alisios, Harry Martinson

XX. De cómo aprendió que la mejor respuesta es aquella que conduce a una pregunta

Dormitando en un asiento de tercera sobrevolaban mis sueños. Mi corazón palpitó. Abajo, en la inmensidad del océano, sobre una ola, un carguero; en la proa, el camión blanco sonreía. Llamé a la amable azafata, pregunté:

—¿Se anuncia alguna tormenta?

—Cero, ni en las nubes, ni en el mar, ni en tierra firme, ni en las mentes.

Había olvidado que hay mentes unidireccionales que no dan ni para tormenta.

—Prefiero las tormentas.

Un escalofrío recorrió mi espalda como cuando durante mi interrogatorio una pregunta volvía y volvía y volvía y seguiría volviendo por los siglos de los siglos por lo que no tenía sentido.

A un lado la cordillera, al otro el mar; el cielo, despejado, la luz iluminaba la pista. En Rancagua desocupaban una bodega para recibir al viajero y juntar en secreto los libros que se habían salvado de la quemazón con los que venían a reemplazarlos y multiplicarlos, el amor recorría sus páginas.

Todo estaba preparado, incluso los encargados de hacer cumplir la lista, dos a cada lado de la escalera me esperaban, dejaron pasar a los otros pasajeros, menos a uno.

Nada hay nada más terrible para un director de teatro, para un actor, que sentir que su público espera su entrada y en un momento de pánico se le olvide el parlamento, no salga al escenario al encuentro con su público.

Dos hombrecitos grispardo me bloqueaban el ingreso a Chile, ellos abajo, yo arriba, entre ambos una escalera, mi pasaje decía Santiago, Chile, la lista decía no. En París los *genossen* me habían asegurado que la lista era un bluff, que gente en ella mencionada había entrado, que gente que ya estaba adentro apareció en la lista y nada les había pasado, que la Vicaría estaba atenta, que uno entraba libre como el viento, que no había de qué preocuparse.

—Debí haberme preocupado.

—Hay unos que nunca aprenden.

Un paso me separaba de la escalinata, un paso me alejaría de la seguridad del avión, me pondría en manos de la DINA, la policía política de Pinochet, y me devolvería al paseo canero, a los cuatro muros, a las luces explotando en mi cerebro; pero eso ya lo había vivido. No bajé. Despegamos.

En la lejanía una gallina clueca derramó una lágrima y regresó a su gallinero.

Cuando bajé, estaba en Buenos Aires. Me llevaron de gratis.

Frente al obelisco, miré, no de mirada circular, miré hacia el lado; la cordillera, antes tan amable se levantaba como un siniestro muro interponiéndose a mi destino.

Me acordé de Berlín.

Entré en el metro, tomé en dirección del puerto, bajé, me senté, mis pies descalzos buscaron alivio en el agua,

exploté en llanto.

—Las gallinas no lloran —me dijo una voz.

—Yo sí, y no soy gallina.

Al tercer día sequé mis lágrimas y comencé a observar los peces gordos que habían naufragado en Buenos Aires.

El primer pez tenía el pelo blanco, Lucho, venía navegando desde Italia; se hundiría en Valparaíso. Cayó en desgracia por haber cambiado las frías aguas del Báltico por las ardientes del Mediterráneo, por haber cambiado las frías olas del Pacífico sur por las caricias provocadoras de las olas del Mediterráneo, por haberse tomado fotos que lo mostraban en los círculos del poder cuando el poder se estaba borrando.

En Italia, Enrico había tomado la Piazza del Popolo y el secretariado del Partido y había cambiado la costumbre. Ya no era necesaria la procesión, ¡oh ateo!, ya no era necesario ir en peregrinación a Moscú como parte de la formación de los cuadros dirigentes del Partido Comunista Italiano.

Enrico, quien junto a Santiago Carrillo del PCE y a Georges Marchais del PCF, había comenzado a caminar el camino que desembocaría en el denominado Eurocomunismo, el que rompiendo la costumbre se acercaría a la social democracia, y en Italia, terminaría con la disolución del PCI. Y junto a ellos, sonriendo en la foto se veía al Lucho cavando su propia tumba.

Fidel en Cuba decía: "a mí no me vengan con cuenticos de cambio, uno sabe donde comienzan, pero nunca se sabe donde terminan".

—Nada de tonto el Fidel.

En Francia, el PC chileno comenzó a marginar a aquellos que se acercaban al PCF. Había comenzado la época de las grandes purgas, algunos por acercarse a... otros por alejarse de... otros simplemente por indigestos. Igual que aquellos combatientes que habían luchado en las brigadas internacionales al lado de la República en España y que al regresar a sus países de origen Polonia, Checoslovaquia, Rusia fueron interrogados, aislados y expulsados por lo que podían haber sido contaminados por el germen de la peste republicana, el pez de pelo blanco fue a su vez expulsado en las frías y turbias aguas del Mapocho. Al parecer se había contaminado y clamaba un cambio de lo inamovible.

Me vino a la memoria *La confesión*, el film de Costa Gavras que narra los interrogatorios a que fuera sometido un ministro checo caído en desgracia acusado de traición al partido y a la patria, el tratamiento que le aplicaron hasta lograr su confesión y autocrítica.

—A mí, hacerme esto a mí —se quejaría en el futuro Guastavino mientras vagaba del cerro Los placeres al Barón mendigando un riel.

Al parecer en Charenton están dando tratamiento ambulatorio, me dije.

El segundo era una exsenadora, la misma que en Teatinos tejía calcetines de lana para los compañeros sentada alrededor de un bracero, estirando sus piernas varicosas para desentumecerlas. Nunca pude clasificarla, merluza no era, delfín, mucho menos, ballena, quizás, pero no la Moby Dick, esa sonreía.

El tercer pez gordo era un excompañero de la época de la Jota. Se paseaba nervioso esperando a la amada que cruzaría la cordillera trayendo la buena noticia y un pasaporte. Cruzó, la amada cruzó, y le trajo su anillo, su matrimonio había naufragado en alguna curva de la soledad.

Todos habíamos llegado a Buenos Aires, todos nos abrazamos en la fiesta del Partido Comunista de Argentina. No éramos un millón, apenas éramos cientos, pero nuestra soledad era la misma, y nosotros, los despojos de la batalla, nos abrazamos al interior de la remendada red, al otro lado de la cordillera, antes de comenzar a contar mentiras.

En un rincón del parque, un grupo de teatro, el de Osvaldo Dragún, presentaba sus *Historias con cárcel*. Las primeras, las para ser contadas, las conocía, las con cárcel mi cuerpo las conocía. Preferí las primeras, por su movilidad, las segundas me hicieron sentir escalofríos, miré a mi alrededor y vi muros y barrotes que crecían en nuestro interior. ¡Necesito un martillo!, exclamó mi mente.

—Ya lo decía yo —dijo el abate loco en el asilo de Charenton. Había que desconfiarse de Robespierre y esa joda del voto universal; de la igualdad de derechos y la jodida república. Charlotte Corday se equivocó, la envié a asesinar a Robespierre.

—En el camino se enamoró de Marat y lo mató por celos, Marat era el único que podía avisarle a Danton, los dos estaban sentados, uno al lado del otro, en la cima de la montaña.

—¿Se da cuenta cómo una curva del camino puede cambiar la historia?

—¿O eran las curvas de una bella?

Desde la sombra, Gorbachov sonreía.

Saqué mi silla del círculo, no me fueran a cercar.

Los trenes siempre han formado parte de mi vida y mi destino, desde el coche dormitorio que me llevó de Santiago a perderme en los bosques salvajes de Temuco, la vieja locomotora que conducía el padre de la primera bella en el ramal de Antilhue para sacarme por primera vez del riel y descarrilarme en los brazos de su hija, el Oriente Express que me ofreció los misterios del Oriente, hasta los trenes, hoy inexistentes, de la calle Lavalle que me condujeron al teatro Cervantes, al Colón, al barrio de los prostíbulos, mi primer refugio durante mi estadía en Buenos Aires.

Al finalizar la ya mencionada fiesta, una chilena me sacó de mi guarida y me llevó a su casa en el barrio San Telmo. Estaba en la calle Chile y la calle tenía adoquines. Su casa era una pirámide de tres pisos que me recordó el decorado de la última obra que había montado en Europa: una pirámide móvil que al girar dejaba ver sus entrañas, la otra parte del decorado. La obra se desarrollaba en el cartón piedra, y tras el cartón piedra, donde galerías de circulación permitían a los actores actuar en un primer, segundo o tercer nivel y emerger de la escenografía o ser tragados por ella; crear, con pequeños desplazamientos, un ave prehistórica proyectada sobre un fondo blanco, o un prostíbulo desde donde las bellas llamaban a sus clientes, ofrecían sus curvas y alargaban sus brazos pidiendo auxilio.

Sí, al igual que los trenes y las pirámides, los burdeles también forman parte de mi vida. Lo fueron en Chile, en Santiago y en la lejana Valdivia, lo fueron en París, en la rue Saint Antoine cuando era calle de burdeles y no de elegantes hoteles como hoy en día, lo fueron en Barcelona, en el barrio de las putas viejas, lo fueron en Cali y Bogotá, lo fueron en el puerto de Sète donde prostitutas y marinos me dieron asilo al naufragar en una gira, lo fueron en Buenos Aires.

Lo fueron y lo serán, pasillos de puertas misteriosas tras las cuales se esconden los secretos, los tesoros, las caricias sollozantes, los falsos espejos de dos caras, las máscaras, y al amanecer, el horror del rostro ajado, sin máscara, desprovisto de amor y maquillaje, rostros de tierra curtida exponiendo la ausencia de caricias, las camas crujientes y los colchones malolientes, las medias rotas colgando frente a un lavatorio y una botella a medio llenar para poder pasar el mal momento antes de nuevamente desplazar mis pirámides y darles a mis espectadores la visión amable de la vida, aquella por la que pagaron para no ver reflejados sus verdaderos rostros al otro lado del espejo.

—¿Cuál, el de este lado o el del otro lado del espejo?

Guié mis pasos hacia el borde del mar y nos sentamos a esperar. Los despojados de la vida querían ver cómo las aguas se abrían y daban paso al elefante blanco de la última batalla.

Lo primero en llegar fue la palabra, la palabra transformada en el sonido profundo de un cuerno. El libreto decía *Carmen*, pero nunca un libreto ha sido seguido al pie de la letra, ni tampoco los parlamentos o las indicaciones escénicas, salvo por aquellos funcionarios que carentes de ideas reproducen vaciando el contenido hasta, sin quererlo, alcanzar el vacío y que éste les explote sorpresivamente en el rostro, y los manuales exploten y la calle se quede sin respuesta, no para los espectadores, no para los actores, para ellos, los mercachifles de sueños.

El sonido del cuerno derribaba los muros de niebla que cubrían el puerto.

¿Los otros muros?, esos son más difíciles de derribar.

Antes de que el camión abandonara Francia, la agente que hizo el papeleo de aduanas, de embarque y desembarque, me advirtió —corre el rumor de que un camión cargado con armas saldrá con destino final a Chile. Quiero ver la carga, y de todas maneras veré por cuál puesto fronterizo lo paso sin que lo detengan. Estamos con el tiempo justo para embarcarlo.
Lo más peligroso, para los ignorantes, no serían los libros, sino un poderoso seguidor que con pinta de lanza misiles, lanza un haz de luz que permite seguir los movimientos de un actor, aislarlo, resaltar su presencia, y dependiendo del ángulo, seguir o adelantar su camino, confirmar o adivinar su trayectoria, sacarlo del nosotros y sacrificarlo frente a la audiencia.
—Peligroso si no se sabe usar.

Por una vez el camión siguió el libreto: venía en la proa. Lloré, lloramos de emoción, nos abrazamos, seguimos sus movimientos con la mirada, la grúa lo levantó en el cielo, lo balanceó sobre nuestras cabezas y lo depositó, no en mi mente, en un tráiler que lo llevó, solo, sin escolta, sin que pudiéramos liberarlo, a un patio cercado por rejas.

Lo último que de él vi ese día fueron las dos puertas de atrás entreabiertas —tac, tac, tac—, resonaron como aquellos tres golpes que habían resonado poco tiempo atrás en mi departamento en París a la medianoche, la hora de las pesadillas. Me levanté sin despertar a La Bella, en la puerta el encargado de seguridad del PC chileno en Francia. Cayó, es lo primero que pensé. Le miré la cara, no. Me perdonaron, no sé de qué diablos, pero me perdonaron. Le miré la cara, no. Me viene a dar explicaciones, mi compadre no era capaz de dar explicaciones, era más bien ejecutor de bajas tareas.

—Vengo de parte de Volodia.

Así que Volodia está de vuelta en París, recuerdo que me alegré.

—Dile que le recomiendo *Oh los beaux jours!* —dije pensando que Volodia quería que le recomendara una obra.

—Hay algunos que nunca aprenden.

—Quiere que leas este documento —prosiguió— y que le mandes tu opinión por escrito.

—Lo leo y mañana te lo dejo en la oficina.

—No, tienes que leerlo ahora y devolvérmelo. Lo siento, es la orden.

Dicho esto se cruzó en la puerta.

Hasta el día de hoy me pregunto qué bicho le había picado a Volodia para que me diera a leer el documento: era la declaración que daría nacimiento al Frente Manuel Rodríguez. A los manolitos los había visto pasar, incluso uno de mis actores se había dejado seducir por los cantos de sirena, y no era la voz del pueblo que lo llamaba.

Así comencé mi informe a Volodia: preguntándole de dónde se había sacado que el pueblo nos pedía levantarnos en armas para tomar el poder.

Cuando alguien proclama que actúa en nombre del pueblo o respondiendo al llamado del pueblo, o es la voz del pueblo, hay que desconfiar. Miente, esconde su ambición personal o de partido, el deseo de apoderarse del poder, y para ello usa la desprestigiada fórmula de: "a nombre del pueblo", lo que anuncia negros días para ese "pueblo" al que le usurparon la palabra. En el pasado se cometieron los peores crímenes en nombre de un emperador, de un rey, de un general, de un partido, de una ideología; ello permitía conquistar, avasallar, imponer, robar con completa impunidad. Fue mal visto, hoy es más impersonal, todo se hace "a nombre del pueblo", y "por el bienestar del pueblo", hay que cuidar la imagen, sobre todo por lo que "el pueblo los llama".

¡Puchas que hemos avanzado!

Entonces me expliqué los movimientos —marciales, casi de tropa— que se produjeron en las direcciones. A los cabros los vi partir en zapatillas y regresar con bototos.

Partieron la sonrisa iluminando sus labios, el pueblo los llamaba y al llamado del pueblo se responde. Mi actor desapareció, su compañera se quedó en París. Me pregunté cuál habrá sido su último parlamento. Me acordé de Teoponte.

Pa' Cochabamba me voy
pa' Cochabamba señores
cantarán los ruiseñores
pa' Cochabamba me voy.

Ratatatatá, se les perdieron
ratatatatá, aparecieron
ratatatatá, era mentira
que se acabaron las guerrillas

¡Bonito!, sin embargo algo desafinaba, en las montañas de Colombia los mataban por una panela, en Perú, Sendero Luminoso esparcía la oscuridad y la brutalidad en la zona de Cusco, llegaron hasta a cortar las manos de los campesinos para enseñarles que no debían votar, que votar era contrarrevolucionario, que era caer en el juego del sistema.

—No era bestialidad, era una lección revolucionaria compañero.

En Chile, al parecer, a los compañeros se les olvidó avisarle al pueblo para que los esperaran y quienes los esperaban eran los milicos.

Tras el regreso a la democracia, algunos manolitos o lautaritos, puesto que se habían dividido, se quedaron expropiando bancos para beneficio propio, eso sí, en nombre del pueblo.

—Siempre se aprende algo.

Hay que tener cuidado al manejar la luz, puede producir un apagón general. Así terminaba mi informe a Volodia.

Cerré la puerta.

—Tac tac tac—, las puertas de mi camión me regresaron a Buenos Aires.

Tres meses me demoró el sacar los papeles para romper las cadenas que inmovilizaban al camión, llené cientos de formularios, y cada formulario debía ser acompañado, no de una copia en papel carbón, ¡ay! aún conservaba el que me regalaron en la RDA, sino de un billete verde.

Algo había cambiado en mi continente, no los sueños, esos continuaban, si no nadie sobreviviría, algo había cambiado, y yo estoy contra el inmovilismo; una escena congelada es como la vida congelada, como el discurso congelado, el gesto congelado, la música sin término de disco rayado. Algo había cambiado, pero más que cambio fue pesadilla. No la de la dictadura —esa la conocemos—, la corrupción se había atravesado en nuestro camino y se había transformado en el peaje obligado sin el cual tu carrera, tu sueño, tu vida se detenía.

En qué momento, me preguntaba, saltó de detrás del falso decorado para campear por la escena como si perteneciera, como personaje natural que naturalmente dirige el parlamento. En qué momento nos descuidamos y asumimos que era parte de las escalinatas, otro escalón más, el que faltaba.

La pesadilla de las dictaduras la conocemos, no, más bien conocemos que el horror no tiene límites, de lo contrario nos quebraríamos, no tiene límites pero;

hay golpes en la vida tan fuertes, ¡yo no sé!

Son pocos; pero son...
Abren zanjas oscuras
en el rostro más fiero y en el lomo más fuerte.
Serán tal vez los potros de bárbaros Atilas
o los heraldos negros que nos manda la Muerte.
Son las caídas hondas de los Cristos del alma
de alguna fe adorable que el Destino blasfema.
Esos golpes sangrientos son las crepitaciones
de algún pan que en la puerta del horno se nos quema.
Y el hombre... Pobre... ¡pobre!
vuelve los ojos, como cuando por sobre el hombro nos llama una
palmada
vuelve los ojos locos, y todo lo vivido se empoza, como charco de
culpa, en la mirada

hay golpes en la vida, tan fuertes... ¡Yo no sé!
Como el odio de Dios,
como el límite del horror sin límites.

Esa mañana desde el otro lado de la cordillera los heraldos ne-
gros de la muerte cruzaron para anunciar el horror de los horrores.
Tres, tres en la fuerza de la vida, tres que nos abrazaron por so-
bre la distancia, tres que fueron uno y al ser uno fueron miles.
Los hombrecitos grises de la dictadura habían degollado al hijo de
Roberto y María, paladines del teatro.

José Manuel Parada, por ti, compañero, hoy silencio mi escenario;

degollaron a Manuel Guerrero, un profesor, por ti camarada untaré mis dedos de tinta y silenciaré mi palabra;

degollaron a Santiago Nattino un publicista,
Santiago, por ti, hermano, hoy mi cartelera estará en blanco esperando que con tu sangre escribas justicia y en letras enormes "nunca más" sobre toda la cordillera, mi cordillera, nuestra cordillera, pero sobre todo vuestra cordillera.

El camino de Aguas Santas se vistió de rojo.
Ese día caminé, caminé en círculos, caminé la espiral de la muerte, llegué al borde del mar y mi corazón explotó de tristeza.

Gracias César por prestarme tus heraldos.

La aduana y sus funcionarios continuaban poniendo trabas e impidiéndome seguir mi viaje, me habían inmovilizado, el mar continuaba calmándome.
Mi mar, que en sus corrientes subterráneas albergaba los sueños de los desaparecidos arrojados en su seno desde el aire, mi mar que mientras el plan cóndor extendía su manto pardo sobre el continente extendía sus aguas celestes, luminosas en corrientes subterráneas que cobraban vida, que avanzaban, sin pedir permiso, sin que nadie se diera cuenta avanzaban, y al tocar tierra, comenzaban a socavar los cimientos de las dictaduras, los cimientos de podridas instituciones, los cimientos de falsos decorados de cartón piedra.
Aguas purificadoras barriendo aquellos que ocupaban la escena, o formando barreras de coral, única barrera admisible por lo que

filtra las impurezas, para detener a aquellos que se deslizaban queriendo ocupar nuevamente la escena para brillar de brillo propio sin tomar en cuenta a los demás, los desposeídos de la tierra, los dueños de los sueños.

Aguas purificadoras, suma de las corrientes, una no bastaría, mezcla de corrientes submarinas que barrerían aquellos hombrecitos o mujercitas grises; a ellos, a su recuerdo, a sus discursos de cartón piedra, y la tierra salvaje abriría sus piernas tragándoselos para devolverlos al pasado, donde pertenecen.

Pero cuán lejos estaba de mi tierra y sus movimientos, cuán subterráneas estaban mis corrientes marítimas recién en formación, cuán lejos los ojos de la realidad. Tomé una botellita, la llené de agua de mar y partí a romper las cadenas que aprisionaban mi camión y me impedían continuar mi camino errante.

A todo horror se le contrapone un rayo de luz, todo parlamento requiere una respuesta, todo actor que desaparece requiere de una mano para atravesar el muro del olvido, dejar vacío su asiento de espectador y regresar al escenario.

Esa mañana Buenos Aires se iluminó.

Un rugido de tambores precedía a un pequeño grupo de mujeres sus cabezas cubiertas de pañuelos blancos. Nunca antes la mezcla de colores había dado paso a tanta dignidad. Un pequeño grupo de mujeres precedía a una multitud, un lienzo se desenrollaba palmo a palmo, palma a palma, e invadía, ¡oh, enredadera de la esperanza!, las hermosas avenidas de Buenos Aires para avanzar hacia la Casa Rosada, el palacio presidencial.

—¡Dele una mano a los desaparecidos!

No pedían gran cosa,

nada más,

una mano;

nada menos,

una mano.

El ruido de los tambores unía el pasado con el presente abriendo paso al coro de mujeres que, silenciosas, sus pañuelos, máscaras sin rostro apuntaban al cielo clamando justicia. Sus ojos vacíos de lágrimas apuntaban a un tambor con pintura roja donde, uno a uno para ser nosotros, íbamos mojando las manos para grabarlas en el lienzo que, palmo a palma, palma a palmo se desplegaba por las hermosas avenidas de Buenos Aires para luego sobrevolar la frontera y desplegarse, invisible, por la calle Puyehue en Providencia, callejuela de 200 metros de largo donde se encuentra el Colegio Latinoamericano de Integración, el mismo frente al cual habían secuestrado a Manuel y a José Manuel. Se equivocaron, Barrabás había llegado a la casona de la esquina. Hoy todos juegan en la calle a la salida del colegio: los niños junto a Manuel, José Manuel y Barrabás.

Puse mi mano, no por los míos, lo juro, la puse por todos, y en ese todos estaban los míos, los míos y los suyos.

Se habían cumplido tres meses de estar en Buenos Aires; sobre el ruido de los tambores lancé un grito de auxilio, me habían desangrado, el tiempo pasaba, en el vientre de La Bella crecía mi hija, ya sabía que era niña.

Al otro lado de la cordillera el error no sería corregido, la lista de los prohibidos de ingreso me perseguiría hasta la caída de la dictadura, a este lado de la cordillera necesitaba apoyo para romper el cerco de la corrupción, no me dejarían pasar sin pagar prenda escalón tras escalón.

—Hay algunos que nunca aprenden, no se paga escalón tras escalón, no se trata de subir por las escalinatas, se trata de que la corrupción baje por las escalinatas. En la corrupción, más vale pagar arriba, ellos se encargan de los de abajo. La corrupción tiene sus reglas, la jerarquía se respeta. Los de abajo se creen jefes, pero tiemblan frente a los de arriba, ahí está la clave para mantenerse en el poder.

Revisé mis bolsillos, grité más fuerte, desde Bogotá respondieron La Bella y Perla, la actriz colombiana,
—tenemos que encontrar arriba alguien a quien los corruptos le teman.
Miré a mi alrededor, el pajar era más grande que la cordillera, había caído la dictadura, se había regresado a la democracia, sin embargo, igual que yo, igual, el camino era una espiral plagada de obstáculos.
De obstáculos y de desvíos, de caminos sagrados que circunvalaban los tapones, de...
—...un actor, un actor argentino en París.

Cuando nadie cree en nada, es que ha llegado el momento de levantar el telón y dar paso al teatro. Tres golpes anuncian el comienzo en las salas parisinas, tres llamados anunciaron el comienzo de mi salida: el primero a Bogotá, de Bogotá a París, de París a Buenos Aires, a la Casa Rosada.
Cuando Alfonsín vagaba por el mundo repitiendo que algún día

sería presidente de Argentina, nadie le había creído, ni siquiera el actor que en París le prestaba un sofá para que retomara fuerzas y continuara su peregrinaje y desvaríos.

Llegó, llegó quizás por lo que se salió del libreto, quizás por lo que como nadie le creía lo dejaron pasar, pobre, loco e inocente, quizás por lo que la locura en un mundo de locos es buena consejera.

Quizás simplemente por lo que estaba escrito.

El llamado de la Casa Rosada a la aduana no quedó registrado, su efecto, sí.

—Lárgate chileno.

En una semana preparé la nueva ruta, estudié los mapas, me compré una brújula. Desde Bogotá me mandaron combustible con Jacques, uno de los técnicos franceses que habían viajado para ayudarnos a instalarnos, para enseñar a los técnicos chilenos, uno de los dos que viajaron empujados por la sed de aventura.

Durante una semana Jacques sobrevoló Buenos Aires, venía de Bogotá y recargado. Lo instalé en Lavalle, se hartó de parrilladas y de vino que cada tarde compraban con El flaco y su esposa, una rubia platinada, una Evita que nunca salió de la pampa y languidecía en Buenos Aires, una rubia, que en el ocaso de su cuerpo, puso toda la carne en la parrilla.

Pobre Jacques, le tocó un bife chorizo recalentado.

11.905,42 kilómetros había recorrido el camión antes de que lo inmovilizaran, en suelo argentino había recorrido 0 kilómetros en 90 días. Los reflectores languidecían de deseos de iluminar la escena, los libros me pedían a gritos que los abriera y acariciara sus páginas, la pirámide, la mía, la de la última obra en Europa, celosa me reclamaba la atendiera.

Cientos de calles y avenidas había recorrido en Buenos Aires, había subido y bajado miles de escalones, golpeado cientos de puertas pidiendo me abrieran una ventana para que mis sueños pudieran escapar de la prisión.

En mi última semana en la ciudad me había propuesto tres tareas: la primera, estudiar los mapas y trazar en mi mente una nueva ruta, en alguna parte había tomado la curva que no era,

—afortunado mortal—.

La segunda, falsificar mi permiso francés de conducir, transformarlo en internacional y poner sellitos en todas partes autorizándome a manejar camiones de 35 toneladas y más si me daba la real gana. Al mismo tiempo y como parte de la misma tarea me propuse leer el manual sobre cómo manejar a la bestia.

La tercera, comprar un par de libros, en esa semana se llevaba a cabo la feria del libro.

Frente a las puertas de la feria me paseaba sin poder decidirme a entrar, la tentación era muy grande y yo soy tentado,

—hay tentaciones tan grandes en la vida, yo lo sé,

de esas que no se pueden resistir, que pasan frente a ti, se detienen un segundo y te poseen, hay segundos eternos como aquel de la mirada de La Bella en la fiesta de *L'Humanité*,

y yo soy tentado, me alcanzaba para comprar dos libros, al otro lado de la reja miles y miles esperando una mano amiga que los sacara de las estanterías. Una vez más en la encrucijada, ¿cuál?, y sin sentirme culpable, escoger.

—Hay elecciones terribles en la vida, yo lo sé.

En eso estaba cuando se me cruzó una sombra conocida, Volodia, venía a dar una charla invitado por los chilenos en Argentina. Me abrazó y me preguntó:

—¿sabes quién tiene mi invitación?

Ni idea, y no había nadie conocido en las cercanías.

—Yo, la dejaron conmigo. Le alargué la entrada que recién había comprado.

—Entremos —dijo Volodia.

—No, estoy esperando a alguien, entra tú primero, te están esperando.

Cuando se alejaba susurré:

–gracias por haberme dejado salir de Bulgaria.

Nunca más lo volví a ver.

Volví a hacer la fila para comprar otra entrada, me quedó lo justo para comprar un libro, no lo dudé un segundo, compré *La maldición de la palabra*.

Subí al camión.

XXI. De cómo pasó de la noble profesión de saltimbanqui a la de equilibrista

Logré aterrizar a Jacques, había llegado la hora de partir. Amablemente, la aduana argentina me subió un guardia a la cabina, no fuera que fuera a equivocar el camino.

Los chilenos miraban desde la vereda, un poco tristes, se quedaban.

—¿Pa' dónde? —preguntó el encargado.

—Pa' delante —respondí—, emulando a Fidel y a Arturo Prat. Miré por los retrovisores; tras el camión había un muro, lo que me permitió completar la heroica frase —ni un paso atrás, ni pa' tomar impulso—. El camión me lo agradeció.

Jacques abrió el manual de la Renault, capítulo uno: cómo echar a andar el camión.

Comencé a seguir las órdenes.

—Siempre se aprende algo.

Moví distintas palancas, saqué el freno de mano, arriba a la izquierda, en el tablero de mando, puse la mano en la llave, una palanquita coronada de una hermosa bola color marfil, miré a Jacques y ambos lanzamos el grito de guerra de la gente de teatro: *merde!*

Di vuelta a la llave; el camión rugió, estornudó y se apagó.

Avergonzado, le pedí a Jacques me volviera a leer el libreto, de seguro me había saltado un parlamento: "después de un largo periodo de inmovilidad hay que dejar que se caliente, que los fluidos se abran paso, que el aire de los frenos encuentre su camino, que el aire comprimido levante la carrocería, que deje escapar un suspiro y solamente en ese momento pase la primera. Si va recargado ponga la palanca auxiliar para duplicar la fuerza".

Un bosque de banderas se levantó en la vereda, al menos eso imaginé, por lo que la polvareda no me dejaba ver.
Dejamos el puerto, enfilamos por Corrientes, doblamos en Carlos Pellegrini y luego en Lavalle, Jacques quería decirle adiós a la argentina, en la esquina tomamos la 9 de julio, la avenida más ancha del mundo, por el retrovisor se veía el Obelisco.

Me despedí —chao Buenos Aires—, aunque de Buenos Aires uno no se despide.

Atrás, el Obelisco desaparecía, estaba a 0 metros sobre el nivel del mar, adelante a 1798 kilómetros, La Quiaca, a 3442 metros sobre el nivel del mar.
El camión viró la cabeza, me miró bizco, y dijo:
—me lo hubieras dicho, che, en París dijiste 1590 kilómetros y al nivel del mar.
Había pasado mucho tiempo en Argentina.
—Pa'mí que en las noches se escapaba y se iba a bailar a La Boca.
24 horas más tarde, por la nueve, el camión no circulaba, volaba. En un tramo, una caravana de gauchos cabalgó a nuestro lado agitando los sombreros. Sacamos la mano por la ventanilla y de-

volvimos el saludo.

—Despierta —me dijo Jacques—, vamos al norte no a la pampa, no hay gauchos, los que cabalgaban lo hacían al lado de un tren y la que saludaba era Evita y no tú.

—Ambos somos del espectáculo —respondí—. Jamás hay que dejar un parlamento en el aire.

Pasé el cambio y me subí a una moto.

Paramos y me dieron un café, al parecer el esfuerzo había sido muy grande.

—¿24 horas, muy grande?

—No, tres meses más 24 horas, sin contar los años del exilio.

Subimos las escalinatas, escalón tras escalón, metro a metro los 3442. Los árboles desaparecieron en la noche; en la madrugada, un bosque de tamarugos abrigado por un manto de telas de araña aprisionaba las gotas del rocío, los primeros rayos del sol se reflejaban y rompían en mil direcciones, las nubes se extendían sobre el camino suavizando la dureza de las piedras para dar alivio a nuestros pies cansados.

Las piedras a su vez desaparecían de las casas para dar paso al barro, a la paja, a los adobes. La Pachamama protegiendo a sus hijos del frío, del viento de la soledad, aunque no de los hombres grises.

Sube a nacer conmigo hermano, repetía el viento.

Subí. Pisé el escalón 3443, aquél que da paso al 3447 donde se juntan los despojados de uno y otro lado con los despojados que no tienen lado, los despojados de la tierra.

Villazón, en Bolivia, nos ofrecía su miseria.

Atrás quedó Argentina. Tras reclamar su tajada, el guardia nos indicó la única parte pavimentada del camino que veríamos en las próximas semanas: el estrecho puente que cruza el río Villazón, río que marca la frontera entre dos grupos de miserables que en tierra de nadie, porque a nadie le interesa, contrabandeaban en un nuevo orden inservibles mercancías destinadas a los afortunados de fortuna, no de suerte.

Bajo el estrecho puente, por el agua, las espaldas curvadas por el peso, la mirada clavada en las aguas tratando de leer las hojas de coca que se paseaban en el fondo del río, cruzaba una nueva raza de esclavos, los hijos de la tierra, amarrados entre ellos por una larga cuerda: había comenzado la temporada de lluvias.

A ambos lados de la frontera pagaban diezmo, migajas que iban a los bolsillos de las capas más bajas del escalafón de la corrupción, tristes corruptos que sonreían desdentados diciéndose: pertenecemos, somos parte del poder, tras lo cual se sentaban, igual que los otros, igual que yo, en las plazas de mercado, en cuclillas, para comer un pedazo de grasienta comida servida en papel de diario agachando aún más la cabeza de vergüenza para que su vecino y hermano no lo reconociera.

Con Jacques devoramos un rostro asado, la única parte del cordero que llegaba a esos lares, la cabeza del animal, con cuero, que se arroja a las brasas frotada con sal y rocoto. Los ojos se cubren con dos hojas de coca para que no exploten. El manjar fue acompañado de un buen vaso de chicha de maíz.

Extendimos nuestro mapa, y horror, la grasa había caído sobre el papel y los caminos se habían borrado, a lo lejos se leía Desaguadero, 963,65 kms.

—Eso no es nada, menos de 1000 kilómetros —dijo el camión.

—Yo quiero aprender a manejar —dijo Jacques.

—Esto no requiere ni un ensayo general —dijo el director.

—Pobres mortales —dijo la cabeza de cordero —la grasa no borró los caminos, no había caminos.

—Paguen —dijo el que parecía estar a cargo.

Pagué.

Levantaron la cuerda, moví las palancas, el camión rugió, dos bolivianos gritaron:

—esperen, pues.

Argentina nos había puesto a un guardia para asegurarse de que nos dejaran en La Quiaca, Bolivia puso dos para asegurarse de que seríamos expelidos en Desaguadero.

El ceremonial de la partida cambió, los guardias bolivianos nos entregaron un saquito de hojas de coca y la piedra volcánica para que la moliéramos con nuestros dientes, humedeciéramos con nuestra saliva, y formáramos una bola que debíamos acomodar a un lado de la boca. Al movimiento de palancas y suspiros del camión, se añadió el acullico, el jugo que nos quitaría el cansancio, nos mantendría despiertos y nos ayudaría a pasar la falta de comida; lo único que no nos quitaría sería el miedo.

Atrás quedaba Argentina, intentando volver a transitar por los caminos de la democracia.

"¿De qué democracia me habla?", resonó en mi memoria.

Por el retrovisor se veían dos filas, por la derecha cruzaba una en dirección a Argentina, por la izquierda una en dirección a Bolivia, en ambas los desposeídos de la frontera, hombres de piedra, la cabeza gacha en espera del día en que la levantarán y harán temblar los cimientos de los muros y los puentes que los separan de la vida.

Aceleré.

Los caminos cortados por las aguas, cortados por los derrumbes, cortados por la inexistencia de caminos, caminos negación de su razón de ser, escalinatas sin escalones, pero que remontaban hasta el cielo.

La primera parada, un grito seguido de dos explosiones en la soledad del altiplano.

Frené.

Volaba, mi corazón volaba hacia mi amada, volaba hacia mi hija que impaciente se agitaba en el vientre materno, mi corazón volaba hacia mi tierra, el camión volaba hacia miles de pirámides diseminadas en la senda, pirámides de piedra que impedían el paso del imprudente viajero, pirámides que exigían atención, hembras abandonadas en el altiplano que esperaban vengarse de los que las pisoteaban.

—A las piedras se las respeta, se las aparta con cariño, y se pasa a su lado paso a paso para que no se ofendan y vuelvan a colocarse en su camino; le dijimos "pare" y no paró. ¿Dónde tiene el equipo para reparar las ruedas?

Buscamos rápidamente en el manual: "en caso de reventón llamar a ..." Daban un número de teléfono, era una central en París, ellos se encargarían de enviar un camión con repuestos para cambiar el neumático, ¡qué suerte, estábamos cubiertos!

264

3542 metros de altitud, habíamos subido 100 metros, 0 habitantes en kilómetros a la redonda, tres llamas que nos observaban con curiosidad, no estábamos seguros si era un camino o no, seis horas antes habíamos cruzado la choza de piedra de un pastor, no había creído necesario ver si tenía un número en el trozo de tela que oficiaba de puerta.

No nos atrevimos a preguntar dónde estaba el teléfono más cercano y cuál era el indicativo para llamar a París.

De uno de los neumáticos no quedaba nada, el otro era solamente cuestión de taparle unos agujeros.

Ayudados por los dos bolivianos violamos al camión, hicimos saltar los sellos de las puertas traseras y sacamos los neumáticos de repuesto, ahora era cuestión de montarlos.

Nos sentamos en el suelo la espalda apoyada en el camión y esperamos que alguien pasara y nos llevara con las dos ruedas al pueblo más cercano. Hermosa la luna, estaba al alcance de la mano, se veían los cráteres, helada la noche altiplánica, se sentía al frío atravesar las piedras. Larga la espera, las llamas pasaron de tres a seis. La bola de coca era cada vez más perfecta y escupíamos la saliva verdosa casi tan lejos como los guardias.

En el espacio se producen los encuentros de las historias, Jacques habló de la Guyana Francesa; si hubiera hablado del camembert hubiera dado lo mismo, lo escuchábamos con cariño, las llamas, los guardias y yo. Los guardias hablaron de El Alto, los escuchábamos intrigados, eso quería decir que había aún más alto y si a los 3542 metros de altitud dicen El Alto... —hasta el camión mascaba coca— hablaban de su infancia sin escuela, de padres desaparecidos en los socavones, de padres que pasaban libremente por sus casas al igual que las llamas pasean libremente por el altiplano. Yo, yo hablé de teatro, de los gallineros, de los festivales internacionales, de Epidauro, de los escenarios poseídos, de los públicos conquistados ...

Nada hay más terrible para un director que el que un público garantizado se le duerma, hasta las llamas se largaron, es casi como querer ser el centro de mesa en una mesa sin comensales, sin siquiera el comendador de Calatrava en la cabecera.

33 horas transcurrieron. A lo lejos, en el vientre de La Bella entre las bellas, el fruto seguía creciendo. Ni siquiera 33 kilómetros nos habíamos alejado de la frontera, pensábamos que habíamos comenzado el descenso a los infiernos, La Bella intervino el pensamiento, una vieja camioneta apareció ante nuestros ojos. Se detuvo, si algo logra la soledad del altiplano es que las llamas solitarias y los vehículos solitarios se den una mano. Nos convidaron charqui de llama, un cigarrillo, se sentaron sin hablar, sin preguntar, pero se sentaron a nuestro lado. No era necesario saber quiénes éramos, de dónde veníamos, ni qué hacíamos por esos lares, ni menos aún, qué carga transportábamos. Éramos hermanos en desgracia y de seguro que en un camión tan grande y con placas tan extrañas debíamos llevar buena carga.

Tras terminar de mascar subimos las dos ruedas a la camioneta, un guardia para ayudar a cargarlas para el regreso y yo. Cuidando al camión el otro guardia, Jacques y las seis llamas que habían regresado.

Al parecer les interesaba más escuchar sobre la Guyana Francesa que historias de teatro. Además, en la inmensidad del altiplano boliviano, vaya a explicarle usted a unas llamas los límites de un escenario y un parlamento. Dicho lo cual, giré mi cabeza y miré hacia la soledad del paisaje, mi soledad, mi paisaje, mis piedras, mi audiencia.

Me dormí.

—Las ruedas están listas —me despertó una voz. Estaba en medio de un caserío, la camioneta había seguido su camino, me explicaron que probablemente en Argentina me habían robado las cámaras de mis neumáticos, que bajo el caucho solamente había aire, que era afortunado, que el aire por algún milagro se había quedado al interior, pero que los agujeros formados por las piedras lo habían liberado. Que no me preocupara, que tenían cámaras de aire viejas dejadas por otros camioneros que no se habían detenido a tiempo.

—Nunca hacen caso —dijo el guardia—, como a uno lo ven pobre, nunca hacen caso, a veces no les avisamos, para que aprendan. Que conste, a usted le avisamos a tiempo, pero al igual que los otros no hizo caso. Girándose hacia Vulcano añadió —con ellos no hay nada que hacer, no tienen raíces en los pies—. Me alargó un saquito de coca y nos pusimos a masticar en espera de otra camioneta, jeep o camión que pasara en dirección contraria.

Al día siguiente, tuvimos suerte, regresé al camión para seguir viaje, las llamas se habían largado, es que Jacques era técnico y no actor, a cada uno su papel pensé.

Le quité la bolsa de hojitas de coca y lo dejé manejar. Jacques era de los que volaba, pero el camión tenía que avanzar los pies bien en la tierra.

Comenzamos a dominar los caminos bolivianos; las distancias en

Bolivia no se miden por kilómetros, se miden por días, si la suerte acompaña, se miden por el tiempo que demoran las negociaciones para que levanten los peajes, cuerdas que cada tanto cruzan los caminos para que se pague el derecho a cruzar tierras ancestrales, a veces bordeando un caserío, a veces en medio de la nada.

Aprendimos que no se puede esperar por una gasolinera para llenar el estanque del camión, que caserío tras caserío hay que preguntar si tienen un barril de petróleo, y comprarlo en tarritos de cuarto de litro, que los tiempos no corren del mismo modo en una sociedad globalizada que en una sociedad suspendida en el tiempo y el pasado.

Pregunté si no tenían tarritos de octavo de litro.

El tiempo se había perdido en alguna curva, los neumáticos habían sido parchados y reparchados y en las cámaras de aire difícilmente se distinguía la parte original de la parchada. Las ruedas dejaron de ser redondas y perdieron la noción de pavimento; pese a ser la época de lluvias, los limpiaparabrisas se negaron a cumplir su función, los reemplazamos por tabaco disuelto en orines que esparcíamos sobre los vidrios. Nunca antes la nada se había visto tan clara, la luna tan bella, la lluvia como gotas de diamante explotando frente a nuestros ojos

—Otras hojitas de coca, por favor —pidió el director—, prometiéndose que llegado el día, añadiría a los naranjos y limoneros, arbustos de coca en el camino que conduciría a las puertas de su teatro y en vez de taquilla, una cuerda y un tarrito para que los espectadores dejaran lo que quisieran. Reemplazaría la *soupe à l'oignon*, con la que pensaba darle un toque internacional a la sala, por un buen rostro asado dejando escapar sus olores en homenaje a los dioses del teatro.

—Quítenle el saquito o nos vamos a matar —dijo Jacques.

El comienzo de la subida del altiplano cambió mi perspectiva de las cosas, y que conste, tengo visión circular. El teatro me había enseñado a ver la izquierda, la derecha, las entradas, las salidas, la cima de la pirámide y el primer escalón; la cárcel me había enseñado a ver por las rendijas, a hacer desaparecer de mi vista los barrotes que se empeñaban en limitar mi movimiento, a circular fuera de mi cuerpo para observar y medir sus reacciones; la falta de luz en mis ojos me había enseñado a transformar los sonidos en imágenes; los viajes por el mundo me habían enseñado a descifrar y evitar las trampas de rígidas señales; mi rebeldía me había enseñado a salirme de los rieles; mis dedos me habían enseñado a reconocer los colores de las telas a ojos cerrados para verlos en una luz más allá de la mía; el manual de la Renault me había enseñado a pasar los cambios y dominar los caprichos del camión; el Partido me había enseñado los muros para encerrar las ideas; la historia me había enseñado cómo unos buscan la raza ideal y otros el militante ideal; mi indisciplina me había enseñado a sentarme con cuidado en el cajón con vidrios; el amor había suavizado mi mal genio que explotaba cada vez que el resultado no era lo querido ni lo imaginado enseñándome que el resultado iba más lejos de lo por mí imaginado y que mi tarea era desaparecer en la dirección para indicar el camino e iluminar el próximo escalón. Aprendí a tomarme en serio para poder reírme de mí mismo, todo eso y mucho más había aprendido, y nada de eso me sirvió para nada, me encontraba frente a una masa de montañas que subían, bajaban, en un juego sin fin de caminos estrechos de una vía, media vía en el mejor de los casos, de puentes semiderruidos, de derrumbes que avisaban una vez se habían sentado desafiantes impidiendo mi paso, celosos del fruto de nuestro amor, piedras secas, barro estéril que caía por sorpresa sobre el viajero.

Me encontraba mirando una masa infinita de cordillera, muro interminable que creaba nuevos muros cerrando sus caminos secretos para impedir nuestro paso.

Ahora sí estaba comenzando el ascenso, a los 3542 metros sobre el nivel del mar.

XXII. De cómo descubrió el significado del oráculo de Delfos

Lo primero antes de comenzar a escalar una cuesta: toque la bocina y escuche. Cuídese del eco traidor, aquel que le devuelve sus palabras o las dispersa entre las quebradas.

—Eso lo sabía de antes, los aduladores, los que buscan ser aceptados forman parte de ese eco gris que reproduce incansablemente las palabras por otros pronunciadas.

Si escucha un sonido que no es el suyo, espere, otro vehículo viene bajando, y el camino no tiene espacio para dos. Si no hay respuesta, meta el cambio, meta un puñado de hojas en la boca y que su dios y el nuestro nos amparen.
No pare, nunca pare, si aparece otro camión frente a usted, el que baja tiene la obligación de buscar un lugar donde salirse y parar; el que sube no para, si para termina en el abismo.

—Siempre se aprende algo.

Los frenos se soltarán poco a poco. Primero el aire escapará en una bocanada, luego otra y otra, cada vez más débil y continua, el pedal del freno se irá hundiendo en el piso, el camión tiritará afiebrado; por más fuerza que haga el cambio no pasará, escuchará el chirrido del metal y sentirá cómo el camión, primero un centímetro, luego otro, y luego otro irá retrocediendo y tomando velocidad para arrojarse al vacío en la primera curva. Recuerde, como el volante es asistido, no le responderá, desde el tercer soplido del aire escapando no le responderá.

Frené.

De frente se apareció, amarillo se apareció, uno de esos camiones Volvo que atravesaban la cordillera cargados de droga. Los habíamos divisado en otras cimas, los habíamos visto desaparecer en las quebradas, las cuerdas se retiraban a su paso dejándolos pasar: camiones sin marca, camiones de capos, camiones por los que se había pagado en alto puesto, soberbios camiones sin patria ni ley. Su trompa amenazante miraba desde lo alto, los focos iluminaban la única vía, un foco lateral buscaba un espacio cavado mano a mano en la cordillera para que el camión pudiera detenerse y ceder el paso.

Lo encontró, lo encontró, pero su cola quedó bloqueando parte del camino, al borde del abismo. Me dio un ataque de pánico, frené. No paso, me desbarranco, pensé.

Primero se escuchó un suspiro del camión, el aire de los frenos comenzó a escapar por las válvulas de seguridad, el pedal del freno se fue soltando, luego dos gritos en quechua —a diferencia de los parlamentos de Edipo, en griego, en Epidauro, no logré entenderlos, por el tono, imagino no eran muy amables— los dos guardias saltaron del camión, lado precipicio. Luego otro suspiro del camión, segundo escape de aire, y un grito, esta vez en francés: *sauve qui peut!*, con un marcado acento arturo pratiano, era Jacques siguiendo a los guardias. Tercer escape de aire, y luego, venía mi salida de escena. Pensé en La Bella, en mi hija, a la que vi reflejada en la luna, pero a la que nunca tendría en mis brazos, busqué un parlamento adecuado, no podía decidirme entre Racine, Molière, una tragedia griega o uno sacado del teatro del esperpento de Valle Inclán.

—¿Por qué no uno propio? —me recomendó mi ego.

Tendría que vocalizar muy bien puesto que con el ruido del camión rebotando por el precipicio las palabras correrían el riesgo de perderse. Con suerte, los reflectores irían soltando chispas al chocar contra las rocas e iluminarían la caída; al final, cuando el eco no reprodujera el parlamento, el cuerpo se iría desmembrando añadiendo un toque clásico al movimiento, un brazo hacia adelante, el otro atrás, y las piernas abriéndose en un salto digno del lago de los cisnes, o en un triste pataleo de cordero sacrificado a los dioses. Se dice que en el segundo que precede a la muerte toda la vida te cruza por la mente; a un pobre director de teatro le cruza la última puesta en escena, la del segundo que sigue a la muerte en su marcha tras su destino.

—Entonces, ¿el último escalón es el primero?

El camión se detuvo, los dos guardias habían puesto dos rocas contra las ruedas traseras deteniendo su marcha.

—Me fregaron la puesta en escena.

El aire se acumuló y los frenos nuevamente respondieron, el cambio entró, saqué las dos hojas de coca con las que había tapado mis ojos para no enfrentarme a la muerte, por el retrovisor vi al camión amarillo que lentamente se alejaba.

Nos pusimos de acuerdo en el orden para que la tripulación volviera a escena. Primero tocaría la bocina, de no haber respuesta, y una vez el camión desplazándose, subiría Jacques, luego los dos guardias que se quedaban para recoger las rocas y que no causaran un accidente. Jacques pidió ventanilla: o manejaba o subía el último.

Toqué, nada, solamente regresaba el bocinazo del camión. Éste comenzó a avanzar, a los pocos metros y antes de tomar velocidad, se abrió la puerta y subió el primer guardia, luego el otro, luego Jacques asomó la cabeza antes de desaparecer de mi vista, había calculado mal Gavroche, se desequilibró y chocó contra la rueda.

Frené, esta vez con la aprobación de los guardias que le habían agarrado cariño al franchute.

En la vida hay prioridades, la primera es la vida, la última la muerte. Lo primero fue poner las rocas para impedir que el camión se fuera cuesta abajo en su rodada, soñando con su pasado en los caminos de Europa que nunca volverían, solitario en la pendiente, triste y ya vencido, y se fuera por el precipicio de la vida.

Afortunadamente la experiencia ganada hizo que pusieran las rocas antes del segundo suspiro de los frenos. Abrí la puerta, por el lado izquierdo, la puerta de los recuerdos. Vi la cara de Jacques al caer, reflejaba sorpresa, no emitió un grito, quedó mudo al igual que aquellos actores que reaccionan al texto escrito y no al texto surgido de la escritura, y que no son capaces de hacer uso de la palabra sorprendidos por el poder de la imaginación y la carencia de la de ellos.

Jacques había caído hacia el sector derecho del camino, el del vacío y al mismo tiempo el del futuro. El camión se aferraba de seis ruedas al centro para mantenerse vivo en el presente. Sobre nosotros, el infinito, bajo nosotros, la espiral de la muerte amarrando nuestra ansia de supervivencia.

Dimos la vuelta al camión, sentado al borde del abismo, Jacques, la tela de una de las piernas del pantalón se había ido, con ella parte de su piel; 33 centímetros sin piel mostraban los músculos en funcionamiento, la carne palpitando de miedo cual si le estuvieran aplicando electricidad, la boca abierta incapaz de dar una respuesta a una pregunta desaparecida en el eco.
Estaba sentado al igual que El Comendador, ni un pestañeo, la máscara perfecta, vacía de toda expresión para que la audiencia le fuera dando forma en una u otra dirección: la muerte o la vida.

En el precipicio, dos volantines jugueteaban al igual que lo hacían los volantines al otro lado de la cordillera en el mes de septiembre, se acercaban como para abrazarse, se alejaban en círculos cual campesinas de mi pueblo escapando, entregándose, despertando el deseo y los movimientos en espiral del macho. Por un lado la tela del pantalón, por el otro, la piel del personaje, Stanislawski y Brecht, el decorado cubriendo la herida y por el otro la cruda realidad frente a los ojos del director y los guardias.

Cortaron el resto del pantalón, lavaron la herida con chicha de maíz, masticaron coca y la escupieron sobre la herida, 33 veces, una por cada centímetro, luego pusieron hojas de coca sobre ella, quizás para que no viera el resto del camino y pudiera descansar de sus miedos; el todo lo amarraron con un trapo inmundo que utilizábamos para limpiar el parabrisas.
—Toqué la bocina y continuamos viaje.

En la cabina, al medio, Monsieur Bip, el técnico de luces que aprendió a manejar el arte del silencio.

A partir de ese momento, y por los próximos 100 kilómetros la tarea era encontrar un hospital o una posta en que un profesional pudiera ver el estado de la herida y aplicar un tratamiento científico. Encontramos una posta, tendieron a Jacques sobre una camilla, la pieza estaba pintada de blanco, la luz era intensa, se asemejaba al quirófano de *La autopsia*, por si acaso no dije nada, las enfermeras se lavaron las manos y comenzaron a desatar el trapo.

Esperaba un nido de gusanos —habían pasado 36 horas desde el accidente—, a medida que desenrollaban iban apareciendo las hojas de coca, segunda capa de protección. El personal médico: dos enfermeras, movieron sus cabezas en aprobación. Sacaron una hoja y bajo la luz apareció un pedazo de carne rosada en perfecto estado, 33 centímetros de carne impecable, ni un gusano, ni una gota de sangre; pensé en Shylock.

Sacaron de un armario blanco un saquito de coca, comenzaron a masticar, reemplazaron los escupitajos de los guardias por el del personal médico, taparon la herida con hojas de coca y la envolvieron con el mismo trapo inmundo.

—Excuse, estamos cortas de material esterilizado —dijeron.

Me alargaron un saquito de hojas de coca —para cuando cambie la venda—. Al salir de la sala giré mi cabeza, Porcia y Nerissa sonreían.

—Quiero manejar —dijo Jacques—, recuperando el uso de la palabra.

Manejó.

Al amanecer nos sorprendió un lago de flamencos rosados. Haciendo equilibrio en una pata soñaban con aquella época en que las únicas que perturbaban su sueño eran las llamas. Al escucharnos llegar, levantaron vuelo y desaparecieron en el horizonte. Ese día, y para castigar nuestra insolencia, los espíritus de la montaña extendieron sus garras y las clavaron en una de las paredes del camión. Jacques había tomado muy cerrado la curva. En principio, hay que llegar al borde del abismo y en el momento en que no se ve el camino y se siente el aire escalando las paredes rocosas del precipicio se gira el volante, no antes, no después, y sobre todo, no se para, no importa cuán fuerte te hayan agarrado, ni cuán estruendoso sea el sonido de los dedos de la cordillera desgarrando las latas del camión.
La mitad de las letras del "Nuevo Teatro Los Comediantes" , seis consonantes y cuatro vocales, quedaron, letrero eterno, adosadas en una de las montañas de Bolivia.

Los libros aprovecharon para asomarse y deleitarse con el paisaje, uno de ellos nos previno: cuidado, si yerran la otra curva pueden quedar convertidos en satélite de la luna.
—Merci, Jules.

Habían pasado seis semanas desde que cruzamos la frontera en Villazón, habíamos recorrido 841.65 kilómetros, estábamos a 86 kilómetros de Desaguadero, la frontera con Perú, a 4065 metros sobre el nivel del mar. En El Alto, 400 metros más abajo, al fondo de un camino en espiral, La Paz, capital de Bolivia.

Descansamos. Habíamos aprendido que en Bolivia las distancias no se medían por kilómetros, se medían por días, y para mayor precisión, añadiendo un "si Dios quiere".

Cubrí uno de mis ojos con una hojita de coca, el otro lo dejé al descubierto; con uno miré el pasado, con el otro lo que me esperaba.

A lo lejos divisé una mano que haciendo equilibrio sobre el Obelisco me decía adiós, la guardé en mi corazón junto a las manos de la ira que me había regalado Guayasamín "para que no te olvides de las manos de mi pueblo". No, no las olvidaría, ni las de su pueblo, ni las del mío, ni las de mi continente.

Haciendo equilibrio en la cima de la cordillera sin poder distinguir cordura de locura, realidad de pesadillas, vi desaparecer la bandada de flamencos rosados, mojé mis labios en el salar de Uyuni, el más alto y seco del mundo. Los neumáticos reventaban en mis oídos al ritmo del "Bolero" de Ravel mientras un cóndor argentino bailaba pie desnudo sobre una mesa en la explanada de los inválidos frente a la Torre de Eiffel, los neumáticos girando alrededor de la mesa y del cóndor cada vez más vertiginosamente. En una de las fronteras, un anillo de matrimonio rodaba cuesta abajo por las laderas de la cordillera, desde el fondo de la espiral me llamaban las sirenas vestidas de siete polleras ofreciéndome un sándwich de chola.

—Casi bajé a las profundidades del infierno.

—No frene, jamás frene —resonó salvadoramente en mis oídos.

Con el otro ojo miré al futuro que me llamaba —sube a nacer conmigo hermano—, y me ofrecía su vientre abandonado, una pequeña columna saliendo de entre sus piernas, girando su sombra junto a los rayos del sol. El tiempo no se detenía, recordándome la sombra, que aquello por aprender se encuentra en el futuro, no en el pasado, que el pasado es solamente su punto de apoyo, que para avanzar tenía dos opciones, o sacaba la hoja de coca, o tapaba el otro ojo con una segunda hoja.

Enfilé hacia Desaguadero, iba a avanzar cuando frente al camión apareció una cuerda, a cada lado, sosteniéndola, uno de mis guardias, columnas de piedra y carne que indicaban el fin de lo conocido y el principio de lo desconocido.

Ya se me habían aparecido cuando consulté el oráculo de Delfos antes de iniciar el viaje y hasta ese momento no supe su significado:
para atravesar del pasado hacia el futuro, o viceversa, tiene que pagar sus culpas.

XXIII. De cómo en una curva del camino en el Tahuantinsuyo se topó con los demonios del poder

A nuestras espaldas quedaba el pasado, cruzamos la puerta del sol para entrar en las tinieblas. Viracocha intentaba inútilmente extender su manto protector, mas un manto gris cubría el valle sagrado. Las aguas del lago habían comenzado a cambiar de color en el lado peruano, el presidente Ramiro había anunciado su salida de las sombras quemando urnas de votación para que su humo tapara el sol.

La luz negra del teatro permite ver desde una perspectiva diferente, resalta aquello que está oculto a los ojos del espectador, despierta la imaginación, ilumina los senderos secretos y junto a un svoboda, oculta, aparece, juguetea por el escenario rompiendo lo preconcebido, permitiendo se abran a los ojos nuevas formas de ver.

La luminosidad del presidente Ramiro era pardirojinegra, parda como la peste parda de la segunda guerra, roja como la peste roja de Beria, negra como la peste negra del medioevo, mortal como el virus de la peste que llevamos en la mente amurallada y que si no estamos atentos puede germinar como una enredadera que se desarrolla en nosotros, avanza hacia el vecino, y viaja de puerto en puerto en nombre de la mayoría, aquella que pondrá su sangre para alimentarla y permitir que sobreviva.

———

—Afortunadamente estaba vacunado, ¿recuerda?

A 3827 metros sobre el nivel del mar se encontraba el puente que marcaba una nueva frontera, nuevamente pavimentado, nuevamente los miserables del mundo sentados ofreciendo flores, comida, o simplemente matando el tiempo en espera de terminar el suyo. Los rostros eran inexpresivos, los labios estaban sellados, los ojos no miraban de frente, ni de lado, pero las espaldas veían, con tenues movimientos avisaban cuando alguien se acercaba, dolían con cariño avisando el peligro. Los pies agrietados sonreían cuando la grasa de la comida chorreaba sobre ellos limpiando el polvo que los cubría, los niños dejaban escapar su niñez a través de los hoyos de sus desgastados suéteres de lana de llama, de dibujos incaicos, hilados por las manos de sus abuelas, de sus madres, de mujeres sin amor y sin caricias.

Tristes son los suéteres de niño campesino.

La comida, envuelta en propaganda electoral, anunciaba le llegada de un nuevo presidente, del cambio, de la esperanza, del fin de la violencia, y sin embargo la tinta negra corría junto a la grasa dándole un sabor amargo a la comida.

En el muro del frente un afiche desgarrado llamaba a no votar; en él, junto a figuras de indígenas, los más pobres entre los pobres de Ayacucho, se levantaba la del presidente Ramiro.

Me pregunté en qué momento ambas tintas se mezclaron ocultas de los ojos de la audiencia, en qué momento ambos afiches se confundieron el uno con el otro, en qué momento al manosear la palabra le hicieron perder su significado, en qué momento el que hablaba a nombre de, y el salvador de, se encontraron subidos en

el mismo pedestal, y al apéndice —llámese pueblo o ciudadanía—
lo utilizaron para pavimentar el camino hacia el infierno. Ya no era
un sube a nacer conmigo hermano, era un ven a gobernar conmigo hermano repetido en uno, repetido en el otro, mientras tras falsos decorados de cartón piedra ocultaban sus verdaderas intenciones: sígueme a ciegas pobre iluso, necesito de tu voto y de tu
sangre.

Comí, pero antes boté el envoltorio.

Comí, pero no pagué. El jefe de plaza, un gallardo coronel del
ejército peruano me dio un salvoconducto, y sin guardias, me dejó
avanzar. Maravillado me dije: no es un bastardo, es un hombre de
buena cuna y nobles sentimientos, letrado que ha subido a la cima
de la cordillera para ayudar a nacer la cultura, para dar una mano
a la palabra y a la imagen, para dejar paso a un pobre director, y
que la escena se pasee nuevamente de los gallineros a las salas,
de las salas al abismo, de la tierra al mar de donde una vez más
surgiría la palabra.

—Sólo un hombre de esas características y de corazón puro como
vuesa merced es capaz de dejar pasar al teatro sin cobrar y sin
guardia armada —le dije—, con un marcado acento cervantino.
—Pase usted, señor diréctor, usted, su ayudante y su camión.
Tengan ustedes un buen viaje y en Puno me esperan, el salvoconducto es válido hasta Puno —me respondió, con un agudo
acento serrano.

370,5 kilómetros de libertad, en bajada y sin guardias, las aguas del lago acariciando nuestros muslos, toda la cabina para nosotros, los 2774 kilómetros que nos separaban de la próxima frontera y el mundo nos pertenecían.

Frente a nuestros ojos Puno, y en su puerta de entrada un guardia, cancerbero al cuidado de la ciudadela. Paramos.

—El coronel me pidió los acompañara hasta una pensión, él llegará mañana para hablar con ustedes.

Estábamos cruzando otra frontera.

Al borde del camino dos payasos jugaban —el teatro, usted sabe, en la calle, en la sala, en los gallineros, 17 festivales internacionales —repetían en frañolchua.

El nuevo festival se sentaba en el suelo, era la calle, se sentaba en sus talones, era la sala, se revolcaba en el barro, nuevo circo romano en las alturas, era un festival circense. El olor a podrido brotando de la tierra reemplazaba el olor de los ramitos de jazmín.

—Las luces —decía el técnico—, dependiendo de su ángulo, usted logra un efecto diferente: agranda, achica, alegra, entristece, envuelve de amor, enfría la mirada de odio, dependiendo del ángulo...

Los dos payasos abrieron enormes sus rajados ojos, el camión se estaba hundiendo en el fango, la calle estaba en una mitad llena de agua, en la otra con barro, el guardia había dicho —de frente, no se desvíe, uno nunca se desvía.

Me había desviado. Los payasos, con voz chillona exclamaron —¡no se desvíe, uno nunca se desvía!—, y cual coro griego añadieron —hay unos que nunca aprenden.

No todos los géneros pueden mezclarse en un espectáculo, la búsqueda del placer supremo hace que el placer se pierda. Tras lo cual, levantado la pierna izquierda comenzaron a ladearse.

45 grados, la división perfecta del ángulo recto. Por algo construyeron la ciudad perdida de Machu Picchu. A los 45 grados, el camión detuvo el movimiento, el lado del chofer, mi lado, sobre el aire, las ruedas suspendidas sobre la parte mojada del camino, el lado izquierdo hundido en el fango hasta la altura de la ventanilla. Jacques se sacó el trapo que le servía de venda, escupió el vidrio con hojas de coca y cerró los ojos para entrar al centro del imperio.

Salimos por el lado izquierdo, las ruedas crearon una plataforma por la que pudimos descender las escalinatas, lento, primero una pierna, luego la otra, deteniendo el movimiento ante cualquier temblor del camión, conteniendo hasta la respiración no fuera a acelerar el naufragio, sin caer en la tentación de acelerar el ritmo del parlamento.

Al contrario de una obra en que el director sale al final a saludar, esta vez salí el primero. Alrededor del camión el público en círculo nos observaba, entre ellos conversaban. Unos apostaban a que el camión desaparecería en el fango, otros a que ya había tocado fondo, que había alcanzado el camino del Inca, piedra sobre piedra te entrego mi pasado y mi futuro, susurraban. Otros, los más realistas apuntalaron su costado en un improvisado andamio. Un grado más de inclinación y se recostaría antes de dar una vuelta en el barro y quedar con los neumáticos apuntando a los caminos celestiales.

Los espectadores del paraíso fueron los primeros en interactuar, se arremangaron las mangas de sus camisas y comenzaron a acarrear piedras. Nunca sabré de dónde las sacaron, de muros invisibles, de ruinas no descubiertas, de canteras vestigio de explosiones del vientre materno. Se sacudieron sus cadenas y formaron una cadena humana. Los espectadores de la primera fila prestaron, unos sus brazos, otros sus espaldas. Con los brazos empujaron gigantes palancas de madera para enderezar al camión, con sus espaldas mantenían los centímetros ganados. Los del paraíso se agachaban, escarbaban, sacaban tarros de lodo y rellenaban los huecos bajo las ruedas con las piedras.

La escena tenía algo de irreal, el camión arrojaba fuego por el tubo de escape envolviéndolo en una bola de fuego, los habitantes del Tahuantinsuyo levantaban la fortaleza que abrigaría al nuevo Inca, el que, como indica la leyenda, regresaría y marcaría el nacimiento del nuevo imperio...

—No joda, esos eran los aztecas, el que volvía era Quetzalcóatl y no un nuevo Inca, y la historia se pasaba en México, se equivocó de leyenda.

—No era usted quien se encontraba a 4000 metros de altura hundiéndose en el barro, así que no joda con esas minucias.

Ante mis ojos surgía un monumento, tarro a tarro la tierra se entregaba, piedra a piedra un nuevo camino se construía, centímetro a centímetro el camión se enderezaba, grado a grada avanzaba por la escalinata —45, 46, 47 —cantaba el coro a cada capa de piedras.

—¡90!, el círculo estalló en un aplauso y luego se sentaron sobre sus talones para ver la última escena.

—Sube a caminar conmigo hermano —dijo el camión suspirando.

Arranqué, no del arrancar que se necesitaba, de arrancar el motor; al mirar por el retrovisor, en la mitad izquierda de la calle había agua, en la derecha lodo, el camino había desaparecido, los espectadores se habían dispersado.

A las seis de la mañana del día siguiente, cuando nos aprestábamos a seguir viaje, un mensajero nos entregó un quipu, un nudito, dos nuditos, tres nuditos, se me acalambraron los dedos contando los nuditos.
El retablo de las maravillas desapareció, el corazón puro desapareció, el uniforme apareció, la mano se extendió.
La coima del jefe de plaza era enorme.

Pedí auxilio, a La Bella y a Perla, me habían puesto una vez más entre el fusil y la pared, yo, quien debía estar desde hacía meses escuchando crecer a mi hija, conversando con ella no solamente a través de la luna y las estrellas, susurrándole secretos y contándole historias a través del vientre de la madre, yo, quien debía darle fuerzas a La Bella entre las bellas, que debía ampliar su hermosa sonrisa y taparle sus expresivos ojos con hojitas de coca para que viera nuestro futuro, para que pudiera escapar del pasado, para que descubriera nuevos senderos, para que nuestro amor corriera buscando desvíos y desvaríos, saliendo del camino, rompiendo las barreras, yo, el director de teatro, el que adora la luminosidad del escenario y tiene horror de la oscuridad y rigidez en el parlamento, yo, el que odia el amor de cartón piedra y de parlamentos desgastados por la falsa repetición, yo, el que desea reinventar cada segundo de los cuerpos para impedir el aburrimiento y dar paso a la aventura, yo, el eterno enamorado, el que prometió, sin saber que las promesas las destruye la realidad, yo, el aventurero, pedí auxilio para poder dar la sombra de mi hombro protector.

A partir de ese momento, negociamos, en cada boliche negociamos, en cada canasta de comida negociamos. Negociamos primero el tenedor y cuchillo y terminamos negociando con dedos cubiertos de barro; negociamos el entero y la mitad, y con vergüenza, cual miserables candidatos, prometimos sin tener la menor idea de si íbamos a poder cumplir. A diferencia de los candidatos lo hicimos con vergüenza, cansados de ofrecer clases de francés a las bellas hermosamente maquilladas para que subieran sus tarifas; de ofrecer cambiar, ¡oh, perdóname mi teatro de limoneros y naranjales!, un tubo de luz para que iluminara la canasta, por dos semanas, una semana, tres días, dos, una comida, por favor, tenemos hambre. Terminamos negociando (con pago diferido, pero seguro, puesto que la ayuda venía cabalgando por la cordillera) un plato para cada uno, luego un plato para dos y a medida que transcurrían los días, un plato de sopa, sin carne, luego sin papas, el puro caldito que fuera y a medio llenar, no importa, medio, un cuarto, una cucharadita para probar casera, y hubo días en que nos conformamos con el puro olor.

Nada hay más delicioso para un estómago hambriento que un amable olor que traiga a la memoria manjares de otros tiempos.

—En la próxima obra añadiré olores.

Hasta el recuerdo de los festivales internacionales se encabritó.

—Debe haber pasado mucha hambre, para aceptar el cartón piedra —me justificaron.

—En la próxima obra crearé en la mente los olores para que cada espectador se deje invadir por el plato de su preferencia —añadí mirando la última cucharada de la hermosa sopa.

Un día la ayuda llegó, la traía una actriz francesa que se había sumado a la aventura. Era una época en que todo pasaba las fronteras, que los camiones de droga circulaban sin necesidad de taparse el rostro sonrientes por el camino dejando saquitos de papel llenos de billetes, saquitos de distintos portes, gordos, grasientos, barrigones para los jefes, los que viajaban en los vagones de primera; saquitos más pequeños, con pliegues interiores y doble fondo para dar la impresión de más, para los jefes intermedios como mi coronel jefe de plaza; saquitos de viejos calcetines agujereados para que los escondieran bajo el colchón para los escalones más bajos de la corrupción. Muriel, la actriz francesa, sin caderas, sin senos, pero con unos labios que se estiraban deliciosamente para pronunciar, traía un saquito a su imagen y semejanza.
—Nos van a crucificar —dijo Jacques—, con la experiencia del que ha cruzado sobre tres mil kilómetros, que había visto subir y bajar cientos de cuerdas en el camino.
—*Mais non, mais non* —nos repetía Muriel—, tratando de consolarnos.

Los milagros no existen, no existen salvo en las alturas: un chofer de los camiones amarillos le dio el saco que no correspondía al coronel y se perdió por los caminos buscando un puerto.

Nos patearon la puerta del cuartucho, en el marco de la puerta apareció la figura del coronel en uniforme de campaña —a levantarse, perezosos.

A decir verdad no dijo exactamente perezosos. Arrojando fuego por su boca y por sus ojos, el frío de esa ardiente mirada me recordó el frío de otro militar en mi pasado, mis rodillas comenzaron a temblar de recuerdo. Su mirada cambió solamente cuando miró las piernas de la actriz francesa, un cambio de segundos, pero que valía la eternidad de un gesto, aquel por el cual el actor sería recordado per secula seculorum.

Me refiero a la última tos de Sarah Bernard como Margarita Gautier en *La Dama de las camelias*; al último polvo de Melina Mercouri en *Nunca en domingo*; al desgarrador ¡Garence! de Jean-Louis Barrault en el escenario de Les Funambules en *Les enfants du paradis*, al último cacareo de una gallina antes de morir asesinada en los gallineros de Rancagua para renacer en *Los que van quedando en el camino*.

Muriel tembló al sentir la mirada del coronel entre sus piernas, yo, el cobarde defensor, bloquee su sexo con mi pensamiento.

El coronel regresó a su papel, con voz de militar rugió —al camión, vamos en persecución de un ladrón.

Hasta el espejo que colgaba en la pared del cuartucho se sorprendió.

La persecución fue encarnizada, el camión hizo rechinar sus ruedas —para dónde —pregunté.

—Siga mis órdenes, yo le indico —dijo el coronel.

Los milicos son como el Partido, cuando se está bajo sus garras hay que simular que se siguen las órdenes —siempre se aprende algo— simulacro que permite sobrevivir hasta encontrar un desvío, el lugar preciso para descarrilarse y salirse de la línea.

Derecha, izquierda, arriba, abajo, si hasta me recordaba al tenientillo que tuve de profesor de gimnasia en Temuco. En cada cuerda, el coronel paraba para informarse, en cada cuerda impartía órdenes para ir desviando al camión amarillo levantando muros para obligarlo a tomar la senda que él quería. Nosotros, nosotros por los atajos, por una vez en el viaje las cuerdas se levantaban, y las columnas, con rabia, nos abrían el paso las manos vacías esperando un viejo calcetín remendado con unos miserables billetes en su interior.

Paré, siempre en el camino se llega a un punto en que hay que parar, el paso que sigue hay que calcularlo.

—Hasta aquí llego yo —dijo el coronel.

Dudamos, al igual que el público en una sala de concierto que no está seguro si terminó un movimiento, si es una pausa, y si se puede o no aplaudir sin quedar como ignorante.

Nos tomamos un sorbito de agua de ayahuasca, las hojitas de coca no bastaban, nos hizo regresar a las vivencias del pasado. Todos los sentidos se agudizaron, tenía el mismo efecto que la tortura, pero sin golpes ni electricidad, la mente explotaba en imágenes y permitía alcanzar las vivencias que se escapaban, abrir los caminos que se cerraban, las luces explotar iluminando cada fibra de nuestro ser. Los camiones amarillos desfilaban ante nuestros ojos temblando de miedo, riendo, al cambiar las reglas del juego de mi infancia: pacos y ladrones por ladrones y ladrones. Sin embargo, el agüita no ayudó a saber si había o no que aplaudir.

Con gesto displicente el coronel indicó nuestro camino, un jeep surgió de la selva y lo llevó por callejón sin salida, lo habían atrapado.

—Buen viaje —dijo antes de desaparecer.

Sí, la cultura cambia al hombre, el teatro transforma, rompe la rígida fórmula, incluso la de los militares.
Nos cuadramos, los tres pelotudos nos cuadramos:
—¡a la orden, mi coronel!
Avergonzados, seguimos viaje.

Así es que comienzan, lo embaucan a uno con la emoción de perseguir un objetivo, y uno parte tras el triunfo, no una meta, triunfo que implica la derrota del otro; al final, sin darse cuenta, se aplaude al ritmo de congresos, o se cuadra, en ambos casos, los —¡a la orden!— o los vivas —¡viva el glorioso…!— conducen al desastre, unos no dejan entrar, los otros no dejan salir.
Tengo que dejar de tomar agüita de ayahuasca, planta sagrada que enseña a aprender, que abre la mente, cicatriza las heridas, permite entender el pensamiento y trae a tu mente y tus ojos el terrible momento en que uno se funde en otro, en que una policía política se confunde con la otra, en que de ambos lados se aproximan para cercar y destruir tu pensamiento.
—Paremos a tomar café —gritaron al unísono Muriel y Jacques.

Estacioné el camión frente a un banco en la plaza de mercado del pueblo. A nuestra izquierda, una fila de mesas de madera, desvencijadas, con asientos colectivos, sobre ellas humeantes tazas de café y unas pailas de huevos fritos en manteca colorada. Atravesamos corriendo, nuestros estómagos temblando de felicidad.

Al ir a sopear el tercer huevo observé sombras avanzando alrededor del camión, un manto pardo comenzaba a oscurecer la hasta ese momento sonriente plaza de mercado, el rojo de la yema del huevo palideció, una gota de yema se escondió entre los pelos de mi barba.

Me levanté lentamente de la mesa —el gato, Grotowski—, primero pasé una pierna sobre el banco, en el aire detuve el movimiento, con la punta de mi alpargata apunté al cielo, luego al futuro y finalmente a la tierra. Nureyev, saqué la segunda pierna, esta vez el movimiento hacia atrás, la levanté con gracia y altivez, los dos pies en tierra firme continué de un movimiento continuo, la tibia y el peroné, los muslos, las nalgas aplastadas por el viaje, las caderas, cintura, pecho de actor desafiante, de cantante de ópera que se infla de los vientos del universo antes de lanzar un do de pecho, me acerqué al camión, yo, el cobarde, rogando que hubiera logrado espantar la sombra. Lo sé, hay algunos...

—Veo que al caballero le interesa el teatro —dije para entablar conversación.

Un segundo más tarde estaba pegado al muro como mosquito incaico, los brazos al aire, las piernas abiertas, el estómago devorado por los chinches.

—Capturamos al presidente Ramiro —se escuchó en la plaza.

Con curiosidad volteé la cabeza para ser testigo de aquel histórico momento. Lo único que vi fue que traían a Jacques tomado de los brazos, sus cortas piernas, una más corta que la otra después de la caída, pataleando desesperadamente. Muriel, inteligente actriz francesa, rasgó su falda, se pintarrajeó en un segundo, abrió una sombrilla de encajes y contoneándose se integró como decorado a la escena paseando del brazo de La Colombiana.

El que parecía ser el jefe del manto gris en esa plaza de mercado, un teniente o capitán, dio curso al interrogatorio. A ese nivel, interrogatorio es un decir. El tipo no se preguntaba nada, lo único que necesitaba era adaptar el escenario a su libreto: en un lado del conflicto los militares, en el otro Sendero Luminoso, y en esa escena, como actores invitados, nosotros.

Nos sentimos relleno de sándwich de chola, lonja de jamón de un Barros Jarpa, hamburguesa reseca de un Macdo, nos sentimos pueblo.

Hasta un actor de reparto tiene una razón de existir y su efímero, pero imprescindible paso ayuda a dar sentido a una obra, en cambio en una situación de pan y circo se puede prescindir de nosotros y el gourmet ni siquiera se da cuenta, y eso que nos habían adornado con olores a hierba, vinagre balsámico, rayitas para que pareciéramos cocinados a la parrilla. Y mientras más nos adornaban más prescindibles éramos, algo así como votos después de una elección, papeles inservibles en espera de ser reciclados para ser usados en las próximas elecciones.

Yo no tenía elección, tenía que ser cauteloso para escapar del libreto, Jacques pedía que llamaran a la embajada francesa, a la Unesco, al teatro Gérard Philipe, y si fuera posible a su madre, a la que recordó dado que yo se la mencioné cuando le pedí que la cerrara.

—¡Al cuartel!

—Lo que diga, mi comandante —respondí—, enrojeciendo nuevamente. Yo, el rebelde, servil seguidor de órdenes; yo, el altivo, agachando el moño; yo, el hombre de masas, cercado en una miserable plaza de mercado; yo, el desacatador, acatando en espera de la curva que me permitiera rescatar mi dignidad perdida; yo, el inocente declarado culpable; yo el culpable disfrazado de inocente; yo otra vez saliéndome de mi camino mientras mi tiempo se acababa.

A Jacques se lo llevaron en un jeep, a mí me tocó manejar el camión.

Dimos una vuelta a la plaza de mercado, los nativos miraban, La Colombiana y la francesa continuaban su negocio.

Enfilamos por una pequeña callejuela; el cuartel quedaba prácticamente en las afueras del pueblo. La procesión comenzó a caminar por dentro, ya tenía una multitud girando en el estómago, las manos chorreaban sudor, los pies se resbalaban sobre el acelerador, el camión avanzaba como si le hubiera dado un ataque de hipo. Sentado a mi lado, un indiecito vestido de verde olivo, metralleta en mano, saludaba a sus conocidos, prácticamente todo el pueblo, sonreía a La Colombiana, le pedía una rebaja a la francesa.

Frené, el soldadito casi se fue de hocico, me encañonó.

Con el dedo le mostré los cables de luz que colgando atravesaban la callejuela tejiendo una telaraña a la altura del techo del camión.

Al gesto añadí la palabra:

—no pasamos.

—Si mi comandante lo dijo, pasamos.

La lógica militar es imparable.

—Lo que usted ordene mi sargento —dije—, poniéndole un ápice de ironía sazonado de secreta venganza.

—Claro, con los débiles ironiza, no se da cuenta el pelotudo que son más peligrosos que los otros puesto que ellos también han sido humillados y la historia muestra que el humillado se transforma en verdugo humillador si encuentra a alguien más débil.

Y no estaba hablando solamente de los militares, me dije, me estaba previniendo del futuro.

Aceleré.

Derribé como tres postes antes de que me gritara que parara.

Paré.

De ambos lados de la callejuela, demás está decir que no era pavimentada, salieron como escarabajos del interior de las casuchas mujeres blandiendo escobas casi el doble de su tamaño emitiendo gritos guturales.

Nos congelamos, el camión, por lo que era francés, quizás recordaba los gritos de las mujeres de la kasba durante la batalla de Argel, yo, los gritos de las mujeres de Hammamet cuando vieron a La Bella en shorts durante el ramadán, el soldadito, al recordar a su señora.

Nada hay más terrible para un director de teatro que ver a la masa de espectadoras acercándose y subir el vidrio de la ventanilla para evitar los escobazos.

Cuando empezaron a barrernos de la historia, el soldadito reaccionó, dejó de apuntarme y apuntó a la masa.

Santo remedio, la masa congeló su movimiento, no los reclamos, su movimiento. Para lograr despejar la vía, el soldadito negoció —vengan mañana al cuartel a ver a mi comandante, él puede mandar a arreglar los postes y recoger los cables.

Inteligente el soldadito, sabía que el jefe de plaza no iba a mover un dedo, bastaba ver las ropas agujereadas de las mujeres.

Subió al camión y me dio la orden de avanzar, bruto el soldadito.

De un gesto circular le mostré el bosque de cables que nos quedaba por cruzar y la cantidad de escobas por evitar.

¡Entendió! Se bajó, pidió prestada una escoba y se fue delante del camión levantando los cables, un cable, un tercio de rueda; sobre el techo metálico del camión se sentía el deslizar de los cables, mi mente vacilaba entre imaginarse el juego de las chispas confrontando las chispas de la ira de las mujeres o decidir qué hacer con la metralleta que el soldadito había dejado en la cabina para ponerse a caminar, cual cura en procesión, al frente del camión.

Las viejas se persignaban.

En la puerta del cuartel, esperaba el teniente o capitán, las piernas abiertas, brazos a la cintura, uniforme de guerra, bloqueando la entrada al recinto.

El soldadito se le cuadró y presentó honores con la escoba.

—Al calabozo —ladró el jefe de plaza.

Obediente, me bajé del camión.

—Usted no, ése —dijo— señalando hacia el soldado. Todo es su culpa, fue él quien dio el aviso de un camión con extrañas placas, de gente rara que se aprestaba a asaltar el banco, del parecido de uno de ellos con el presidente Ramiro. Sendero Luminoso desmintió que lo hubieran atrapado y el ejército peruano quedó en vergüenza.

—Usted disculpe, puede seguir viaje, pero para verificación tiene que presentarse en la jefatura del ejército en Lima.

Al subir al camión miré por el retrovisor, el soldadito caminaba sonriendo misteriosamente rumbo al calabozo.

Definitivamente estaba de regreso en casa.

En Latinoamérica nada es lo que parecer ser y nunca se sabe con quién se está hablando, si es corrupto o corrupto, amigo o enemigo.

Pasamos por la plaza de mercado a recoger a la francesa, nos quiso cobrar.

Entramos de lleno a Ayacucho, la tierra asolada por Sendero Luminoso, apagamos las luces, en la oscuridad era preferible avanzar cual una sombra sin que te vieran. Por si acaso, la francesa continuó esa parte del viaje un seno al aire, ¡Marianne!, Jacques empuñó una pequeña bandera roja, mientras cantaba

montez de la mine,
descendez des collines,
camarades

Desubicado el Jacques, lo único que no quería era que *les camarades* bajaran a cortarnos el camino.

Al ver la mirada reprobatoria de Muriel y Jacques, saqué la meda-
llita de Lenin que otrora me regalaran y la colgué de la raída bufanda con la que protegía la palabra, no se me fuera a resfriar.

Nos tomamos un sorbito de agüita de ayahuasca y nos pusimos a
cantar "Le déserteur", la canción de Boris Vian:

Monsieur le Président
Je viens de recevoir
Mes papiers militaires
Pour partir à la guerre
…
Je ne veux pas la faire
Je ne suis pas sur terre
Pour tuer des pauvres gens

Cada uno pensaba en un presidente distinto, yo pensaba en las
veces que empuñé las armas, siempre descargadas, no estaba
para matar, estaba para que me contaran.

—No se daba cuenta de que ya lo estaban desapareciendo de la
historia y que los que cuentan, cuentan solamente aquello que les
interesa contar.
El camión, el único que tenía los pies en la tierra siguió viaje al
ritmo de un huaynito.

Tú me juraste quererme,
quererme toda la vida,
no han pasado dos, tres

días tú te alejas y me dejas.

—De seguro estaba pensando en una furgoneta francesa, y de todos es sabido que las furgonetas en Francia no se caracterizan por su fidelidad.

Le tuvimos que añadir un vasito de agüita de ayahuasca al estanque de petróleo, no se nos fuera a deprimir.

La ciudad blanca nos dijo adiós con la mano y nos regaló el olor de sus chicharrones y un vaso de chicha morada para animarnos a seguir; en la lejanía, en Cali, Colombia, a mi hija le dio hipo en la barriga de su madre. La Bella frunció el seño.

Despertamos frente al mar, Muriel guardó su seno, Jacques enrolló la banderita roja, yo metí a Lenin en el baúl de los recuerdos y el camión se enamoró de una camionetita peruana que coqueta mojaba sus ruedas al borde del océano.

Decidimos mirar hacia el futuro y olvidar el pasado, se nos había olvidado presentarnos para firmar en Lima. A decir verdad, habíamos pasado por el lado de Lima sin verla. Había sentido el olor del perfume de jazmines que me llamaba, pero el perfume de La Bella fue más poderoso, desde el primer día, cuando atravesó un millón de personas para envolverme, y al atravesar el perfume al interior de la cabina confirmó la magia de su poder.

Anticipando el próximo puente, pedimos auxilio a Colombia. Perla, la actriz colombiana, preparó los últimos saquitos y comenzó el descenso a reunirse con nosotros en la frontera con Ecuador para permitirnos seguir viaje.

En Cali quedó mi amor, sola, acompañada de nuestra hija que en su vientre preguntaba:

—¿Cuándo llega el papi?, prometió que me recibiría en sus manos.

La Bella le contaba historias, le hablaba de los limoneros que acogieron nuestro amor, de cómo en el teatro de Epidauro habíamos escogido su nombre, de cómo avanzaba la frazada que le estaba tejiendo para abrigarla cuando subiera a los páramos. Le ocultaba que cada noche desbarataba lo tejido en espera de una señal en el cielo, en el mar, en los sueños, una señal que le indicara mi presencia disfrazada de ausencia, o que se acercaba la hora de mi llegada, como prometido.

Me quedaban por recorrer apenas 1720,42 kilómetros para cumplir mi promesa, en tiempo era imposible calcularlo; los caminos se desenrollaban por una dimensión, los nuestros por la otra, el calendario no era el mismo, en unos gregoriano, en otros juliano, el nuestro era luna solar en el altiplano, gregoriano al borde del mar, inexistente en mis escalinatas.

La Bella desenrolló otra madeja de lana dorada para darle legitimidad y viabilidad a mi promesa.

Al llegar a Tumbes, en la frontera norte, los poetas arrojaron versos a nuestro paso en recuerdo de otros tiempos, tiempos de mochila, tiempos hambrientos como los actuales, tiempos de "El correo de la poesía", primer escalón de mis escalinatas.

En qué momento el verso se transformó en parlamento, se preguntaban, en qué momento la palabra se volvió cuerpo y el susurro en palabra en movimiento.

Y sin embargo, desde el comienzo del camino la palabra estuvo en movimiento, saltó del libro al escenario, del placer solitario al placer colectivo transformándose en fiesta pagana donde hasta los dioses bailaban y las reglas escapaban aterrorizadas por las ventanas, no las fueran a ultrajar.

Desde el comienzo fuimos nosotros, la palabra y la imagen fundiéndose en un acto de amor, fuimos nosotros, los ultrajadores.

XXIV. De su lucha contra un zancudo que reinaba en la mitad del mundo

Como en el pasado, una coccinela nos abrió el camino, como en el pasado un muro de palabras se cruzó tras nuestro paso para evitar persecuciones, como en el pasado al otro lado del puente nos esperaban, Perla, la actriz colombiana que durante tres días y tres noches luchó en un cuartucho miserable contra una lauchita que insistía en devorar un jabón francés, única medalla que le quedaba de los 17 festivales internacionales. Al final, con corazón de actriz, se lo regaló —el teatro tiene que entregarse hasta en los jabones —explicó.

Nosotros habíamos desodorizado, perfumado, despertado, lavado el camino desde que dijéramos adiós al Obelisco.

Los corruptos de los vagones de primera se derriten por las joyas, pacotillas que piensan los ponen en valor sin darse cuenta que afichan su valor de pacotilla, los corruptos de más abajo adoran los perfumes, los jabones, los desodorantes franceses creyendo que tapan el olor a alcantarilla de las poblaciones que los vieron nacer y que los acompaña hasta en los tristes salones de la sociedad local.

Nosotros habíamos entregado los perfumes, la francesa había entregado su ropa interior para que un guardia la regalara a su amante la que lo abandonó por su jefe al escalar la escala social, jefe al que a su vez abandonó al deshacerse de las siete polleras y transformarse así en la compañera de la noche más codiciada después de La Colombiana.

Con Jacques no nos quedaba nada que ofrecer que no fuera nosotros mismos y hasta la francesa nos cerró el camino, ni de gratis, ni con promesas de pago en cuotas.

Al otro lado de la frontera Perla esperaba con unos cada vez más escuálidos saquitos, un jabón roído, una laucha amaestrada y los temibles reductores de cabeza.

En el hermoso Quito colonial, Guayasamín, desde las alturas de su estudio, me dijo —debiste haber cuidado el talismán que te regalé, era para controlar la ira y evitar las trampas del pensamiento.

No entendí, hasta hoy no entiendo. Es que es tanto el dolor, tanto el sufrimiento que me rodea, tanta la injusticia, tantos los que gargarizan la miseria, la desigualdad, que la ira sube incontrolable a nacer conmigo en mi escenario, aunque me quede sin público ni aplausos.

Nada hay más terrible para un pobre director de teatro que inclinarse frente al aplauso fácil y cerrar sus ojos para no mirar los que van quedando en el suelo.

—Para la ira están las manos —dijo Guayasamín—, elevando nuevamente las manos de su pueblo clamando al cielo.

—Para la miseria, los esperpentos —dijo Valle Inclán.

Hazlos reír, reír hasta las lágrimas, reír hasta que se den cuenta de que se ríen de ellos mismos, reír hasta que la risa de los desdentados les explote en la cara y salga a correr libremente por las calles, reír hasta que la risa se congele en la boca de aquellos que gargarizan con la risa de los miserables, de nosotros, los desposeídos de mundo que vagamos por la tierra.

Llevados en andas por las manos de la ira, protegidos por las barricadas de "La barricada", reducida nuestra presencia por los Tzánsicos cruzamos el oro, la piedra y la madera, el orden de la fila de indígenas corriendo por las carreteras y el desorden de los indígenas en el mercado; entre Rumichaca e Ipiales cruzamos la mitad del mundo.

Paramos, guardamos silencio, cambiamos de hemisferio, nos dimos la mano, atrás, con tristeza quedaba mi futuro, delante con tristeza mi pasado, en la línea que marca la mitad del mundo mi presente.

Un zancudo se paseaba entre los dos mundos, desorientado, alma en pena que cuando comía se pasaba al hemisferio norte, pero que para alimentarse mordía en el hemisferio sur. No pisé con la rapidez requerida por las circunstancias en el norte, mi pierna izquierda se negaba a abandonar el sur y en ese momento de vacilación, en esa fracción de segundo que anuncia el triunfo o la catástrofe, me picó.

Sentí que mi sangre me abandonaba.

—Era que no, si parecía esqueleto con vestuario de mendigo.

Crucé la pierna, crucé la frontera imaginaria, crucé el sendero que conducía a la ciudad perdida, de plata en el sur, de oro en el norte, el camino de agua santa, el camino a la fuente de la eterna juventud. En mi delirio, pedía que me dieran una botella de ayahuasca, no me importaba reencontrarme con mi pasado, necesitaba fuerzas para encontrarme con mi presente, para llegar al nacimiento de mi hija que desde el vientre de la madre me reclamaba —¡lo prometiste!

El tobillo desapareció, extrañé a los guardias bolivianos, tuve que parar a comprar una alpargata que contuviera el desparramo de mi pie derecho, los dedos parecían empanadas de horno, de esas rellenitas, jugosas, calientes, de esas de mi infancia que poblaban la mesa dominguera en casa de mis padres; el pantalón me apretaba como me apretaban la cabeza mis recuerdos, ambos, la pata derecha y mi cerebro se alistaban a estallar, la espiral daba vueltas cada vez con mayor rapidez —el maelstrom —exclamé aterrorizado—, y mis dedos se aferraron a un volante imaginario impartiendo direcciones circulares para ordenar la escena. Era tal el caos que nadie encontraba parlamento, que nadie encontraba salida, que nadie encontraba espejo al que dedicarle una réplica de amor.

El agüita de ayahuasca y las lágrimas de mis actrices calmaron mi fiebre, el mosquito me pidió perdón —no me di cuenta de que había perdido sus defensas y que hasta la más mínima picada en usted se transforma en una hecatombe.

—Debe ser lo del teatro, usted sabe.

La línea

Acercándote, pues, a este paraje, como te lo mando, ...
abre un hoyo que tenga un codo por cada lado;
haz en torno suyo una libación a todos los muertos,
primeramente con aguamiel, luego con dulce vino y a la
tercera vez con agua, y polvoréalo de blanca harina.

Pronto comparecerá el adivino, ... y te dirá el camino
que has de seguir, cuál será su duración y cómo podrás
volver a la patria, atravesando el mar en peces abundo-
so.

La Odisea, canto XV

XXV. De donde explica cómo la locura le permitió sortear la violencia que azotaba Colombia

Durante siglos, el agua —barreno punta de diamante— fue construyendo el puente que nos unía con la constancia del minero que cavó los socavones en las altitudes para arrancar el fruto de la tierra, y fue horadando la roca para formar un puente natural, símbolo de mi continente, cáscara de piedra a la que le habían sacado el corazón.

Por él pasó Huayna Capac para conquistar el sur de Colombia, por él pasamos nosotros para conquistar los escenarios. Desde Cusco nos acompañaba su sombra, desde Cusco el agua de sus acueductos nos aliviaba la sed, desde Cusco nos repetía: si no nos hubiéramos dividido, el Tahuantinsuyo hubiera crecido aún más poderoso para el bienestar de todos; pero fue la ambición de los de los vagones de primera, de los hombrecitos grises la que hizo que ya no se trabajara para el Inca y el bienestar del pueblo, sino para saciar el apetito de riquezas y poder de aquellos que habían estado y perdido el poder, de aquellos que aspiraban al poder, de aquellos a los que la corrupción se les había pegado en la piel como la hiedra en el muro.

¡Ay, sí, sí, sí!

Al otro lado del puente Rumichaca no se distinguían los hermosos y multicolores verdes de Colombia, la droga había invadido la tierra.

Un nuevo imperio, el imperio de los narcos reinaba en aquella parte del Tahuantinsuyo extendiendo sus garras sobre el resto del país, de Rumichaca a la Sierra Nevada, ni siquiera el muro de selva, piedra, serpientes de cuatro narices y mosquitos del Darién pudo contenerlo.

Lo que nadie había logrado, ni Huayna Capac desde el sur, ni Bolívar desde el norte, lo lograron los narcos, emperadores que sometieron las almas, cuerpos, billeteras, creencias y principios. Uno tras otro, aquellos que detentaban el poder o algo de poder o que ambicionaban el poder, el de las urnas, el de las armas, el del dinero, se rindieron ante la peste blanca, el nuevo mal del siglo en ese remanso de violencia.

Comencé a sentir las primeras contracciones, tenía que ponerme en movimiento y nuevamente me encontraba detenido sentado en un duro banco de madera en la ciudad de Pasto, esperando impaciente —érase un día viernes— y los sábados y domingos la aduana cerraba sus manos. Saquitos ya no nos quedaban, además, en Colombia los precios habían subido por esa vaina de la droga. Lo único de algún valor, cándidamente pensaba, era una invitación oficial para participar en el Festival Internacional de Teatro de Manizales.

Un militar, el jefe de plaza pasó frente a nuestro banco, continuó su camino, se detuvo, regresó y me apuntó con el dedo.

Medina, mi verdugo en Rancagua, temblé.

Me paré. Como un autómata abrí las piernas, no mucho, lo suficiente para conservar el equilibrio y al mismo tiempo amortiguar el paso de las botas hacia mis testículos, crucé mis manos en mi espalda para que me las amarraran, cerré mis ojos para conservar en mi mente la distribución de la sala y calcular de dónde vendrían los golpes, y esperé la venda y la primera pregunta.

—¿Qué hace por estos lares? —preguntó una voz con un dejo de genuino interés y un marcado acento paisa.

—Soy un pobre director de teatro —dije lastimeramente—, y comencé a hablar de los festivales internacionales. Alcancé a llegar a Aviñón, estaba describiendo la ciudad amurallada, los puentes de piedra, los grupos venidos del mundo entero, una ciudad que de ocio se convertía en una ciudad en ebullición donde en cada rincón nacía una propuesta teatral...

—Momento, maestro —me detuvo.

Maestro y no doctor, buena señal para aquellos que hemos vivido en Colombia. Ordenó unos tinticos y se sentó a mi lado para escuchar el resto de la historia.

—... y así fue como llegué a Pasto en viaje al Festival de Manizales y para asistir, como se lo prometí, al nacimiento de mi hija que junto a La Bella entre las bellas me esperan bajo la sombra de un mango en el patio del Teatro Experimental de Cali.

—¿Donde el maestro Buenaventura?

—Donde Enrique.

Se levantó y levantó la voz. Hasta el puente de piedra en la frontera tembló, y hacía tanto tiempo que no lo atravesaba un sentimiento.

—En Colombia nadie detiene el paso a un grupo de teatro invitado al Festival de Manizales, traigan otro tintico y los papeles firmados y timbrados para que continúen viaje.

Conocía el festival, conocía a Enrique y a su grupo, los había visto pasar, caravana al viento, en una y otra dirección para orgullo de Colombia. ¡Había sido espectador!, y cuando se es espectador se es parte, se pertenece, se es palabra, se es diálogo, se es actor sentado entregando su parlamento, se es familia con alma de saltimbanqui.

Me dio otra contracción, tenía que apurarme. Trajeron los papeles firmados cinco minutos antes de que cerraran las puertas de la aduana.

En el momento de subir a la cabina, el jefe de plaza me dijo en voz baja —¿usted era el Tercer dios, no es cierto? Dígale a los otros dioses que encontró una buena alma en Pasto.

Hasta Wang, el aguador, se sorprendió.

385 kilómetros marcaban la diferencia entre una promesa y palabras vacías de contenido arrojadas al viento. Las campanas de Popayán, solidarias sobrevivientes de la violencia de la tierra, la única que se puede sobrevivir en Colombia, repicaron a nuestro paso para darnos fuerza. En Cali La Bella abandonó la sombra del mango para ir a perfumar su cuerpo en un baño de orquídeas y suavizar su piel con aceite de coco. Se vistió de blanco con la túnica que habíamos comprado en Grecia y se sentó a dar las últimas puntadas a la frazada que protegería a nuestra hija.
En el vientre la hija se dio vuelta —ya estoy lista —dijo aliviada.
Faltaban tres días para su nacimiento.

Orgulloso, el camión se detuvo frente al TEC, por la puerta derecha bajaron Perla, Muriel y Jacques, por la puerta izquierda, yo, el experto chofer de camiones de alto tonelaje, yo, el pagador de promesas, el pagano que paseó por los caminos con el teatro a cuestas para depositarlo, junto a mi cansado cuerpo, sobre el escenario en el templo de mis salas.

El cielo celoso se abrió al paso de La Bella al igual que la multitud celosa se abriera aquella primera vez en Francia para permitir que mis ojos se perdieran en los suyos.

—Quiero escuchar tu voz, para asegurarme de que en el viaje no te cambiaron —dijo la hija desde el vientre—, recuerda, en Latinoamérica no todo es lo que parece ser.

Me acerqué al vientre de La Bella para hablar con mi hija sin intermediarios, perdona luna, es que nunca la tuve tan cerca. La hija respingó su naricilla y se dio media vuelta, la madre respingó su naricilla, pero no se dio vuelta.

¡Qué desafío para un director de teatro el poner sobre la escena una obra dentro de una obra!

—Es una fierecilla, la hubieras sentido patear mi vientre cuando no le gustó *Calígula*, tuve que salirme de la sala.

Yo también me hubiera salido, la maldad, la destrucción, la sufro, no la subo al escenario, no sea que alguien se deje tentar y desencadene el horror e intente imponer, a través de asesinatos indiscriminados, la obediencia ciega a sus designios.

Un monstruo emboscaba los caminos de Colombia, ensombrecía los cielos de Colombia, infectaba los ríos y mares de Colombia. Un nuevo tirano construyendo monumentos a su locura en absurdo desafío a la cordura. Odiado, temido, amado, un Calígula paisa imponía su ley a través de una nueva guardia pretoriana: los sicarios.

Fue tanta la locura que a su muerte elevaron monumentos en su gloria añadiendo locura a la locura.

—Cordura, añadiendo cordura a la locura, estaban desafiándonos a ver lo que se esconde tras los monumentos.

Un escalofrío recorrió la espalda de mi hija no nacida.

¡Que los dioses del teatro nos protejan!

—¿Han pensado dónde va a nacer ese lío? — preguntó Enrique tras abrazarme.

Solamente en ese momento tomé conciencia de mi locura y la locura en que había embarcado a los seres que amaba, pensé en los limoneros, el teatro griego se abrió ante mis ojos, Hammamet me ofrecía las blancas arenas, el mar y su piscina rodeada de jazmines, París abría sus piernas coronando los Champs Elysées para dar paso a una ambulancia camino a la Pitié-Salpêtrière.

Límpiela con hojitas de coca, no, dele agüita de ayahuasca, eso facilita el parto; lloré de culpa, de culpa por haber llegado tarde y sin un mísero saquito.

Los dioses se apiadaron, era tanta mi tristeza, tan grande mi culpa, tan poco mi arrepentimiento, que tres días más tarde, cuando las contracciones eran incontenibles, del mango que habitaba el patio del Teatro Experimental de Cali cayó una hojita con el nombre de la mejor clínica de la ciudad. Su dueño era el hermano de Enrique.

En Colombia los locos, los poetas y la gente de teatro siempre

314

tendrán una mano amiga que les permita continuar su tarea: pelearse el centro del escenario para representar la vida.

Entré a la sala de parto —espérame —dijo La Bella—, esta vez yo voy primero.

—Prima donna —dije para mis adentros.

No era el momento de explicarle que todo director de teatro entra el primero a la sala, necesita estar solo para hablar con ella, para escuchar su historia, para conquistar su amor y pedirle excusas por poseerla, explicarle que no está celoso de aquellos que la poseyeron en el pasado, que cada puesta en escena es un nuevo acto de amor que comienza en el pasado pero que se la está poseyendo por primera vez.

La Bella abrió las piernas y apoyó sus pies contra el dintel de la puerta de entrada a la sala de partos, la camilla se trancó, la hija casi sale disparada, la luz blanca y brillante era la causa del trancón.

—*La autopsia*, me recuerda a *La autopsia* —dijo La Bella, y pese a que su papel era el principal no quería entrar a la sala de partos.

—Es la luz de Grecia cuando nos revolcábamos en los campos de lavanda, es la luz de los limoneros, de tus ojos, potentes reflectores que iluminaron mi camino, es…, decía para calmarla.

—Es tiempo de cerrar las piernas, el doctor anda en el cine viendo *Amadeus*, y todavía están en el intermedio —dijo la enfermera con autoridad de cartón piedra.

Cruzó las piernas y esperamos tomados de la mano. No era la costumbre en aquellos tiempos, pero me dejaron entrar a la sala, no era la costumbre, pero me dejaron cortar el cordón umbilical, no era la costumbre, pero se transformaría en la costumbre después de que la noticia de su nacimiento saltara del paraíso al balcón, del balcón a la platea y de la platea al escenario; hasta las luces se doblegaron frente a su belleza, al color miel de su piel, y con sus rayos la cobijaron.

La recibí en mis manos, como prometido. Nunca antes había tenido algo tan delicado entre mis manos, nunca antes tanta belleza había surgido de lo profundo de la carne, todo en ella era imperfección, y al igual que la madre la suma de las imperfecciones daba tanta perfección que producía dolor al mirarla.

Purifiqué su cuerpo con aceite de oliva, calcé sus pies con dos hojitas de laurel a modo de coturnos, corté el cordón umbilical con el cuchillo de los sacrificios y le dije —estás libre, sal a correr por los escenarios de la vida.
Nunca otra noche más bella de mayo he vuelto a vivir.

Como había olvidado su ropita en el carromato, la enfermera protegió su cabeza con una gasa e improvisó una túnica con una blanca sábana.
Formando un cáliz con mis manos levanté su cuerpo apuntando al sur, luego al norte, luego al este y finalmente al oeste para que supiera que todos los caminos le estaban abiertos, todos menos el de regreso a nuestro pasado.
Levantó su cabecita, abrió los ojos, dos luceros iluminaron el mes de mayo, la giró y se recostó mirando hacia otro lado, había entrado al mundo del teatro sin un llanto, sin música que la anunciara.

Llegó su belleza coronada por una sonrisa.

———

Nació en una brecha en el tiempo de la locura.

Yo, el que cuida todos los detalles, había olvidado las hojitas de coca.

Ello la volvió vulnerable.

Eran las cuatro de la madrugada, la luna comenzaba a retirarse, el sol asomaba tímidamente para que sus rayos acariciaran su piel y al igual que a su madre, en ella grabó siete marcas, el camino hacia la felicidad.

El taxi enfiló hacia la séptima con octava, los cañaverales saludaban a la recién llegada, el taxista, valluno de tomo y lomo, preguntó —¿Es varoncito?

—No, hembrita.

—Lo acompaño en su sentimiento, el próximo será varoncito, no siempre sale lo que se quiere.

Y por tanto, había salido lo que queríamos.

En el corazón de la sucursal del cielo, en la puerta de su sala, esperaba Enrique —muéstrenme el lío ese —pidió. La tomó en sus brazos, bajo el mango le hizo oír uno de sus poemas, luego entró en la sala y la paseó por el escenario —bienvenida a la familia —le dijo—, pintándole con yodo una espiral en su barriga.

Mientras tanto, por el puerto, por Buenaventura, en ese preciso momento entraba el carromato que desplazaría a los actores por los caminos de Colombia, por los caminos de Venezuela, por los caminos perdidos que habrían de llevarme de regreso a mi país.

En Francia había comprado un carromato dorado, no por realeza, dado que provengo de la casta de juglares, no por arrogancia, dado que me desprendí de ella cuando me vestí de teatro, no por dar placer a los nobles, dado que prefiero al público del paraíso, lo compré dorado porque hasta en el país de la flor de lis era considerado chabacano y por ello rechazado y dado a un precio que hasta un miserable se podía permitir.

Eso era en Francia, en Colombia, era la envidia de los narcos, de los ministros, de los que poblaban los vagones de primera, y era motivo de asombro para aquellos que perdidos en los campos cultivando fruto prohibido vieron pasar innumerables veces un trozo de sol surgido de la ciudad perdida de Guatavita.
El camión se puso celoso y no quiso partir hasta que le pintáramos una flor de lis dorada en su parte trasera.

La realidad es terrible, la realidad golpea, la realidad obliga a tomar decisiones que uno intenta evitar, a asumir responsabilidades terribles. Armé la pirámide, hogar y escenografía, falso cartón piedra que mostraba la realidad, entrañas de cartón piedra, pálido reflejo de una nueva realidad. Los reflectores salían de sus cajas para colgarse de las nubes de Cali, los vestuarios se desperezaban tras tan largo viaje, me llegó el momento tan temido, a mí, al que me habían expulsado de mi tiempo y calendario: tuve que reemplazar a La Bella entre las bellas, la madre de mi hija.

Madre e hija me dieron la espalda, mi hija no permitió que le cambiara el pañal, traté de explicarles que no tenía otra solución, falto de palabras y de gestos me dirigí a la puerta, salí y me fui triste como padre, alegre como director, a la sala de ensayos.
Una nueva actriz me esperaba, piedra bruta, hielo eterno, cardo

seco en un jardín de flores, flor marchitada en la semilla, los ojos... al menos tiene dos, dije entusiasmado. Algo es algo.

Nada hay más excitante para un director de teatro que trabajar con la nada, nada hay más hermoso que transformar la piedra bruta en diamante, o al menos en carboncillo, nada hay más bello que hacer germinar la palabra en terreno seco, dar movimiento a la imaginación inválida para que corra sobre el escenario, nada hay más importante en la vida de un director que el poder partir de cero para ofrecer el infinito.

En tres semanas el TEC me entregaría su escenario. Nada hay más hermoso en el teatro que el que un grupo entregue su corazón a otro, y al corazón de un amigo no se le traiciona.
Comencé a ensayar día y noche.
Primero a solas, me tocó enseñarle a amar para luego amar a su audiencia, a negarse para luego entregarse en cuerpo y alma, a ocultar un seno para que al sacar el otro el público explotara de deseo, a caminar de algodón y no de roca, a salirse del riel del mal actor hacia la maraña infinita de senderos, a caminar en diagonal, a aquella que solamente caminaba en áspera línea recta; le enseñé a cantar para que al quitarle el sonido diera musicalidad al parlamento, le enseñé a mirar al otro actor para besarlo con sus pestañas a la distancia, le enseñé tantas cosas, yo, el aprendiz de brujo.

En mi vida había transformado a un mendigo alcohólico en un gran señor y a un gran señor en un mendigo rajadiablos; a La Bella en asco y al asco en hermosura; al odio en amor y al amor en un mar de celos; a los únicos que no fui capaz de transformar fue a mí y a mis torturadores.

A las dos semanas se abrieron las puertas de la sala y entró La Bella cargando un canasto de paja. En su interior mi hija. Me acordé de las mujeres vendiendo las deliciosas tortas de manjar o alcayota en el andén de la estación de Curicó. Ambas se plantaron frente al escenario e impusieron, una con palabras la otra con un berrido —nosotras hacemos la asistencia de dirección.

Nada hay más terrible para un director de teatro que tener dos divas encabritadas al mismo tiempo, a una se la puede controlar; pero ¿dos?, no se lo deseo ni a mi peor enemigo.

La Bella alimentó con sus senos a mi hija y al escenario, transmitió amor, paciencia, dulzura y celos, descubrió los secretos de sus pasos para que otra los recorriera, se entregó al igual que se entregara en Hammamet.

La más pequeña puso límites a la escena, hay cosas que quedan en familia.

Colón renació en Cali, pero el calor de la ciudad, el perfume de tierra caliente hizo que, vestido de torero se meneara más que una palmera y más que conquistar quería ser conquistado. Las prostitutas eran pálido reflejo al lado de las prostitutas nacionales, tuvieron que hacer un esfuerzo sobrehumano para competir en olores, lascivia, oferta; usando el más bajo recurso de cartón piedra, saqué a la francesa de debajo de la manga y la paré junto a La Colombiana.

La obra se encabritó, hasta la vela andaba por un lado mientras Colón se ahogaba en alta mar, a los técnicos tuve que calmarlos, tres veces dejaron sin luz al barrio, querían conectar hasta las lu-ciérnagas, los fantasmas cobraron vida, y un día a medianoche, cuando salen las brujas a conversar con los magos sonaron tres golpes sobre el escenario, un actor avanzó desde la sombra. Estábamos en Latinoamérica.

—No, estaban pisando teatro; no es lo mismo.

Dos meses habían transcurrido tras el nacimiento, dos meses y una semana desde mi llegada, horas desde que termináramos temporada, estábamos listos para seguir viaje.

—Cuídense —dijo Enrique—, les va a tocar cruzar La Línea, y esa joda es temida hasta por los más valientes, no solamente en la subida, no solamente en la bajada, incluso en las paradas en la noche cuando los bandoleros salen de sus cuevas para asaltar y ofrecer sangre fresca a los espíritus del cerro. Está a 3250 metros de altitud y hasta allí no llegan los dioses del teatro.

—3250 metros, *ça c'est la rigolade* —dijo el camión, mostrando sus heridas.

—Cuídense, La Línea se ofrece cual hembra imposible de recha-zar, te envuelve en sus curvas y te arroja al abismo una vez satis-fecha.

El camión se puso triste y bajó sus focos, se acordó de la coqueta camionetita peruana.

—Cuídense, La Línea separa lo real de lo imaginario, el pasado del futuro, la bondad de la maldad, La Línea es el comienzo de la do-ble espiral, la de vida, la de muerte y no se sabe cuál es una y cuál es otra.

—El maelstrom, pero el maelstrom desdoblado en espejismos que hacen tomar la curva sin que se sepa si es la que corresponde o la equivocada.

No entendí, nunca he entendido cuál es la correcta y cuál es la equivocada y quién determina que una sea una u otra; dónde desemboca una y dónde la otra; nunca he podido imaginar qué hubiera pasado si hubiera tomado la curva que no era o la que era sin saber que era, y temblando de incertidumbre, yo, el conductor, fijé la ruta: Santa Fe de Bogotá.

Allí no podría extraviarme, venía de Francia, venía de la lógica, venía de los números, y en Bogotá, a diferencia del resto de Colombia, todo era lógica:
al sur: los pobres,
y yo era puro sur;
al norte los pudientes
y yo era impudente;
en su centro sumaría pesadillas
o restaría sueños,
avanzaría o desaparecería;
en Santa Fe todo era cartesiano
a mayor el número de las calles
mayor era la riqueza,
a menor el número de las calles
mayor era la pobreza,
y yo, era el cero;
era aquél que no tenía número
por lo que yo, el poseedor,
nunca me puse en la fila de los mendigos.

———

Entraremos por el sur, por el lugar de los que no tienen número, los desposeídos de la tierra, avanzaremos hasta la fuente de Quevedo para calmar la sed, prometía, pero la fuente se había secado. En Santa Fe de Bogotá, y eso no lo sabía, convivían la cuna y el cementerio, la luz y las tinieblas, ambos bajo el mismo techo, creo y destruyo para poder crear, como si creación implicara destrucción. Algo había cambiado en mi Colombia, un manto blanco la había cubierto para endurecer su alma.

Nada hay más hermoso para un actor que el morir para renacer, que el alcanzar el último peldaño de sus escalinatas para ofrecerse en sacrificio voluntario.

Nada hay más terrible para un actor que el que lo asesinen en su camino hacia el sacrificio, que lo cerquen para llevarlo a la obediencia ciega.

Nada hay más hermoso para un actor que el que le arranquen los ojos para que pueda ver tras los decorados de cartón piedra los senderos que le permiten salir de los entremuros y romper el cerco.

—Hasta los valientes tiemblan cuando hay que cruzar La Línea —repetía Enrique—, y yo, yo era cobarde.

Salí de Cali atesorando en mi memoria los sueños de los mendigos, de las prostitutas, de los niños de pies descalzos que se vendían en las esquinas, del cura loco que bautizó a mi hija, del árbol del teatro, aquél que sobreviviera el bombardeo del mal que aquejaba a mi Colombia. Salí llevando a cuestas el dolor de mi recuerdo destruido por la llegada de una nueva era, la de los mercaderes que salieron de las tinieblas para apoderarse de las plazas de mercado.

Salí hacia mis sueños, mi destino y mis pobres escalinatas.

Al llegar a Cartago, una figura conocida, parado sobre una piedra, Germán, saltimbanqui que cuando había que descargar aparecía de la nada y descargaba, cuando había que cargar emergía de la sombra y cargaba, cuando alguien olvidaba un parlamento salía del libreto y se lo recordaba. El vestuario aparecía planchado sin que nadie lo estirara, los agujeros de los trajes de mendigos remendados, los rompíamos antes de cada función y volvían a aparecer remendados; cuando se iba la luz, aparecía el haz de una linterna entregando el ángulo preciso y al actor designado, cuando descansábamos en un ensayo, en lo más alto de la pirámide aparecía una sombra, gárgola colombiana colgada escuchando; al llegar a Cartago una figura conocida parada en la proa de un barquito de papel flotando sobre una piedra para que no dejáramos de verlo, Germán, vestido de Colón colombiano nos esperaba.

Frené.

No cabía un alfiler en el auto, no cabía un alfiler en el camión; pero un actor es un actor y no un alfiler, a menos que se lo pidan.

Subió al camión con sus pertenencias, una muda de ropa, un suéter gastado y una flauta —estoy aprendiendo, por si me toca hacer la música —dijo.

Desde Cartago, puerto seguro, entramos de lleno en la magia de Colombia, los colores nos asaltaban incluso cuando eran los hombres quienes asaltaban. Las manos en alto eran acariciadas por las nubes, las requisas pasaron a ser nuestras autopsias cotidianas, los saquitos se convirtieron en perfumes, desodorantes, lavadoras, hasta los recuerdos ofrecíamos, mini obras contando cuentos, nosotros los contadores de la esperanza:

—desde París yo vengo a pagar una promesa...

El cielo tocó tierra y sobre la puerta de entrada a una finca, en un arco de cemento que marcaba el comienzo de lo ilimitado, una avioneta. Con una de sus alas acarició al camión, se miraron, se desafiaron, ambos habían coronado, una, manto blanco, el otro, la cima más alta de la cordillera; en algo se parecían: ambos se habían escondido, una de los guardias, el otro de los guardias; en mucho se diferenciaban: una destruía sueños soñando, el otro ofrecía un mundo en el que tienen cabida los sueños; una encerraba hipopótamos y jirafas, el otro liberaba al hombre de los fantasmas de la historia, una yacía prisionera los pies clavados en el cemento, el otro circulaba libremente en busca de un escenario en el cual poder descansar y nuevamente entregarse.

Cerca, en el cañón de Las Hermosas, la belleza perdía la belleza y los comandantes se vestían de narcos, cerca, en los brazos de La Bella crecía la belleza.

En algo nos parecíamos, ambos nos ocultábamos para sobrevivir, en algo nos diferenciábamos, uno era la muerte, el otro la vida.

Estábamos llegando a Calarcá, al otro lado Cajamarca, entre ambos, La Línea —cuídense, no todo es lo que parecer ser y no todo lo que parece ser es, hay que aprender a no mirar para poder ver.

Necesitábamos retomar fuerzas, La Línea no se cruza con el estómago vacío, pedimos un plato de sopa, humeante, espesa, la superficie sin una ola, lisa como una autopista de esas que hace tanto tiempo no veíamos, pero tan rica en sorpresas como un camino de tierra. Hundí la cuchara retorcida y sucia, y ¡a quién le importa si la cuchara es de oro, de plata o de lata cuando hay hambre y se va a enfrentar a La Línea! Desde lo más profundo del plato surgió una cresta de gallo, la cresta se debió sentir rechazada ya que saltó de la cuchara y se volvió a sumergir en la sopa. Lentamente, como pidiendo excusas, sumergí la cuchara por segunda vez y... esta vez no salió una cresta, apareció una pata de gallo, crispada, los dedos encogidos, los tendones al aire. Para distraerme y dejar de pensar en La Línea y mi futuro, tiré los tendones, tiraba uno y se movía un dedito de la pata, incluso con los dedos se podía reproducir una melodía en el borde del plato de lata.

Esta vez no le di chance a que se sumergiera, comencé a chupar los deditos, cuando hay hambre, ¡a quién le importa adónde se fue el resto del animal!, la cresta y las patas son un manjar de actores que supera un *coq au vin*.

Regresamos a la caravana, al subir al auto el canasto con nuestra hija me di cuenta de que estaba feliz chupando una pata de gallo; este lío va a salir peleadora, pensé.

Comenzamos el ascenso hacia el infierno, las luces de Calarcá se perdieron en la lejanía, nuevamente íbamos camino a tocar el firmamento. Miles de curvas jugaban a ofrecer el camino equivocado, una de ellas nos condujo a las tinieblas eternas, de entre ellas surgió un campesino envuelto en su ruana, escopeta en mano apuntando hacia nosotros.

Paramos.

—No sigan, no es seguro.

Buscando protección nos acurrucamos al borde del camino, hacía frío en La Línea, de esos fríos que calan el cuerpo y enfrían el pensamiento, de esos fríos que hacen tiritar, pero no de miedo. La Bella envolvió a nuestra hija con el manto tejido en mi ausencia.

Nos pusimos en la fila de los miedosos, hasta los más valientes estaban en la fila; por unas míseras monedas campesinos armados, preservaban nuestras vidas.

Dormí, desde Francia que no dormía sintiéndome seguro.

Cuando despertamos, las tinieblas se habían disipado, los guardias campesinos habían desaparecido, la pata de gallo de mi hija se había esfumado, de ella lo único que encontré fue un pequeño arañazo en su labio superior —debe haber sido gallo de pelea, y la perdió —dije con orgullo levantando a la ganadora entre mis brazos.

Formamos un círculo, abrí el libro y leí el capítulo séptimo, versículo 33: cuando se enfrenta una cuesta de esas que parecen sobrehumanas, se sube lentamente sin nunca detenerse, cuando se baja una cuesta de esas coronadas con fuerza sobrehumana, se baja a la misma velocidad con la que se subió; menos es aceptable, más hace que se agarre vuelo y ya nadie lo para.

—Nadie no, lo para el último muro en su vagabundear por las escalinatas.

No frene, y si tiene que frenar apoye su pie en el pedal como si fuera una mano sobre un seno, suavemente y no por tiempo prolongado, si se recalienta se va cortado.

Cerré el manual de la Renault y continuamos viaje, abajo, a 1800 metros de altitud se encontraba Cajamarca, un vaso de masato y un trocito de lechona, el todo haciendo equilibrio sobre precipicios: los de la cordillera y los de la violencia.

Prefiero desafiar a la muerte de la cordillera a la bestialidad de la de los humanos.

En Colombia no todo es lo que parece ser: los campesinos eran campesinos, las armas eran armas, el miedo era real, la protección no era protección, había caído en una pesca milagrosa, estaban vacunando o raptando.

—Se salvó por lo que el campesino de más edad lo reconoció. Usted lo había olvidado, era el que estaba sentado en los sacos de café, en tierra caliente, cuando años ha hizo aquella vueltica, quizás el frío no le permitió reconocerlo. Eso lo salvó, eso y el que vio a la niña. Dio la orden de dejarlos tranquilos y de velar su sueño. Nunca lo supo, y para que lo sepa, los milagros no existen, en Colombia, a veces, todo es lo que parece ser.

Los motores ronronearon y seguimos viaje. Al pasar por tierra caliente antes de subir a Santa Fe de Bogotá, en una bodega, sentado sobre unos sacos de café un recuerdo sonreía.

Entramos como entran los desposeídos, sonriendo; llegamos como llegan los miserables, esperanzados; entramos como entraron los comuneros, los oídos cerrados a los cantos de sirena; entramos como entran los despojos de la historia, desaparecidos; entramos como entra el toro a la arena, a dar combate sabiéndose perdido; entramos como entra el actor a escena, sabiendo que al final de la función desapareceríamos. Entramos por la carrera séptima, llegamos a la calle doce, seguimos a la segunda y nos detuvimos frente a La Candelaria, estábamos en el barrio, en la ciudadela de la cultura, en el fuerte del pensamiento, estábamos a la merced de la Segunda prostituta de *El alma buena de Se-Chuan*.

A puta, puta y media, enfrenté mis prostitutas a las suyas, el choque fue grandioso, sobre la arena, el drama, en las graderías el deseo, a un seno agresivo opuse un seno destilando amor; al pachulí, el perfume del amor; al precio del amor en oro, el precio de una modesta bandeja de comida; a las telas monacales de la Segunda prostituta, el colorido de las telas transparentes venidas del mundo entero para desvestir mis prostitutas; al tiple opuse el silencio, yo, el luchador, respeto la música que me negaron.
Hasta mi hija, coqueteando, sacó una piernecita regordeta de entre las frazadas para participar en la batalla.
Terminada ésta, abracé a Santiago y entre ambos recogimos los restos dispersos y cansados de los actores y las actrices.
—¿Un tintico?
—Por supuesto.
Entramos al teatro, pero entramos por puertas diferentes, nosotros a la sala "Seki Sano", nombrada así en honor al maestro japonés que enriqueciera su propuesta teatral con la técnica de Meyerhold, el discípulo de Stanislavski, el actor del Teatro Arte de Moscú, el actor que dudó, el actor que escapó de la uniformidad y rigidez de

la interpretación para crear su grupo y presentar una propuesta diferente, el actor y director que buscó ampliar los límites de la puesta en escena bebiendo de la savia de la Comedia del Arte. Meyerhold, que en 1918, al año del triunfo de la Revolución se incorporó al Partido Bolchevique, creyendo, soñando con un mundo mejor, buscando romper los límites de la intolerancia, buscando abrir nuevos caminos para el teatro en esa nueva sociedad.

Meyerhold, que más tarde se opusiera a los fijadores de límites, el creador que no pudo aceptar los límites del realismo socialista y los hombrecitos grises, comisarios encargados de velar por su aplicación ciega.

Meyerhold, el hombre de teatro, se les opuso. Stalin declaró su teatro contrarrevolucionario y fue expulsado del Partido y torturado. Firmó una confesión, no lo sentaron en el cajón con vidrios, lo fusilaron, eran otros tiempos.

—Prefiero el cajón con vidrios, a eso uno se acostumbra, a los fusilamientos no.

"¿De qué democracia y libertad de creación me habla?", resonó en mi memoria.

Seki Sano, maestro y discípulo, quien había sido invitado a trabajar a Colombia en la época de Rojas Pinilla, y que formó, entregó y se entregó hasta que fue expulsado del país.

En silencio entré en la sala, a la conjunción de historias suspendidas en el aire, ocultas por los muros, raíces intentando romper muros.

———

¿Qué hace la diferencia entre el pasado y el presente, entre una historia y otra?, me preguntaba mientras buscaba nuevos caminos, nuevos puentes, nuevos espacios, una nueva forma de cruzar las salas y los escenarios.

Necesito una curva que me descarrile, a mí, el descarrilado, y me devuelva a los peligros de la creación.

Napoleón nos ayudó. Mitad hombre, mitad pez se desplazaba entre "La candelaria" y la "Corporación Colombiana de Teatro". Cual delfín, había logrado sobrevivir navegando en las tormentosas aguas del teatro colombiano. No era actor, quizás por ello; no era director, quizás por ello; no era nadie, quizás por ello. No sabía nada y conocía los secretos de todos, no dominaba la palabra y todos le pedían consejos, sin ser Don Juan calmaba la disputa entre las bellas; sin rebajarse recogía los cuerpos embebidos de alcohol que yacían desparramados en el piso producto de las fiestas.

Napito era una sombra indispensable, la vida le enseñó a defenderse; el aceite hirviendo selló sus piernas, solo el amor logró separarlas y transformarlo en un susurro que se deslizaba por los muros, quizás por eso logró sobrevivir y vivir del teatro.

Nunca levantó la voz, y era el único al que le permitían apropiarse de una réplica cuando todo era colectivo, todo menos el parlamento que, yo, el creador de la palabra, encontré deslizándose en una improvisación.

Por tres palabras se mataban entre ellos, se autodenominaban: yo, el dramaturgo analfabeto; yo, el rey Midas de la chatarra, palabra que toco se transforma en parlamento y me pertenece y si alguien tiene la osadía de decir mis palabras, yo, el Hacedor de nada, se las ve conmigo.

Nadie podía decir la réplica del otro aunque se perdiera en el mundo de las frases nunca dichas, del gesto no acabado, aunque la memoria del Hacedor de frases hubiese fallado con el tiempo; nadie, excepto Napito al que por ser nadie todo le era perdonado.

Napito, el maestro marionetero,
ocultó los hilos de su amor por Vitito, adolescente surgido de la calle, recogido y poseído por pinceles en Cali, trasladado escondido en el vestuario por Napito, su príncipe azul, delfín que lo traía a las alturas para depositar su amor a la sombra de la virgen de Monserrate.

Sobrevivieron en la calle primera, al otro lado de la plaza de mercado, protegidos por los olores, las vendedoras, las raíces, las fuentes llenas de crestas de gallo y patas de gallina, sobrevivió su amor alimentado por las plantas que curan las heridas, la de las quemaduras de aceite hirviendo, las marcas dejadas por las botellas rotas rasgando la piel, las heridas del corazón de Napito por lo que Vitito le era infiel.

Napito nos dio refugio, náufrago de la vida se solidarizó con los náufragos de sala. Cuando llegamos a su departamento, de las piezas comenzaron a salir otros nadies, otras sombras como él, todos mensajeros refugiados en diferentes institutos donde la inquisición no los buscaría, el colombo-RDA, el colombo-soviético, el colombo-amistad de los pueblos... habían escondido sus frágiles cuerpos y sus sueños en las fauces del estalinismo colombiano y sonriendo con malicia escondían sus secretos tras la puerta. Era su única defensa.

La gira se había desbaratado, la demora en llegar había sido fatal, los saquitos se habían quedado en el camino, había que conseguir nuevas presentaciones, el Festival de Manizales aún se encontraba lejos, se acababa el tiempo de los franceses, tenían que regresar a retomar sus trabajos, buscando los pesos para repatriarlos organizamos una temporada en la "Seki Sano", sin embargo algo no estaba funcionando, las luces no llegaban a tiempo hasta que simplemente no llegaron.

Algo oscurecía el cielo de Santa Fe de Bogotá, Perla junto a Napito lograban una presentación y en la noche desaparecía, los teléfonos dejaron de funcionar, comenzaron a pedir la aprobación de una comisario.

En Colombia hay jerarquía, esto no es Europa, nos decían.

Cierto, los teatinos regionales ejercían su poder y dictaminaban lo revolucionario de aquello que no lo era, lo que seguía las reglas de aquello que peligrosamente las desafiaba, había que preservar el orden establecido y dar público escarmiento, y sin embargo estábamos hablando de teatro.

Los franceses exigieron las reglas de Colombia, no las entendieron, pero las pidieron, todo es colectivo, todo pertenece a todos. Pidieron un tercio de los proyectores y del equipo de sonido, el vestuario nos lo dejaban. Comenzaron las aves de rapiña a sobrevolar la "Seki Sano", de noche entraban a negociar y a separar la parte de los restos, de día nos ofrecían mediar en el conflicto, ellos se quedaban con todo y se las arreglaban con los franceses, incluyendo en ellos a una francesa que pasaba frente a la puerta. Pedimos auxilio, sin que lo supieran pedimos auxilio, solamente Napito lo sabía, llamamos a la tierra de La Bella y conseguimos un préstamo, no era gran cosa, pero en Colombia todo dinero fácil era gran cosa.

Entramos en la sala, la funcionaria presidía, comenzó un florido discurso que poco tenía que ver con teatro. Habló de solidaridad con la causa del pueblo chileno, hermoso, sonaba hermoso; habló de los desposeídos, hermosísimo, sonaba hermosísimo; habló de un gesto solidario, se quedarían con la mitad, ya la habían trasladado del camión a la sala, y se comprometían a devolver a los franceses.

Napito me había dicho —hay que dejar todo consignado—. La sombra los conocía, sabía cómo actuaban a la luz del día. Me pasó un papel legal, para que firmaran, en tres ejemplares y con sellos, luego me pasó el saquito con los pagarés bancarios, nunca en efectivo, me había dicho, hay que hacer que firmen.
Los ojos abiertos de par en par, la comisaria (la Segunda prostituta) recibió los cheques bancarios, verificó la suma, se los entregó a los franceses, el tiempo de vacaciones se acababa.

Al momento de salir, me di vuelta y les exigí que volvieran a cargar el material y los libros que se habían repartido; entiéndalo, no son nada si no se sabe emplearlos, no se trata de iluminar, se trata de saber qué es lo que se ilumina, qué es lo que se hace desaparecer, se trata de poner todos los lenguajes al servicio de una causa (se me estaba pegando su lenguaje) el dar vida al escenario, sacar la vida de los muros que la cercan, devolverle la vista a Edipo, la sonrisa al mendigo, la vida al personaje, así se pase por la muerte del actor.

Nos quedamos sin técnicos, de todas formas venían por tres meses, más tiempo no les daban para ausentarse de sus trabajos en Francia, se les enredó la película, escucharon cantos de culebras y escorpiones, se dejaron invadir por el manto de polvo blanco que se extendía por Colombia, el polvo y el dinero fácil para multiplicarlo con el polvo.

Sin embargo cumplieron su misión, sin el buen Jacques no creo que hubiera cruzado la Cordillera, el otro, registró el nacimiento de mi hija, había pedido venir para hacer fotos, y fotos hizo.

Nunca las he visto, espero haya registrado que en Colombia no todo es lo que parece ser. Y el amigo de ayer es enemigo de hoy y sin embargo no deja de ser amigo, puesto que mi único enemigo es la falta de imaginación.

Pero al quedarnos sin técnicos, no nos habíamos quedado sin técnica: Napito había aprendido, desde la sombra había seguido conexión tras conexión, Germán había aprendido a cargar y descargar, y es una técnica, ya me lo había enseñado Jean-Jacques en La Sorbona, el tiempo tiene que estar del lado de la palabra, es el actor quien la ilumina, no un proyector, la música nace del movimiento y no de un altoparlante, el cartón piedra muestra una realidad no la oculta.

No nos quedamos solos, la soledad salió de sus cuartos y comenzó a acompañarnos, otros actores se sumaron, el hambre y la sed son colectivas, los teléfonos sonaron en la nada y allí los descolgaron.

Muriel, la francesa, nos acompañó a Manizales, era cortesana, mujer de teatro, su marido nos acompañó, pero ese lío no era nuestro, llegó a rescatarla de otros brazos, era ella quien tenía que decir si se dejaba rescatar o se arrojaba en otros brazos, reales o de personajes, si permanecía en el altar del teatro o se revolcaba en la vida para alimentar y darle olor al altar, para desbocar la locomotora lanzada a una nueva vida.

Nada hay más difícil para un director de teatro que lidiar con la bestia humana, que desatar la pasión y alimentarla sin que llegue a matar al personaje, que lograr la posesión para entregarla a la traición en los brazos de la audiencia renunciando a lo más preciado para el ser humano: el deseo de poseer, un bien, un mal, el amor, el odio, el poder.

Nada hay más difícil para un director que ejercer su poder y al mismo tiempo renunciar a él.

Porque en el teatro solo la muerte es colectiva el resto es placer y sacrificio, hay que lograr subir un escalón sin que se dé cuenta de que está bajando a las profundidades del infierno, hay que lograr que el dolor se transforme en bálsamo, que lo que es no sea, y lo que no es tenga derecho a existir.

Íbamos rumbo al Festival Internacional de Manizales y nuevamente estábamos cruzando La Línea, pero esta vez para llegar a otra línea, la calle principal de Manizales, columna vertebral que se balancea peligrosamente marcando la cúspide de la ciudad y del teatro y a su lado dos abismos que se pierden en los verdes de Caldas.

La ciudad, cercada por los cafetales hervía, en cada rincón, desafiando el abismo, un grupo de teatro, en la sala, en la calle, en la pendiente de bajada, en la pendiente de subida, en el "Fundadores" y en el taller del zapatero anarquista frente al teatro. Los hermanos Arbeláez daban un respiro a los testigos de la violencia que azotaba Colombia.

Y si la violencia subía al escenario era para que aprendiéramos a reconocerla, a la muerte no se le enfrenta hasta que uno lo desea.

Si se tiene suerte.

Veníamos de Chile, de Argentina, de Europa, del otro lado del muro, de las escuelas más prestigiosas, de las salas doradas, de las plazas de mercado, de la calle, de los barrios de invasión, con apellido o bastardos, el teatro venía de su cuna y de su tumba a renacer en medio de matices de los verdes de Caldas donde todos se daban la mano, por ellos y por nosotros.

Nos tocó el teatro de la universidad, vestimos la sala para nosotros y para los otros grupos que allí se presentarían. El enorme anfiteatro desnudo nos desafiaba, aceptamos el desafío, lo poseímos, hicimos retroceder las sombras para dar paso al escenario, pasamos de las tinieblas a las luces, la palabra se vistió de fiesta.

Saltamos las barreras, establecimos nuevos puentes para permitir el paso de la palabra y el movimiento, barrimos el escenario para poder ensuciarlo a gusto, al ignorante le devolvimos la palabra, al anfiteatro lo transformamos en teatro, templo del saber y prostíbulo de pasiones mano a mano.

Elevamos perchas sobre el escenario, svobodas para crear muros que se pudieran derribar, elevamos perchas sobre el público, para dejar a la vista la fuente de un lenguaje.

Sobre el escenario, Colón atravesaba mitad torero mitad inexperimentado toro de lidia; en una esquina, Germán ensayaba su macho tarareando "Rinconcito arrabalero"; en el medio de la sala, Napito, registraba movimientos, luces y sonidos; ocupando el escenario, la pirámide, el centro y los laterales, La Bella entre las bellas, tomando posesión permitiéndome dirigir desde la sala la sinfonía de colores.

Nada hay más hermoso para un director que el que el cuerpo barra la escena de izquierda a derecha, de arriba a abajo, en diagonal, en círculo, que supere la horrible línea recta, cobre vida y se posesione desafiante. A cada movimiento pedía un ángulo en la luz, la inclinación necesaria para engrandecer, para empequeñecer, para darle tres dimensiones, para decorticarlo dando a la audiencia la posibilidad de reconstruirlo.

Nada hay más hermoso sobre el escenario que la complicidad que permite explotar los límites, nada había más hermoso que ver a La Bella actuando y a mi hija acostada en una caja de proyector, vacía de metal y llena de vida, emitiendo gemidos de alegría a medida que descubría el poder del escenario.

Como condición había puesto: alguien que cuide mi hija mientras trabajamos, necesitábamos entregarnos por entero.

Necesitaba escuchar hasta el más mínimo suspiro, impregnarme de los olores, los de los cafetales que rodeaban Manizales, los de los actores venidos con sus especias desde los cuatro puntos cardinales, yo, el huérfano de olfato, necesitaba recuperarlo para ponerlo sobre el escenario; necesitaba mirar en redondo para no perder detalle, tras el muro de luz, en la sombra, en el cielo y en el piso, necesitaba absorberlo todo para entregarlo todo, por ello, y solamente por ello pedí que alguien cuidara de mi hija.

Nada hay más terrible para un pobre director que el que le digan que no pueden proporcionarle un ángulo, aquél que dará vida a la cima de la pirámide y abrirá el camino al parlamento, hay que saberlo todo para saber lo que se pide, hay que conocer lo imposible para hacerlo posible, me había enseñado Jean-Jacques, en la sala, en la calle, en la cátedra, en el Louvre.

Hay que aprender a no ver para ver, me enseñó el teniente Medina cuando me vendó los ojos y me privó de la vista durante tres días. Nunca antes había visto tanto, tanto detalle, tanta hermosura en el paisaje perdido, tanto color en la falta de color.

Me subí a la percha, no lograba un ángulo que necesitaba, cerré los ojos, imaginé la luz, imaginé a la actriz, miré desde lo alto de la escalinata, miré desde la sala, miré desde el escenario: una cortina actuaba de muro, una cortina negra me cerraba el paso.

Desplacé el proyector.

Estaba en el último escalón, manteniendo mi equilibrio en las miradas de mis actores que observaban, tenía que avanzar lo justo, tenía que inclinar lo justo, tenía que...

Una voz me sacó de mi tarea —la señora dice si puede llevarse a la niña, que la trae a las doce, a la hora de almuerzo.

—A la hora de almuerzo —respondí automáticamente—. Como de costumbre no había escuchado y repetí las últimas palabras para que no se dieran cuenta, estaba observando el efecto de la luz sobre el escenario.

—Hay algunos que nunca aprenden.

A la señora la había contratado el Festival, llegó vestida de enfermera, durante tres días había cuidado a la niña.

Llegó la hora de almuerzo, Colón había logrado atravesar el escenario al tiempo de *Carmen*, el enano de aprender el tango, la francesa había tomado una determinación, regresaría a París con su marido, pero lo abandonaría al bajar del avión, Perla ordenaba el vestuario y repasaba sus parlamentos, La Bella dictaba los últimos efectos de luz a Napito para que los grabara y al mismo tiempo intentaba regresar a ponerse el diminuto traje del carnaval, diminuto, no, un suspiro que hacía suspirar; había un solo problema, cada vez que la niña la veía le daba hambre.

Me bajé otro escalón, me senté en el medio de la sala y cerrando los ojos miré en redondo,

¡faltaba mi hija!,

¡era la una!

Llamé a la oficina del festival, quizás se había equivocado y la había llevado directamente allá. Nadie conocía a la enfermera, había llegado a las oficinas del festival pidiendo trabajo, le preguntaron si tenía experiencia con bebés, respondió que por supuesto, que era enfermera, nadie sabía su verdadero nombre, eso sí tenían su dirección.

Salté en el auto, llegué a la población donde vivía, la calle existía, el número existía, la enfermera no existía, allí tampoco nadie la conocía.

¡Habían raptado a mi hija!

Los verdes de Caldas se oscurecieron, las historias de los senderos por donde salía la droga y se vendían niños, fuera para adopción, fuera para desbaratarlos y ofrecerlos como piezas de repuesto, cobraron vida.

Los actores y actrices se pararon en el comedor colectivo, dejaron los platos a medio vaciar y salieron por las calles a buscar a mi hija. No tenían necesidad de una foto, la habían adoptado como la mascota del festival, a sus tres meses nunca antes una guagua había estado en tantos brazos; actores y actrices, sedientos de amor y de familia que se peleaban por cargarla y entregarle historias de otras regiones, robarle una sonrisa, entregarle el calor que tantas veces a nosotros, los saltimbanquis, nos hace falta.

El ejército y la policía cerraron los caminos y senderos de acceso a Manizales —si no la han sacado de los límites de la ciudad la recuperamos —me dijeron—, y yo, el enemigo de los límites y los muros rogué por que esta vez, solo por esta vez, funcionaran.

La sombra invadía Manizales, nunca antes había presenciado una sombra tan oscura, y sin embargo, de ella esperaba saliera mi hija, de la sombra, y regresara a nuestros brazos.

Sonó el teléfono, nunca antes había sentido tanto miedo, conocía el horror, pero no el temor, temblé cuando me lo pasaron.

Era la enfermera —venga solo al teatro de la universidad, cruce el puente, al otro lado le entregaré a la niña, está bien.

Fui, solo, al otro lado estaba ella, la dejó en el suelo, en su canasto de paja, dio media vuelta y se alejó. Qué pasó por su mente, no lo sé, ni me interesa, no pidió nada y hubiera dado todo, es decir nada de valor, una cortina cubrió mis ojos, pero era una cortina de alegría.

Regresé a las oficinas del festival, la deposité en las manos de su madre, la noticia corrió por la línea que divide la ciudad en dos, los actores y actrices regresaron y en una fila interminable pasaron a darle un beso.

En el comedor, la cena se enfriaba.

XXVI. De cómo aprendió que el apagarse de las luces significa no el fin sino un nuevo comienzo

Siempre se aprende algo, me dije mirando por el retrovisor.

Manizales cerraba la fiesta y yo me dirigía de cabeza hacia los caminos circulares de Colombia buscando una salida en ese laberinto.

Había llegado la hora de las decisiones.

¿Hacia arriba o hacia abajo, a la izquierda o a la derecha, adelante o marcha atrás?

Hacia adelante, dije abriendo los ojos de par en par para no ver.

Unos querían enviarnos por un laberinto sin bifurcaciones, unidireccional, vida o muerte, así de simple, sin lugar a dudas ni a propuestas, se acepta, se sigue, se firma o se desaparece de la historia.

El otro estaba lleno de senderos escondidos, de desvíos, de trampas, de derrotas y victorias; no existían señalizaciones, estaba plagado de droga, de guerrilla, de bandoleros, pero también de amigos, de pueblo y de señores, era el camino de la duda, de la vida o la muerte, pero en él uno escogía el momento de la certeza y tomaba por cuenta propia la curva que conducía al precipicio, círculos concéntricos rotando sobre sí mismos en diferentes direcciones, laberinto de acero girando para desaparecer en sí mismo o laberinto infinito en el cual el sendero se construía al caminar, el "adelante" significaba una sorpresa a cada paso y cada paso ofrecía una nueva senda.

Hacia adelante, dije, y donde nos crucemos con la regla, a pasar bajo la línea por el túnel del tiempo y mi destino.

Al sur, Popayán, la ciudad que echara a volar sus campanas a nuestro paso, nos recibía en medio de las ruinas, y en el teatro nos encontramos las ruinas de un sueño con las ruinas de una ciudad, reflejo de la ruina de una civilización.

Nos fundimos en un abrazo.

De cada abrazo surgía una nueva senda, de cada puñalada una nueva pesadilla, de cada trampa una esperanza, de cada esperanza un nuevo sendero conduciendo a una nueva pesadilla.

En cada sendero surgía un nuevo laberinto, todos ellos tenían en común su centro: La Línea y Medellín, entre ambos, una llamada desde las nubes, la Segunda prostituta ordenando nos negaran la sal y el agua.

Nos pararon en el camino —la requisa—, dado que eran caminos inexistentes no estábamos seguros si nos había detenido el ejército, la policía nacional, las Fuerzas Armadas Revolucionarias de Colombia, el Ejército de Liberación Nacional, el cartel de Cali, el cartel de Medellín, chusmeros, paramilitares, bandas criminales, o simplemente campesinos hambrientos o algún alma extraviada en busca de descanso.

Todas las de arriba; durante los nueve meses que duró la travesía nos pararon todos, incluso, al final, algunos ya nos llamaban por nuestros nombres y querían saber cuánto había crecido la niña, otros se acostumbraron a vernos pasar y prendían una velita a nuestro paso.

———

344

Hasta cuerpo y alma de animitas habíamos agarrado, los guaduales lloraban al vernos puesto que ellos también tienen alma, aunque a diferencia nuestra, tienen raíces.

—Nosotros también tenemos alma y raíces, lo que no tenemos es
tierra, por ello somos almas condenadas a ser llevadas por el
viento por la eternidad.
—Ojalá que así sea por los siglos de los siglos, puesto que cada
vez que pasen les cobraremos la vacuna —dijo el oficial a cargo
del grupo tras guardar su tajada y abrirnos paso hacia otro brazo
del laberinto.

No les importaba un carajo quiénes éramos ni de dónde veníamos, les importaba más el qué llevábamos y qué podían sacar. En
los caminos de Colombia no reinaba la palabra, reinaban los fie-
rros; no reinaba la luz, reinaban las sombras. En los caminos de
Colombia no todo era lo que parecía ser, ni aquello que parecía
ser, era, un uniforme, una insignia, una bandera podía ser miserable escenografía de cartón piedra y no significar absolutamente
nada.

Aprendimos a caminar por sus caminos, éramos sin ser, y sin quererlo, no éramos lo que parecíamos ser. Al comienzo, para cada
uno de los que ejercían el poder de las armas éramos del otro
bando, para cada uno de los que ejercía cualquier tipo de poder
éramos sospechosos por no tener ningún poder, sin embargo para
los infelices éramos, y en ellos encontramos refugio.

A partir de ese momento cada curva presentaba una disyuntiva, en ellas se encontraba el círculo de vida y girando en sentido contrario el círculo de muerte, a partir de ese momento comenzamos a buscar salida, nos acercábamos a una frontera y la cerraban, llegábamos al mar y un muro de olas nos separaba de nuestro destino, escalábamos una grada de las escalinatas y llegábamos a su fin y a nuestro lado, desvaneciéndose, veíamos las verdaderas escalinatas perdiéndose en otra dirección.

A partir de ese momento aprendimos a construir puentes en las nubes, a distinguir entre los cantos de sirenas y los cantos de la tierra.

A partir de ese momento aprendimos a luchar contra los elementos desencadenados por la furia de la Segunda prostituta, a partir de ese momento aprendimos a capear el temporal refugiándonos en puertos señalados por faros misteriosos, manos amigas que los prendían para que a ellos llegáramos y los apagaban tras nuestro paso.

Colombia se transformó en un bosque de luciérnagas, más de una dejando un paquetito en el laberinto de vida sin que se diera cuenta el laberinto de la muerte.

Una salida se prepara, una salida necesita un punto de partida, en mi caso, una salida ya no tenía dirección, era el pa' delante o nada.

Los papeles y la invitación a Manizales se habían vencido; los renovamos, manos amigas en el gobierno nos los renovaron, sin preguntas, vivíamos tiempos en que no era bueno preguntar, uno se podía enfrentar a la verdad, vivíamos tiempos en que era peligroso conocer, uno arriesgaba hablar más de la cuenta y que alguien cayera en un camino abandonado o en el centro de Bogotá, vivíamos tiempos en que hasta los colores perdieron su significado, antes el rojo, las rojas banderas levantaban la esperanza, antes el rojo de los faroles alumbraba la belleza de las bellas que por un puñado de monedas o un sollozo otorgaban una caricia y una mueca de amor.

El barrio rojo de mis prostitutas se perdió en el tiempo, las banderas rojas que alegremente se paseaban por las calles de Sofía se habían congelado, los carnets de militantes ya no tenían contenido, servían para mendigar favores, o tener acceso a una parte del botín, la corrupción ya no era la excepción, era la regla, la excepción la constituíamos un ejército de pendejos que aún creíamos; creíamos y pensábamos que aún los caminos conducían a alguna parte y nos forzábamos a creerlo aún cuando pasáramos una y otra vez por la misma curva sin atrevernos a tomar la del despeñadero.

—Siempre pensé que era un cobarde.

Una salida se prepara tantos años. Entré al consulado de Chile en Bogotá, me hicieron pasar a una sala de espera, cerré los ojos tratando de alejar mi pasado, intenté refugiarme en una sonrisa, me sentí observado, lustré mis gastados zapatos en mi pantalón, hasta me había puesto una chaqueta; corbata, no, a tanto no llegaba mi cobardía, pero sí me sentí miserable y humillado, con la peor humillación, la que uno se inflige: ¡chaqueta!; pero que conste, sin corbata, así trataba de salvar mi honor.

Cuando me hicieron pasar, presenté el certificado de nacimiento de mi hija, fechado en Cali, Colombia.

—Vengo a registrar a mi hija y a pedir un pasaporte para ella, tengo que seguir viaje.

El funcionario, miró el papel, me miró y preguntó:

—¿usted es el padre?

Tras ello silencio, ninguna pregunta más, sacó de una gaveta un libro de tapas azules, comenzó a revisar la lista.

El dedo se deslizaba en línea recta, de arriba a abajo, lentamente, llegaba al final, lo mojaba con saliva, con cierta fruición y daba vuelta a la página.

No se demoró mucho, el dedo se detuvo, me miró, yo, el cobarde, en un gesto de valentía me había sacado la chaqueta y lo miraba fijamente.

La tensión invadió la oficina, ambas espaldas se crisparon, la del representante de la dictadura, la de la víctima de la dictadura, ambos sostuvimos la mirada, yo, el batallador, sabía que una vez más en mi vida estaba dando una batalla perdida.

Todos los guardias son iguales, pensé, te observan, te fichan, te acomodan a la imagen que se formaron, con las instrucciones que les dieron, espían, escuchan, vigilan tus movimientos, tus desplazamientos —aquí se jodieron conmigo, deben haberse mareado—, se aseguran de que los cerrojos funcionen, y dejan abierta la puerta de tu celda para estudiarte, vigilarte en una celda más grande en la infinidad de celdas que componen el laberinto en ese juego de círculos y cubos rebotando en los círculos.

La oficina tenía una ventanilla y por ella alguien observaba al guardia.

—————

Nada hay más hermoso para un director de teatro que el enfrentar una batalla que no está seguro de ganar, una batalla poblada por la duda. Sin soberbia, se busca enfrentar con la mirada abierta, la mirada circular puesto que en ambos círculos hay una salida, hacia la vida,

hacia la muerte.

Una batalla perdida abre perspectivas para nuevos campos de batalla, es casi como dejar un escenario, se deja con tristeza puesto que se sabe que te olvidará, que se entregará a otros brazos, y que tu recuerdo desaparecerá en la lejanía. Y te sientes traicionado, abandonado, castigado, y das un paso y lo traicionas, lo olvidas y te preparas para poseer al siguiente, una nueva celda en el teatro de la vida.

—Rápido, tráiganle un saquito de polvos de cartón piedra para que se construya una escenografía.

Lloran, lloran los guaduales... mi hija comenzó a llorar en la sala de espera, la tensión se rompió, ambos giramos nuestras cabezas para escuchar mejor, el funcionario, hombrecito gris en la escala de los grises, dijo:
—lo siento, no hay nada que pueda hacer.
Al parecer de verdad lo sentía, debe haber tenido una hija o un hijo allá en lejanas tierras, quizás sin que se diera cuenta se lo habían dejado encerrado al otro lado de las fronteras que celosamente vigilaba.
—Su hija nació en Colombia, los colombianos pueden darle un pasaporte.

Los colombianos no le dieron un pasaporte, ni pagando, la situación se estaba poniendo feúca.

Al cerrarnos todas las puertas me tocó mirar hacia el pasado; arrojé la chaqueta al viento, arranqué el cuello de mi camisa, cambié mis desgastados zapatos por ojotas, de esas de antaño, de esas hechas de neumático para que se vuelvan indestructibles, envolví a mi hija en poemas y ajados manuscritos, dejé las banderas en el camión y en Sofía, y entré a la embajada americana caminando al igual que lo hiciera al entrar al anfiteatro de la Universidad Nacional en Quito, Ecuador, por el centro, mirando hacia el frente, la frente en alto, soberbio, sin un peso y millonario, acompañado de La Bella entre las bellas y por una vez no de poetas y locos. Depositamos a nuestra hija sobre el mesón, en el centro de la escenografía, dimos tres pasos hacia el lado, en diagonal, dirigimos nuestras miradas al centro del mesón y sin mirar a nadie desde lejos señalamos con el parlamento:

—Venimos a registrar a la niña, necesita un pasaporte.

Revisaron el pasaporte de La Bella, Puerto Rico, Puerto Pobre, otorgaba nacionalidad, le dieron pasaporte.

Yo, el otorgador de vida, no otorgaba nada, ni siquiera una curva en el camino; yo, el caminante pie desnudo, no otorgaba ni un pedazo de terreno donde caminar; yo, el soñador, otorgaba pesadillas; yo, el hacedor solamente otorgaba vida dando nacimiento a un nuevo laberinto.

Mi hija me sonrió —te perdono papi.

En Colombia mi hija se había acostumbrado a dormir en el camión o en el auto, a decir verdad prefería el camión, se sentía más segura, su cuna eran las cajas vacías de los proyectores, sus juguetes, el vestuario y utilería, su familia, los saltimbanquis, se arrullaba con los cantos de los guaduales, el chiflido de las serpientes le perforaba sus oídos, bebió el agua del cielo cuando el agua de la tierra no se podía beber, se bañaba en ríos y cascadas, despreciaba las murallas, adoraba los espacios abiertos del teatro, mundo salvaje que crecía ante sus ojos y que la veía crecer.

No tuvo nada de lo normal, tuvo todo lo anormal, y era feliz.

La Línea otra vez, y cuenta nueva.

—Algún día la dejaré atrás; no sabía que mi deseo se cumpliría ni en lo que me estaba metiendo.

Buscando la salida, partimos hacia Medellín, en principio teníamos presentaciones y ello nos compraba tiempo y alimentos. Llegamos en la noche, perdidos habíamos seguido una estrella, cansados y sin encontrar un albergue nos detuvimos en las tinieblas, cerramos los ojos. Al disiparse las tinieblas apareció ante nuestros ojos el cementerio de Belén, eso se leía en el arco que marcaba su entrada. Afortunadamente habíamos parado a tiempo, seis metros más y habríamos dormido entre los muertos.

—¡Ay, qué tranquilidad!

Hicimos un llamado y bajamos a encontrarnos con el encargado de la "Corporación Colombiana de Teatro" en la ciudad, nos recibió en un café. De presentaciones nada, habían desaparecido, de contactos nada, se habían evaporado, de espaldas, todas, dame la espalda hermano y levantemos un muro de espaldas y al llamado de la Segunda prostituta, cierra la muralla.

La esposa del encargado se enamoró de mi hija, no habían podido tener bebés, conversamos largamente, hablamos de teatro, de viajes, de festivales, de la vida, evitamos hablar de la muerte, incluso nos reímos, hablamos de las persecuciones, de perseguidores y perseguidos, de luces y de sombras, hasta las curvas de La Línea salieron al tapete. Hasta los más valientes le temen, tal es su poder, y La Línea tomó cuerpo y voz, La Línea que no era capaz de decir un parlamento comenzó a emitir reglas y decretos, La Línea ordenó el paso, forjó el riel, de ella no se escapa, La Línea reina, de Segunda prostituta pasó a ser dueña del burdel.

La Línea, como el gueto, se autoalimenta, necesita de reglas rígidas para garantizar su supervivencia, necesita formar sus líderes a imagen y semejanza para garantizar su invariabilidad en el tiempo: el jefe designa a su reemplazante, el jefe determina el momento de su reemplazo, el jefe tiene el poder de aniquilar si el reemplazante le hace sombra mientras aún está en el poder, el jefe maneja el cajón con vidrios, la prisión o la expulsión, condecora o marca con un círculo de ceniza la frente para que el ataque sea certero, nada cambia, nada puede cambiar, solo el jefe tiene el derecho a remozarse para conservar su poder de seducción.

—Todo cambia para que nada cambie.

Sin embargo, algo había cambiado, la Segunda prostituta se había teñido el pelo de rojo, hasta las banderas de Sofía palidecieron de envidia.

Un sindicato nos ofreció abrigo, el sindicato de los trabajadores municipales de Medellín —simbólico, pensé—, mal que mal están acostumbrados a recoger restos y basura de las calles, y, qué otra cosa éramos nosotros sino despojos, restos de un naufragio que flotaba en círculos intentando reconstruir una razón de ser, despojos buscando otros despojos para crear un escenario flotante que nos llevara a desaparecer en el corazón del remolino, nuestro público.

Bajamos de Belencito a la ciudad, otro escalón en nuestro camino de salida, comenzamos a trabajar una presentación en el Pablo Tobón Uribe, hermoso teatro que nos abrió sus puertas, pudimos ensayar antes de la orquesta sinfónica, a condición de despejar el escenario antes de que entraran. Cumplimos, entre la palabra y la música no hay disputas, no existen enemistades, somos complementarios, tan complementarios que el día de nuestra presentación nos encontramos con que las sillas del prostíbulo, nuestras hermosas sillas francesas que otorgaban a la escena un tinte erótico parisino, habían desaparecido, nos tocó reemplazarlas a la carrera por un par de cajones que trajimos del sindicato de basureros lo que le dio a la escena un tinte neorrealista a lo Luchino Visconti o Vittorio de Sica.

—¡Vito! —exclamó Napoleón estallando en lágrimas; Napito llevaba tres meses con nosotros.

—Personalmente yo preferiría Fellini.

—¿*La Dolce Vita* o *Los inútiles*?

—No, *La Strada*, llevábamos tanto tiempo en ella que se había transformado en nuestro hogar y nuestra forma de vida.

—Yo me inclino por *Los olvidados* de Buñuel —dijo la Segunda prostituta metiéndose en lo que no le importaba.

En su siguiente concierto, el director de la sinfónica y la primera violinista aparecieron sentados en nuestras hermosas sillas lo que dio una pinta de burdel francés a los conciertos y les aseguró el lleno por el resto de su gira. Incluyeron la melodía de "Un hombre y una mujer" del film de Lelouch en su repertorio y comenzaron a anunciarse, como: "Conciertos la nouvelle vague". No entendieron el porqué la audiencia salía de ellos bailando samba hasta que fueron de gira a Brasil y la sala se puso de pie a bailar. Preguntaron el porqué; les respondieron que los brasileños adoraban a Vinícius de Moraes.

Era una época en que la música bajaba de las favelas —al igual que medio siglo antes había salido de los arrabales— para embarcarse de polizonte rumbo a Europa y conquistar cuerpos y salones. Era una época en que aún la circulación del arte sin cadenas era posible.

¡Nos llamaron!

El llamado no llegó de Bogotá, el fatídico llamado llegó de la aduana de Medellín, el jefe me dio un mes para abandonar el país de lo contrario embargaría nuestras herramientas de trabajo y nos expulsarían.

De inmediato dos preguntas cruzaron por mi mente: ¿a dónde? y, ¿la cuna de la niña entra en el embargo? Como no pude decidirme por cuál iba primero, guardé silencio.

—Siempre se aprende algo.

———

354

Salimos hacia Envigado, en el camino, a nuestra izquierda, el Nevado del Ruiz, hermosura de volcán que dominaba el paisaje con su cumbre humeante despertando el deseo incontrolable de los cafetales. Hacía un año que había comenzado a humear, hacía nueve que no era una amenaza para nadie, amable fumarola que saludaba a los viajeros. La universidad nos había invitado, al llegar, su director nos llevó orgulloso al teatro, abrimos sus puertas, pisé como se pisa un teatro al entrar por primera vez, con amor, con respeto,

—con cuidado —me dijo el encargado del teatro.

Tenía razón, el teatro estaba medio destruido, las filas de asientos vacíos se balanceaban sobre el piso, en algún momento rompieron la regla y decidieron acomodarse libremente en la sala en un peligroso balanceo, el escenario se lo habían devorado las termitas y de él quedaba algo parecido a un pasillo.

—Se pueden adaptar las obras a una línea —dijo el encargado.

Las luces provenían del tórrido sol durante el día, y de las estrellas cuyos rayos buscaban atravesar los agujeros del techo por la noche.

—Esperemos que no llueva, la última vez tuvimos que suspender la función, se nos olvidó decir que trajeran paraguas.

A decir verdad la sala se encontraba relativamente deteriorada, sin embargo nada hay más hermoso para un director de teatro que el poder comenzar a construir su propio espacio, sentir que la sala es una parte de su ser y él una parte de la sala, levantar el altar donde dará vida a la palabra, donde los personajes nacerán cada noche para caminar por el escenario y entre el público.

Naranjo, Naranjo es un traidor, avisará el espectador al actor tirando de su poncho, el espectador, no el director puesto que es el espectador quien finalmente le dará vida al aceptarlo o rechazarlo. Nada hay más hermoso que un teatro sus entrañas expuestas ocultando su piel cubierta de decorados de cartón piedra.

Manos a la obra, a barrer el polvo, pero dejándolo depositado a un costado para devolverlo a su puesto tras nuestro paso dando paso a los empolvados personajes que por allí pasaron, ellos y el polvo de nuestros personajes.

Fuimos a la fábrica más cercana para que nos ayudaran en nuestro esfuerzo, estaban acostumbrados a comprar boletos, pero nadie asistía a las funciones; fuimos con el camión, necesitábamos potencia para cambiar la costumbre, queríamos que asistieran, era nuestro derecho.

Nada hay más terrible para un director que actuar a tablero volcado, pero sin nadie en la sala.

Nos paramos frente al portón de entrada, al lado de una caseta de guardias, pedimos hablar con el gerente. Llamaron al interior, desde arriba observaron, querían asegurarse de que éramos lo que decíamos ser.

Estábamos en tierra caliente y en tierra caliente la desconfianza reina.

—En tierra fría también, dicho sea de paso.

Miré con desconfianza el muro y el símbolo que coronaba los portones, no fueran de cartón piedra.

Se abrieron las puertas, apareció el gerente, nos bajamos, se quedó inmóvil, sus ojos se llenaron de lágrimas.

No era para tanto, a decir verdad, estábamos como muy delgados, ojerosos, mal calzados, pero vistiendo las prendas más elegantes del vestuario, nosotros los saltimbanquis vendiendo una función.

Abrimos los brazos, el gerente pasó de largo y abrazó al camión.

Estábamos en la fábrica de la Renault en Colombia, la primera en Latinoamérica.

—Me habían hablado de él, me dijeron que lo habían visto salir de entre las ruinas, perderse en la noche, reaparecer en el mar en Santa Marta, cruzar frente al Palacio de Gobierno en Bogotá antes de desaparecer en la bruma. No lo creí, no creí, y eso que estábamos en Colombia.

Dio una orden, la Renault, en Envigado, Colombia, paró la producción para darnos la bienvenida.

—¿Puedo manejarlo? —pidió—, quiero mostrarles lo que es un camión salido de la fábrica madre.

Entró al camión, que mal herido, ciego, las tuberías de los frenos amarradas con pañales para que el aire no se escapara, restos de orín y de tabaco sobre el parabrisas, sus señalizadores sin funcionar al no saber qué señalizar, herido de muerte en sus paredes entró a su casa a miles de kilómetros del Sena, altivo, orgulloso, desafiante, sonriendo, avisando: no frene que si frena no puedo volver a partir.

Esa noche nos agasajó en su casa, hermosa casa escondida tras los muros. En Colombia era tanta la variedad de muros que incluso existían los que uno creaba, no para encerrarse sino para defenderse, y eso pese a haber pagado la vacuna.

Una *quiche lorraine*, desde que junto a La Bella comimos una en el barrio latino en París que no probaba una, se me había olvidado cómo se deshacen en la boca, la suavidad de la masa entregándose capa a capa antes de entregar el fruto, y la crema derramándose envolviendo un trocito de tocino, dorado, crujiente, símbolo de amor. Me anduvo bajando como una urgencia.

Caracoles, una docena de caracoles en su concha nadando en un mar de mantequilla, ajo y perejil; un rosbif rojo, palpitante, sangre viniendo a morir en mi boca hambrienta, sangre alimentando mi cuerpo desangrado, dolor del animal para calmar el dolor de la miseria. El todo bañado con vinos entregando los sabores y los rayos del mediodía de la Francia. A la hora del cognac, me bajó algo así como una nostalgia, la misma que me bajaba en Francia cuando pensaba en los tomates de mi tierra.

Al día siguiente, los trabajadores de la Renault llegaron a reconstruir la sala de teatro, no todos, unos se quedaron a trabajar en el camión —no joda hermano, no vamos a permitir que ande por ahí un Renault en tan mal estado, es una cuestión de orgullo —nos decían con cariño.

El día de la presentación, teníamos escenario, los asientos los habían fijado y forrado, las puertas de entrada no sonaban, los cables de la luz habían sido cambiados para evitar que todo partiera en llamas, pero lo más importante, el día de la presentación la sala estaba llena de bote en bote, todos los trabajadores de la Renault estaban presentes, no por nosotros, por ellos, era su función,

—como debe ser.

Al día siguiente, desmontamos. En la puerta del teatro nos esperaba el camión para ser cargado, parecía un galán de cine, no estaba seguro si tenía un aire de Jean Gabin, por la experiencia, o de Alain Delon, por su gallardía, ¡hasta lo habían lavado, con lo que le había costado echar raíces en el continente!

—Para mí que era un aire a lo Lino Ventura, camión de pelo en pecho —dijo el carromato dorado.

Al cruzar frente a la Renault en dirección a La Línea todos los trabajadores salieron a despedirnos, en el camión se iba parte de ellos.

Miré por el retrovisor, los vi desaparecer en la distancia, en la distancia, no en mi corazón.

Teníamos que cruzar Bogotá para llegar a Tunja donde otra universidad y nuevos amigos nos esperaban. Era un nuevo escalón, un nuevo desvío en el laberinto, aún no lo sabía, pero ese nos salvaría la vida.

Como era nuestra costumbre entramos por el sur, dispuestos a cruzar la ciudad de lado a lado, como bestias acorraladas queríamos marcar terreno.

—¿Marcar terreno? ¿qué terreno?, si ustedes lo único que hacen es pasar —dijo la Segunda prostituta.

A mi derecha, el Palacio de Gobierno, luego la plaza llena de palomas, luego la Catedral y más allá el Palacio de Justicia, luego...

Las palomas, no había una sola paloma en la plaza Bolívar, érase un día del mes de noviembre de 1985, ¡el M19 se había tomado el Palacio de Justicia! Lo tomó el seis, en su interior había 350 personas entre empleados, magistrados y visitantes.

Nos detuvieron, no pudimos avanzar, en la plaza, soldados dando la espalda al Palacio de Gobierno, todos apuntando a la misma dirección, al corazón de la justicia, frente a la puerta principal un tanque se aprestaba a dar el asalto, en su interior el jefe de la magistratura daba la orden de no atacar, su voz fue acallada a cañonazos.

Una vez más la palabra se mostró impotente frente a la fuerza ciega, el siete se restableció el orden, yo, el testigo involuntario vi cómo lo restablecían, 98 cadáveres sacaron, todos los expedientes sobre el narcotráfico y la corrupción partieron en humo.

El ejército y la policía entonaron cantos de victoria, la democracia se preservó, el honor se preservó, el orden se restableció. En Colombia no todo es lo que parecer ser, pero esa vez, por una vez, lo que vi era, los hombres y mujeres que partieron en llamas fueron víctimas del orden establecido, por mis ojos corrían las lágrimas, no era el humo, lo juro, esos muertos eran mis muertos al igual que los míos, los del Palacio de La Moneda, eran sus muertos.

Un minuto de silencio recorrió el continente.

Esa noche, el gobierno emitió su versión por cadena nacional; a poco de comenzar el discurso fue interrumpido por una marcha

Guerrillero, guerrillero

adelante, adelante

eran los elenos rindiendo homenaje al M19. Me desvié de la ruta, al pasar frente a un edificio de departamentos hice sonar la bocina, se escuchó por la radio.

Sonreímos.

Adelante, la ruta al norte. Una vez entrados a la sabana, a la derecha, un convento, a la izquierda la casa de campo del Gobierno —en ella los presidentes pasaban los fines de semana— entre ambos un retén de policía, cobraban por entrar a Bogotá, cobraban por salir de Bogotá. Mirar a la izquierda o la derecha era gratis.

Embrujados seguimos viaje, en alguna parte, a 50 kilómetros, escondida, se encontraba la solución a nuestros problemas, la salida honorable, aquella que aseguraría el nacimiento de los naranjales bordeando el camino al teatro, aquella que ofrendaría descanso a los viajeros; en alguna parte se encontraba la laguna de Guatavita y en su fondo El Dorado, la ciudad de oro, le repetía a La Bella para animarla, era lo más real que podía ofrecerle en tierras colombianas. —Está ahí, al alcance de la mano, no la han descubierto por lo que no saben buscar, hay que ver con los ojos del corazón.

Afortunadamente La Bella estaba enamorada, otra me hubiera mandado al carajo.

Desde la lejanía nos llegó el sonido de unas campanadas. Para impedir que se pensara que eran campanadas anunciando la muerte, dije —son las campanas de la iglesia sumergida en el lago, repican solamente a los elegidos, bajo ese pueblo está El Dorado, es cosa de subir las escalinatas y no de bajarlas.

Tras esa lógica explicación, enfilamos pa' delante, como era la costumbre.

—¿Y El Dorado?

—No sea tan pendejo, ¿usted cree esas boberías? Pasé el cambio.

Pasamos al lado de El Dorado y no nos dimos cuenta, las demasiadas curvas del camino me habían hecho perder la razón y ver la realidad donde no la había.

El frío me regresó a mi destino, crucé sobre el puente Teatinos dispuesto a dar una nueva batalla; en la puerta del teatro de la universidad de Tunja nos esperaba el encargado de cultura y su señora.

Estábamos en tierra segura: una sala y amigos.

Boyacá era igual al resto de Colombia, por allí se paseaba la droga, y donde había droga se paseaba la guerrilla, los paramilitares, el ejército, la policía y la corrupción, lo único que no se paseaba era el sol, hacía un frío de los mil demonios, no como el de las noches en el desierto chileno, no como el de Colquiri en el altiplano boliviano, más bien como el frío que se pasea por el borde del Sena en el invierno, frío, pero soportable.

Eduardo, quien había sido rector de la universidad y quien nos había invitado, había dejado su puesto, lo habían llamado de Palacio, y pasó a ser secretario de Gobierno. Le encargaron la locura de buscar un diálogo entre las partes para terminar con la violencia en Colombia, y en una tierra que ardía, el laberinto hacia la paz tenía que surgir de la cabeza fría, y nada mejor que alguien de tierra fría para calmar los ánimos.

Una vez más, sin buscarlo, desfilaba ante mis ojos otro momento de locura, ese fin de semana fuimos invitados a la finca de Eduardo. Comimos, paseamos, conversamos, en eso llegaron otros comensales, los de peso, los cargados, los hombres de buena voluntad, o no tan buena, de todos los bandos.

La cordillera amablemente apartó las ramas de los árboles que coronaban sus cimas y me dejó entrever militares que, con el dedo en el gatillo, con fusiles con mira telescópica seguían cada movimiento.

Los techos de la cárcel de Rancagua regresaron a mi memoria, pero esta vez estaban para protegernos, así lo afirmó el nuevo amigo.

Ninguno quedó convencido, ni el flamante secretario de Gobierno, ni el desastrado director de teatro. Mi hija en cambio estaba feliz, nunca había tocado una vaca.

De regreso al teatro apuramos el montaje para seguir viaje no fuera que se les fuera a acalambrar el dedo.

Frente a nosotros caía la nieve, copos cada vez más numerosos hacían que el camino desapareciera de nuestra vista, disminuí la velocidad, temí por los del auto, las montañas habían desaparecido de mi vista, la fumarola del Nevado del Ruiz no existía, pese a lo intenso de los copos no me atreví a subir los vidrios para impedir su entrada a la cabina, el calor era insoportable, estábamos en tierra caliente.

El edificio de la Renault no se distinguía a la orilla del camino, los amigos de un día no salieron a saludarnos, los constructores de sueños habían salido en una nueva tarea: arrebatar la vida a la muerte.

El escenario había cambiado, donde había habido árboles, se asomaban tímidamente algunas copas, las de los más altos, donde había habido muros, surgían montones de piedras, y sin embargo no era motivo de regocijo, bajo los muros y el lodo yacían 22.000 personas, siete mil deambulaban los ojos vacíos, sin un lazarillo, en busca de un presente y un futuro inexistente. Armero había sido castigado por la naturaleza condenándolo a gemir por la eternidad, Armero había subido un escalón demás en las escalinatas, Armero había querido escapar a la violencia, Armero falleció ante nuestros ojos un 13 de noviembre, seis días más tarde que el Palacio de Justicia partiera en llamas.

Colombia ardía por sus cuatro costados, ardía en cada curva, en cada sendero, en cada camino cortado bruscamente, ardía en tierra caliente, ardía en tierra fría. Nosotros, nosotros al medio de la violencia registrando, mudos testigos, para cantarla el día de mañana,

si es que hubiera un mañana.

Al manto de sangre que cubría la tierra, al manto gris que cubría las conciencias se añadía un manto blanco surgido de las entrañas de la tierra. Y uniendo las tres capas, rayos de polvo blanco atravesaban Colombia añadiendo oscuridad tras un segundo de luminosidad en el nuevo paraíso.

¡Oh, dioses, qué pecado es tan grande para merecer tal castigo!
¡Oh, dioses!, no me quitéis mi último escenario.
Lo sé, sobreviví y eran tiempos en que hasta eso se me negaba.

Íbamos rumbo a Armenia, el sonido de los guaduales entraba por las ventanas atravesando la capa de falsa nieve, en la ciudad nos esperaban con tiples en la mano, cortos vestidos, caras pintarrajeadas, las miserables de la vida, en nuestro viaje por las escalinatas fuimos recibidos, brazos abiertos, por aquellas que abrían sus piernas por un par de pesos: las putas de Armenia. Las vendedoras de falsos amores, recibían en sus brazos a los vendedores de ilusiones. Les reservamos las primeras filas del teatro, eran nuestras invitadas de honor, así honrábamos su profesión.

Sus caras pintarrajeadas sobresalían en la audiencia, en sus brazos, mi hija sonreía, le habían pintarrajeado la cara en homenaje.

No fue fácil abandonar la seguridad que proporcionan su brazos, pero el camino nos llamaba, el camino y el tiempo que se nos agotaba.

Por primera vez tomamos un riesgo innecesario,

—¿Por primera vez?, ¡hay algunos que nunca aprenden!

Viajamos de noche, al amanecer nos guió un ruido ensordecedor, nos dejamos guiar, estábamos entrando a Ibagué, nuestra próxima parada. El ruido provenía de miles de loros salvajes que cada atardecer llegaban a los árboles de la plaza pública en busca de refugio y cada amanecer abandonaban el pueblo en busca de seguridad.

Su canto resumía la tragedia de Colombia, cada uno representaba un alma perdida, un desaparecido, un secuestrado, cada uno de ellos representaba el grito desesperado de un muerto a manos de la violencia, un degollado o un torturado, de una mujer violada, de un niño arrojado a la calle a mendigar o a tomar las armas, cada loro representaba a uno al que le habían amurallado su destino, eran los despojados de sus sueños, los restos de una generación perdida, eran los miserables de la tierra colombiana arrojando al aire un último llamado de socorro.

Sube a nacer conmigo hermano, me invitaban.

Cerré los ojos y busqué mi loro y mi canto.

Eché a volar.

—¿Pa' dónde?

—Pa' delante —respondí—, aunque pasemos nuevamente por La Línea y Medellín.

Las cotorras me indicaron que había llegado el momento de las grandes decisiones.

—¿La Línea o Medellín?

—No, por ahí siempre se pasa, había que encontrar la puerta de salida del laberinto, a un lado Venezuela, nos habían invitado,

—¿Venezuela?

—No, el Instituto Internacional de Teatro, existen manos protectoras sobre las garras de los grises funcionarios, existen escenarios que escapan a la envidia y a las reglas, existen tablas que piden amor y ser poseídas sin poner condición alguna, amores salvajes como los que a mí me gustan, por los que combatí toda mi vida.

—¿No era por principios?

—Eso hace parte de mis principios, por lacho, ¿recuerda?, por lacho me acerqué a mi pueblo y a sus deseos, por lacho amé sin condiciones, por lacho y por necesidad de ser amado. Por lacho sobreviví.

Por el norte Costa Rica, bueno, Costa Rica, no, los chilenos que vivían en Costa Rica nos habían obtenido una temporada de dos semanas en el Teatro Nacional en San José, el más grande del pequeño país.

Nuestro grito de auxilio había perforado las murallas, había sobrevolado las fronteras, las geográficas y las políticas, había observado desde las alturas buscando dónde descender para devolver su uso a la palabra, liberar el canto, entregar un espejo quebrado para que los saltimbanquis nuevamente maquillaran sus rostros para mostrar el rostro verdadero escondido tras una pregunta, tras un grito, tras un cuerpo martirizado, tras un decorado cada vez más agujereado, un escenario donde renaciera la alegría en el momento de la hora de la verdad: cuando se sale de las sombras para morir en el pensamiento.

—P' al lado —dijo el camión—, pa' Cúcuta nos vamos —dijo enfilando para Pescadero—, al otro lado de la frontera está San Cristóbal, y me dijeron que ese protege a los viajeros.

Cambiamos de dirección y de costumbres, el auto con los actores abrió el camino, el camión pasó de divo a actor de reparto, en Colombia era necesario cuidarse las espaldas.

—No te alejes mucho —dije—, quizás pensando en las frases no dichas la primera vez que la vi aparecer en la fiesta de *L'Humanité*.

Cuántos parlamentos no dichos pueblan mi vida, cuántos parlamentos escapados de mi boca destruyen mi vida, cuántas indicaciones no seguidas pueblan mis escenarios, cuántos silencios cobraron vida tardíamente.

—No te alejes —repetí—, y La Bella entre las bellas sonrió sin escucharme.

Nos encomendamos a la guerrilla, en recuerdo a los sacos de café de antaño; nos encomendamos a Eduardo y al Gobierno, en recuerdo de una sopa de crestas y patas de gallo; nos encomendamos a Pablo, en recuerdo de los sueños de aquellos incapaces de soñar; nos encomendamos al ejército, en recuerdo de nuestros cuerpos agujereados por el hambre; nos encomendamos a la corrupción, en recuerdo de nuestros bolsillos vacíos; nos encomendamos a la puta madre que nos parió, en recuerdo de la Segunda prostituta,

y partimos.

La Bella no se alejó pese a que no me había escuchado; en este mundo todo se escucha, hasta el pensamiento si es que uno aprende a oír la expresión del cuerpo, de la cara, del movimiento de las pestañas, de las manos, de los pies que se deslizan bajo la mesa, del roce del aire provocado por una cadera voluptuosa, del rayo de una mirada que perfora el deseo; hasta el pensamiento, si es que usted aprendió el secreto de los símbolos que permiten el paso de la palabra sin tener que emitir mortal sonido.

—Debe haber sido por lo que no es lo mismo un auto que un camión —dijo un entrometido sin que nadie se lo preguntara, y en castigo sus limpiaparabrisas dejaron de funcionar y tuvo que someterse a la humillación de recibir orines y tabaco para permitir que sus lágrimas se deslizaran por sus mejillas.

En una curva del camino apareció La Bella entre la bruma, sentada sobre una baranda del auto esperaba, una minifalda dejaba al descubierto sus hermosas piernas, dos lazos de sus zapatos rojos subían cual serpientes por sus muslos, sonreía al igual que me sonriera, sentada sobre la baranda del Pont Neuf, esperándome palpitando, toda respuesta, en el barrio latino, aquel día en que se subió para siempre en mi vida.

Era la misma, salvo que más delgada, los coquetos zapatos rojos reemplazados por unas desgastadas zapatillas, de la minifalda quedaban los agujeros en su pantalón mostrando sus hermosas piernas, la sonrisa era la misma, el llévame era el mismo, el Sena había sido reemplazado por el agua de una vertiente que corría monte abajo, sus bellísimos senos habían madurado y de uno de ellos colgaba nuestra hija bebiendo de la savia que le salvaría la vida.

El auto se había negado a continuar. Se recalentó el miserable, pensé en medio de un ataque de celos. A partir de ese momento se puso lacho, se recalentaba en cada cuesta, y Colombia es un país de cuestas, de contradicciones manifestadas en forma de cuestas. Puse una toalla sobre el asiento de La Bella, como con las arañas, con los autos europeos uno nunca sabe.

Abrimos el capot para que el auto se enfriara.

—Con orín se enfría más rápido —dijo el camión con evidente mala fe.

Con evidente mala fe el auto no se enfrió, ello nos obligó a regresar, por tramos, al orden natural, el camión adelante.

Bajé el montacargas que había causado admiración y hecho las delicias de los niños del altiplano boliviano, empujamos el auto —que la próxima sea en bajada, pensamos en voz alta—, lo subimos, lo amarramos con los cables de los proyectores, pusimos unos pañales para amortiguar los choques contra las puertas del camión.

Agarramos una pinta entre peniche, aquellas que surcan los canales en Europa con su cargamento y un auto atravesado a popa para visitar ciudades y castillos durante sus paradas, y caravana de circo pobre en Latinoamérica.

La Bella, el camión y el auto se ofendieron con lo último, no veo el porqué, por lo que a decir verdad...

En la cima nos detuvimos voluntariamente, cosa rara en Colombia. Un paradero dominaba el paisaje, sus muros abiertos dejaban ver el valle, los dioses de seguro habían parado ahí. Un hombre bueno, bastaba que encontraran uno para que el viaje se justificara, y no era *El alma buena de Se-Chuan* ni mucho menos aún la Segunda prostituta.

Nosotros, ¡ni pensarlo!, para los dioses los miserables no contamos.

Pedimos una tacita de agua de panela para cada uno. En la única mesa que tenía muro para proteger las espaldas, un hombre, con un sombrero de ala ancha para ocultar su rostro, nos observaba.

Temblé, el paradero debe ser un vertedero, pensé, no me atreví a mirar para ver si en el fondo de la quebrada sobrevolaban las aves de rapiña, me había acostumbrado a mirar sin ver y a ver sin mirar. Esta vez, al parecer, me había fallado mi instinto, había olvidado el principio de que en Colombia no todo es lo que parece ser.

Moví mi silla para proteger con mi cuerpo a La Bella y a mi hija. El hombre se paró, cruzó el local, pasó por nuestro lado sin mirar, se acercó al mesón, dijo algo en voz baja y salió.

A la salida nos acribillan, pensé bebiendo lentamente de mi taza de agua de panela. En mi vida he estado dispuesto a morir de muchas formas, pero con hambre no es una de ellas.

—Lentamente, que cada movimiento de la mano sea preciso, que marque la importancia de cada paso, que los labios se separen absorbiendo la mirada del espectador, que al imaginar pasar el dorado líquido del recipiente a la boca el espectador se levante para reclamar su parte, que exija junto a los desposeídos del mundo entero ¡un sorbito de agua de panela para permitirnos enfrentar la muerte! Lentamente— le repetí a La Bella, a mi hija y a mi grupo.

Pasaron quince minutos, las tazas vacías esperaban ser retiradas de la mesa, las nubes cubrieron el valle. Pedí la cuenta.

Se abrió la puerta que daba acceso a la cocina: los sicarios, el tipo del sombrero no estaba solo. Tres venían, con tres bastaba, uno cargaba unas abolladas pailas con huevos pericos bañados en aceite, otro pan de bono y almojábanas, el tercero una bandeja paisa para que repartiéramos, tras ellos el mesonero, con un vaso de leche.

—Esto es para la niña, no se preocupen, todo está pagado, el Patrón—, y señaló hacia la mesa vacía, pagó todo.

Un solo hombre bueno buscaban los dioses, y no lo encontraron, uno solo, y nosotros lo encontramos.

A mi hija la salvó y yo no soy malagradecido.

Un alma buena no se busca en las zonas protegidas por murallas, un alma buena se busca donde se da candela, donde por el laberinto corre sangre, donde las ideas sacan chispas o se extinguen cual pólvora mojada. Y en esa zona la encontramos, definitivamente los dioses no sabían dónde buscar.

Nadie ni nada nos detendría.

Paramos en seco: Pescadero

El camión, héroe de tantas batallas, sobreviviente de la lucha, en un inusual acto de cobardía, dijo:

—pase usted—, y se puso detrás del auto.

Nadie quería mirar la serpiente de cuatro narices, estábamos pisándole la cola, y era brava.

Jamás hay que pisarle la cola a una actriz, se dijo el director, se dan vuelta y clavan los colmillos con veneno en un santiamén.

Pescadero no escapaba a la regla, le sobamos el lomo, contemplamos su belleza con admiración, la serpiente se enrollaba y desenrollaba hipnotizándonos, allá, abajo, lejos de nuestra vista, la cabeza: Piedecuesta. A los lados de la bestia, oxidándose, destripados, restos de insolentes que osaron desafiarla, autos, camiones, carretas que perdieron una curva, que olvidaron pagar tributo antes de comenzar el descenso deslizándose por la piel y las sensuales curvas de la serpiente.

En la lejanía, el Llano y las hormigas culonas nos esperaban para devorarnos.

Como era tierra de elenos, le pedí a uno de ellos que se encarga-·ra de la programación, con ello aseguraba otros dioses para que nos despejaran el camino.

—Nada de tonto —dijo el camión empujando al auto para que comenzara el descenso.

33 minutos dejé pasar antes de comenzar el nuestro, lo suficiente para que La Bella se alejara y el camión no la aplastara en caso de que algo funcionara mal pese a que había comprobado la firmeza de los pañales alrededor de la cañería de los frenos para asegurarme de que el aire no escapara, pero sabiendo que no escaparía a mi destino,

pasé el cambio.

En Cúcuta nos esperaban tres eventos, dos presentaciones y la negativa por parte del gobierno de Venezuela a otorgarnos visa con la excusa más infame y ridícula:

—¿y después, adónde van?,

negándose a aceptar la lógica respuesta:

—pa' delante.

Buscaron en un mapa, y al parecer, el país del pa' delante no existía.

La primera presentación se dio en el Teatro Municipal, frente a la plaza, al otro lado de la iglesia, al costado del Palacio de Gobierno, en el cuarto costado: el cuartel. Nos refugiamos en el teatro.

El empresario había logrado que la función la comprara la máxima autoridad civil: el gobernador militar de la zona. Éste se excusó de asistir al estreno, de todas formas reservamos el palco real, con ellos nunca se sabe.

Se apagaron las luces de la sala, avancé de las sombras para quedar en las sombras, con discreción tosí para indicar que estaba en mi puesto, listo para dar comienzo a la comedia. Nada. Cerré mis ojos para ver. En el palco real, se levantó el jefe de los elenos de la zona, en las puertas aparecieron de la nada guerrilleros con sus armas cruzadas sobre el pecho dispuestos a defender al comandante si algo salía mal.

Nada hay más doloroso para un director de teatro que desear permanecer en la sombra.

Esa noche deseé permanecer en el anonimato, rogué con todas

las fuerzas que me quedaban que al técnico no se le ocurriera lanzar las luces, hay veces en que las luces no iluminan, hay veces en que desatan la masacre.

En la oscuridad escuché el nombre de Allende; repetida muchas veces la palabra "compañeros", ufff, nos estaba haciendo un homenaje, un "no empuñaron las armas", ayyyy, nos estaban haciendo una crítica; al conocido "Patria o muerte" de fin de discurso respondí mecánicamente con un tembloroso, "venceremos". Me sentí en Bulgaria, pero no levanté el puño, no fueran a disparar a una sombra movediza.

Las puertas laterales se abrieron, Praga, el teatro negro, las sombras cobraron vida, se cuadraron frente al jefe, levantaron el puño y se perdieron en la noche.

La luz llegó sobre la escena, la luz, no la palabra, al teatro negro le siguió Bip, hacía años que no me congelaba en el escenario, Colón pasó de Nureyev a tullido, la obra no lograba despegar.

Las putas nos salvaron, gracias a dios que existen las putas para curar el miedo.

Al día siguiente comenzamos a montar en la universidad Francisco de Padua Santander, rechacé el anfiteatro,

—al aire libre, no quiero puertas ni muros.

El gobernador militar me mandó a llamar.

—Me informaron de lo de anoche.

Silencio.

—No di la orden de asalto por lo que se hubiera desatado una masacre.

Silencio (agradecido).

—Ahora entiende por qué no fui a la obra.

—Por lo que su merced no es tan pendejo. (Se me salió)

Silencio al otro lado.

—Lo siento, tengo que ir a terminar el montaje —dije abandonando la oficina.

—¡Carajo!, resonó en la oficina.

Tras la función, el comandante eleno me mandó a llamar.

—¡Compañero!

—¡Compañero!

—¿Y?

Era de pocas palabras el compañero.

—¿Y qué?, repliqué doblando el parlamento.

—El impuesto revolucionario.

Era directo el compañero.

En pocas palabras le expliqué que no habíamos visto ni uno, que el compañero empresario había cobrado los cheques, que la última vez que se le había visto por esos parajes había sido cruzando el puente rumbo a San Cristóbal.

Callé avergonzado, lo que no hice en Rancagua lo hice en Cúcuta, sin querer había delatado, era un compañero a un compañero, pero el resultado iba a ser el mismo.

—Lo agarraremos y le pasaremos la cuenta.

Esa puerta del laberinto se había cerrado, salimos rápidamente en dirección de Santa Marta, allí tomaríamos el ferri hasta Panamá y de allí al Teatro Municipal de Costa Rica.

—Se lo juro, la semana pasada tomé el ferry; viaje un miércoles, sale más barato —nos aconsejó un paisa que venía llegando.

Con tanto detalle tenía que ser cierto.

Había que apurarse, se nos habían acabado los días de legalidad y vestidos de ilegales partimos para llegar un miércoles.

Los alumnos de la universidad nos escoltaron hasta la frontera, no la frontera con Venezuela, la otra, la que conducía al Magdalena y sus vapores, la selva nos abría su vientre para tragarnos, los mosquitos comenzaron a marcar propiedad en nuestros cuerpos.

Entre Cúcuta y Santa Marta no existía el cielo, el final de cada vuelta del laberinto desembocaba no en dos, sino en tres espirales, yo, el hacedor de sueños conocía el de la vida y el de la muerte, el de la esperanza era completamente nuevo, y por ende mas peligroso.

—En Santa Marta no existe el ferry —dijeron— existe en Cartagena. Cartagena, la ciudad que levantó sus muros para protegerse de Sir Francis Drake, la ciudad que para hacerse perdonar prestó sus muros a los sueños y sus prostíbulos a los soñadores, ciudad amable como Sète, ciudades que dan nacimiento a poetas y otorgan musicalidad a las palabras, ciudades albergues de mendigos y desamparados, ciudades refugio de almas perdidas.

—En Cartagena existe el ferry —dijo otro paisa—, el ferry que nos arrancaría de la peor tormenta, la de la nueva violencia desatada, la violencia desenfrenada que duraría siete años, la violencia que nació en medio de la violencia que asolaba a Colombia y a los miserables que la atravesábamos anticipando los seis millones de miserables que seguirían nuestros pasos.

—Cómo sería, que en el país de la violencia se atrevieron a llamarla violencia, y no fueron seis millones, no exagere fueron solamente cinco millones setecientos doce mil quinientos seis, y para que lo sepa esos seis eran ustedes.

—Siete, éramos siete, le falta uno.

—Seis, el séptimo tiene su rayita en otra lista.

El único ferry que se viera en Cartagena salió hace años de un telón de cine y se perdió en el horizonte, allá donde el mar y el cielo se funden en un beso; y la hermosa rusa que iba de polizonte lo traicionó, está de cantante y ejerce su profesión en un cabaret, el maestro del cine mudo le dio vida, palabra y nobleza; la llamó condesa.

Nuevamente llegué tarde.

—No llegó tarde, se volvió a equivocar, llegó en el primer año, el decisivo, aquél que dirá si la criatura sobrevive, aquél que marca su camino y su destino, aquél, que por lo inesperado, abre los límites infinitos del horror, y si el ferry no existe, existen los planchones, sólo ellos le permitirán cruzar el golfo de Urabá, salen de Turbo, y si cree que esto es la violencia, sepa que a esa vaina la llaman la zona roja y ahí ni los valientes se aventuran y si mal no recuerdo usted no entra en esa categoría.

Estaba hablando de la zona caliente de Colombia, zona de enfrentamiento de los narcos, los paramilitares, la guerrilla, el ejército, zona donde una bala valía diez veces más que una vida humana y un actor menos que una vida humana.

¡Cómo estaríamos de depreciados!

Cómo estaría de desesperado que exclamé, ¡pa´ Turbo los boletos!

—Guarde, que es de noche.

—De día o de noche es la misma vaina.

No era lo mismo, estaba perdiendo la mente, hasta mi hija lo entendió así, y al pasar el último control, antes de que el camino se perdiera en las sombras le dio un berrinche de padre y señor mío, paramos para que La Bella la amamantara, y nada, no paraba. Por nuestro lado pasó un bus, el chofer nos saludó y se perdió en las sombras, treinta minutos más tarde regresó, el chofer venía bañado en sangre, su ayudante colgaba atravesado en la puerta de subida, al interior tres muertos.

—Nos pararon, nos emboscaron, estaban esperando, los muertos eran militares de civil que iban para protegernos, a mi ayudante lo mataron por pendejo, quiso cobrarles a la subida.

Mi hija dejó de llorar.

—Pueden seguir —nos dijeron los del control—, el camino está despejado, los que fueran ya deben ir camino a la selva.

Frente al muro un soldado preguntó:

—¿hago una rayita en los selectivos, o en los otros?

—No sea pendejo soldado, los selectivos los matamos nosotros, de estos ponga uno en los civiles; ciento setenta y siete mil trescientos siete rayitas cubrieron los muros de Colombia —y tres en combatientes, cuarenta mil setecientos ochenta y siete rayitas se sumaron,

sin contar las que borró la lluvia.

—Tampoco, no sea injusto, nosotros también pusimos nuestro granito de arena en la lista de los selectivos —me reclamaron los narcos, la guerrilla y los paramilitares.

—Ustedes saben que es la misma vaina, me excusé.

Seguimos viaje,

por si las moscas y para protegernos colgué una gomita de borrar en el volante.

———

De ahí, de cabeza al laberinto; ni espiral de vida, ni espiral de muerte, el maelstrom de la violencia sin límites, los senderos no se bifurcaban en direcciones, se bifurcaban en vida o muerte, los jerarcas se trasladaban en helicópteros, se deslizaban como las serpientes, como las serpientes daban tres saltos en la misma dirección antes de morder, ello los perdía, los helicópteros separaban las nubes con sus aspas, ello los perdía, los uniformes para todos eran iguales, ello hacía que se perdiera la cuenta al contar los caídos en combate, en emboscadas, en traicioneros ataques por la espalda, las fronteras desaparecieron, nacieron los corredores, y esos se cuidaban.

Nadie saldría indemne, era una guerra sin ganadores. Camino al golfo de Urabá todos perdimos.

En el kilómetro cero, los militares, en el kilómetro 7, un avión cargando droga, en el kilómetro 9 la guerrilla, en el 13 los paramilitares, entre el kilómetro cero y el 13 un camión donde se leía "Nuevo Teatro Los Comediantes" y un auto con La Bella, una bebé y unos actores.

Un rayo traspasó el primer año de la violencia ciega, la más terrible que azotara Colombia, una caravana navegando en el medio de la guerra, sin brújula, sin aliados, sin siquiera valer el precio de unas balas; por ello sobrevivimos, por lo que en el escenario de una guerra fratricida, una guerra de mezquinos intereses, una guerra de venganzas, una guerra de ansias de poder, los ciegos, los mudos y los locos son respetados, los ciegos por lo que ven sin ver, los mudos por lo que no hablan, los locos, por lo que, inocentes, servirán de testigos prolongando la vida y honrando la memoria de los caídos de todos los bandos.

Por si acaso, apagué mi farol, no era el momento de buscar un hombre justo entre los muertos, además, además era tanto el picadillo que armar un hombre justo era tarea de titanes.

El auto, pudoroso, bajó sus ojos y se dedicó a iluminar los caimanes que se atravesaban a su paso, el camión había recuperado su aspecto latinoamericano, y cíclope temeroso, intentaba encontrar la salida del laberinto para salvarnos a nosotros y al carromato dorado, del que secretamente se había enamorado.

Caían las sombras sobre las sombras y en el medio de la ruta, al final de una bajada y el comienzo de una nueva cuesta, una camioneta cruzada en el camino esperaba, las luces apagadas, un hombre dormido sobre el volante, un sombrero cubriendo su rostro.

Frené, aunque en Colombia en la noche no se frena,

—si ya no se frena de día, qué se va a frenar de noche, ¿que no recuerda?

La séptima, al pasar bajo los puentes, a la hora que salen los fantasmas, ¿no se acuerda de que allí no se frena?, que al contrario se acelera y los fantasmas, sus cuerpos desgarrados rebotaban en las paredes de los carros, antes de ser reemplazados por los cuerpos aún enteros de otros gamines, esos pelaos que pueblan las calles de las ciudades de Colombia, a los que hasta los golpes que les dan los carros al atropellarlos les parecen la caricia que les fue negada.

—Yo sí paro, a lo mejor me gano una caricia.

No podíamos retroceder, La Bella nos bloqueaba el paso, al intentar retroceder se empantanó, bajamos de los vehículos las manos en alto —somos actores—, se escuchó, perdiéndose el parlamento en la vegetación. Al igual que en Rancagua había llegado el momento terrible de la espera, era imposible adivinar lo que vendría; no había tiempo para contarle de los festivales internacionales, aunque lo intenté, ganándome una feroz patada de La Bella.

El chofer se levantó el sombrero, nos observó, echó a andar el motor y se acomodó en la berma para dejarnos pasar.

Miré sin mirar, el sombrero y el rostro a medio ocultar me eran conocidos, le agradecí con el pensamiento. Nos permitió llegar a Arboletes, hasta allí valía el salvoconducto que nos había dado el jefe de plaza en San José de Apartadó. No nos dejaron entrar, aún no se levantaba la noche, nos obligaron a dormir al otro lado de la trinchera que los mantenía prisioneros y con la cual creían protegerse.

A mediodía, cuando el sol era inhumano, nos permitieron entrar, miraron el salvoconducto, ya no tenía validez, se habían cargado al militar jefe de la brigada 17 del ejército y jefe de la brigada paramilitar Héroes de Tolova. Se lo habían cargado en una emboscada entre una bajada y la subida de una cuesta.

Le habían cobrado la muerte de ocho campesinos de San José de Apartadó acusados de apoyar a las FARC, cinco adultos y tres niños, a esos los mataban de yapa los militares paramilitares.

—¿Ustedes vieron algo?

Nos miramos entre todos repitiendo una escena largamente ensayada, uno con cara de interrogación, otro, Rodin, algo así como pensando, el de más allá rascándose la cabeza, gestos grandes de gran guiñol, esperpentos escondiendo la palabra en el silencio, permitiendo que el espectador se formara una idea, ojalá la evidente, la equivocada.

—Total, en la sala siempre hay alguno que no sabe ver.

Comenzó a llover, una semana duró la lluvia clavándonos en Arboletes. Ello nos permitió lavarnos, los cuerpos y la ropa, la memoria no aceptó que la lavaran, algún día se descascararía para
dar paso a los recuerdos. Bebimos, bebimos hasta hartarnos el
agua de la lluvia que vendían los niños de Arboletes en saquitos
de plástico, saquitos que mi hija chupaba con fruición, La Bella
descansó.

Junto a los pobladores más pobres, en las chozas más alejadas
del centro y de las trincheras devorábamos un bofe frito, elástico,
negro, aún con cavernas que encerraban un bolsón de aire que
escapaba al ser liberado por nuestros dientes añadiendo un aire
festivo al festín.

Mi hija se hizo sus primeros dientes con una tira de bofe frito, al
igual que todos los niños del pueblo perdido de Arboletes.

El mar se había comido el borde del pueblo y algunas casas du-
daban entre el suicidio y ser llevadas por las olas o la muerte colectiva y ser devoradas por el fuego.

Un fotógrafo ambulante, de esos con cámara de cajón nos tomó
una foto en la plaza del pueblo, sentados frente a un cartel donde
orgullosamente se leía "Arboletes con amor".

Nos la regaló.

Cada amanecer, una camioneta o un campero intentaba salir para
romper el cerco, durante seis días regresaron vencidos.

–No hay paso.

El séptimo día, un campero no regresó.

Cayó en un retén, cayó en una emboscada, se desbarrancó. Junto a las paredes de la iglesia alguien preguntó:

—¿dónde hago la raya?

¿Era narco?, ¿era de la guerrilla?, ¿de cuál?, ¿las FARC?, ¿eleno?, ¿Quintín Lame?, ¿era M19?, ¿era EPL?, ¿era paramilitar?, ¿era del ejército?, ¿era AUC?, ¿era contrabandista?, ¿era latifundista?, ¿era mezcla de narco con algo?, ¿era fracción de un movimiento?, ¿era campesino?, ¿campesino con campero?, ¿era amigo o enemigo?

No preguntaba lo que era al comienzo, preguntaba lo que era al final, por lo que alegremente en manos de la droga saltaban de uno a otro campo para justificar su existencia.

—Habría que ponerles etiquetas en los pies para no equivocarnos al poner la raya —dijo el que estaba empuñando un lápiz frente a las paredes de la iglesia.

Todos nos sacamos los zapatos, yo puse, director; La Bella descalzó a nuestra hija y preguntó:

—¿da lo mismo la pata izquierda que la derecha?

La Segunda prostituta, desde la lejanía dijo:

—reclamo la pata izquierda para los míos.

¡Era tan de principios la compañera!

Un burro que iba pasando iba a preguntar algo, pero todo el mundo lo hizo callar,

—con los principios no se juega.

Fue el único momento en que la unidad se dio en Arboletes.

—Debe ser por lo que se denomina sincretismo político.

—¿...?

—La derecha reclamándose vanguardia social en sus discursos, y la izquierda convertida en pechoña.

En la lejanía se escuchó el ruido de un motor que se acercaba, era un motor, no una motosierra. Era el campero, ¡no había caído en ninguna emboscada y ya lo estaban desapareciendo! El chofer se bajó embarrado hasta el tuétano, sonrió, sacó pecho y dijo:

— el paso está abierto.

Todos corrimos hacia nuestros vehículos y nos pusimos en la cola. Nos revisaron, no para ver qué llevábamos, eso no importaba un bledo, para ver si pasábamos, no fuéramos a empantanarnos y cortar la vía, ahí sí que podían descolgarse las sombras y no quedaría nadie vivo.

El de la iglesia comenzó a sacarle punta al lápiz.

Se detuvieron frente al auto, con una vara midieron la altura entre la carrocería y el barro:

—éste no pasa.

—Yo lo cargo —dijo el camión.

—Usted ya tiene mucho peso.

La Bella en pánico musitó —pero ya le puse el nombre en la patita a la niña.

Se compadecieron, un camionero que iba sin carga ofreció llevarlo. Trajeron dos tablones y entre todos empujamos, y una vez arriba lo amarraron —el camino es accidentado —explicaron—, lo de atrás era juego de niños.

—Rápido, en movimiento, que el camino se está desmoronando bajo el camión blanco.

Aceleré.

Miré en mi memoria para despedirme de Arboletes con amor. Atrás, en una ladera del volcán, quedaba la laguna de barro hirviendo que salía de las entrañas de la tierra, era la fuente de la eterna juventud, ella, la codiciada, ella la que buscara, y por ella diera la vida Ponce de León; ella, tesoro oculto en la noche de la violencia, quedaba atrás; ella, a la que ignoré y a la que nunca volvería, me volvió mortal.

—Por fin podremos descansar —dijo el camión entrando en punta de ruedas a Turbo no fuera a perturbar el sueño de alguien.

Las calles vacías nos esperaban para darnos la bienvenida, ni siquiera un tombo a quién preguntarle por una tiendita abierta. Nos estacionamos y bajamos en busca de un lugar donde comprar un vaso de leche caliente para la niña y un agüita de panela para nosotros.

Una vez más, las sombras cubrían la ciudad, una vez más por los muros se deslizaban otras sombras, grises, temerosas, sin personalidad, y nada hay más peligroso que una sombra con miedo, escondida en la masa y con poder.

—Eran los unos, eran los otros, y al final eran los mismos, y lo que es no importa si al final todo es lo mismo: víctima o asesino mueren en un abrazo, torturado hoy torturador mañana se encuentran en el goce que produce el hacer sufrir, corruptos y honestos se intercambian los papeles para confundir, retenes levantados para defenderse de los otros o matar a los otros apuntan para ambos lados.

—¿Y los derechos humanos, los derechos de los miserables, los derechos de los desposeídos de la tierra?

—Esos son como los semáforos en Bogotá, a partir de las nueve no los respeta nadie.

Un manto de oscuridad ocultó el sol durante la violencia en Colombia, habían sonado nueve campanadas de muerte en Urabá.

Los portones de un parqueadero se entreabrieron, Rosi, dos enormes ojos negros brillando en la oscuridad nos llamó:

—entren.

Le mostré mis bolsillos agujereados.

—Rápido, que van a comenzar a dar candela.

Entramos.

Para protegernos, pasamos la noche acurrucados bajo el camión.

—Cobardes —dijo con marcado acento francés el camión.

—Eche no jo'a —le respondió Rosi con marcado acento costeño.

Para espantar el miedo nos contábamos historias. Rosi había salido una sola vez de Turbo, para ir a Medellín, le habían dicho que su hermana trabajaba por allá, pero no la encontró, luego no salió nunca más. Le contamos que nosotros veníamos del otro lado del mar, que con La Bella nos habíamos conocido en París, no dijo —¡qué romántico!—, como todo el resto, le importó un rábano.

La bella le contó que era actriz, sus ojos brillaron en la oscuridad.

—¿Como las de la telenovela?

—Como esas, pero en vivo, en el teatro, en una escena presentamos un prostíbulo, yo hago de puta.

A los hermosos ojos, se sumó un collar de luciérnagas brillando en la boca.

—¿Mujer bandida? —dijo riendo—, y en voz muy baja, Rosi conoce la reacción de los hombres, añadió —¿y él no se enoja?

—No, él me puso a trabajar ahí.

—Como a mi hermana —sentenció la buena Rosi.

Le iba a hablar de la violencia en Chile, pero guardé silencio, me dio vergüenza.

En París usted decía Chile, y se sabía, decía Pinochet, y se requete sabía, no había necesidad de hablar de la brutalidad de la dictadura, y la gente se alineaba contra el dictador. En París usted decía Colombia, y le respondían café, intentaba explicarle de la violencia que azotaba al país y como máximo llegaban a la masacre de las bananeras, esa estaba clara, el ejército masacrando campesinos en huelga contra la United Fruit Company, dos bandos claramente establecidos, y esa masacre la conocían gracias al Gabo.

Al parecer, reflexionaba para pasar la noche y la balacera, la gente necesita de parámetros conocidos para reaccionar frente a la violencia, si se dice dictador ahí todos reaccionan.

—¡Ah, la violencia!

La violencia para ser reconocida como tal necesita establecer parámetros definidos: quiénes son los victimarios y quiénes las víctimas, así uno puede identificarse.

—Entre los buenos y los malos, escoja milord, escoja.

¡Por favor, denme una víctima para no sentirme tan solo, supliqué! En cambio cuando los bandos no están definidos y existe una violencia generalizada y unos y otros forman parte de un mismo bando todos los parámetros se confunden; cuando no está claro quién es quién y se es torturador y torturado, secuestrador y secuestrado, masacrador y masacrado, corrupto y corrupto, lo que varía son las cantidades, y no por mucho, y si yo soy tú y tú eres yo, nadie entiende nada, y como todo lo que no se entiende implica peligro, se evita hablar de ello; y en París usted seguirá diciendo Colombia y le responderán café, y si en Ámsterdam dice café colombiano, le traerán cocaína.

En París, los colombianos cantaban a Chile, "L'Amérique latine chante au Chili", ¿recuerda?, en París los chilenos cuando cantábamos a Colombia cantábamos "La piragua", era menos comprometedor.

Me prometí poner en escena el Gran Burumbún, el dictador universal, para explicar lo inexplicable: la violencia en Colombia, querámoslo o no, nuestro espejo.

Rosi me tocó el hombro —tómese un tintico, es hora de ir a recoger los muertos.

XXVII. De cómo Wang le hizo entender que la solución a sus problemas estaba en los hombres, pero que para llegar a ellos tenía que invocar a los dioses

El mar nuevamente estaba frente a mí, me acerqué a él con respeto, siempre representó una salida, quizás por lo que cada ola representaba un camino, cada ola nacía, me envolvía, me arrastraba y me entregaba a otra ola para que me abriera nuevos horizontes, nuevos escenarios, caminos infinitos para que me sumergiera en el maelstrom,

mi destino.

En el mar mojé mi cuerpo, sumergí a mi hija para sacarle el barro del volcán y abrirle camino hacia la muerte.

¡Oh dioses! A nadie le deseo la vida eterna, a nadie le deseo el camino recto y sin sabor, el riel que aprisiona el pensamiento, a nadie le deseo el que no pueda ver, que no pueda poseer la palabra, a nadie le deseo el que pase por este mundo viviendo sin dolor, sin espejos y sin buscar un alma buena.

A nadie le deseo el vivir encerrado en un círculo sin salida, en la espiral de vida sin tener la posibilidad de caminar por la espiral de muerte, sin poder deslizarse entre las espirales para crear la suya y arrastrar en ella a los que ama.

A nadie le deseo el odiarse tanto a sí mismo, dije llenando mi hambrienta boca de arena para encontrar los sabores perdidos de mi tierra.

Abrí los ojos, ahí estaban los planchones, no todos, algunos se encontraban en alta mar esperando su turno para entrar a descargar y cargar mercadería. Entraban un contrabando de cartones de cigarrillos que se venderían sueltos en los barrios miserables, o a los ladrones en espera de clientes en la carrera séptima en Bogotá. En Chile se vendían tallarines sueltos, por puñados, pero para no humillar a nadie con elegancia los ofrecían con un

—¿quiere fideos al granel, caserita?

—Y que te los mida don Pepe —decía mi madre—, tiene el puño más grande que doña Margarita, y sobre todo, que no los mida la Chechi, tiene la mano muy chica.

Sin embargo, yo prefería que los midiera la hija de don Pepe, con ella tenían sabor, le daba vida a los rígidos tallarines y hacía que se enroscaran en mi sexo rompiendo las barreras insípidas del hambre.

—Y que no te vayan a dar de los quebrados.

Hasta en los recuerdos sigue jodiendo, pensé.

—Es que ustedes no pueden venderlos de a uno como todo el mundo, son una sociedad de consumo —sentenció la Segunda prostituta.

Con tanta jodienda, me estaban dando como ganas de contratar un sicario.

En los planchones sacaban la droga barata: marihuana, piedra y bazuco, la cara, esa salía en lanchas rápidas, avionetas, aviones cargo y valijas diplomáticas.

—¿El sexo y el cuerpo de la mujer se consideran valija diplomática?

—Más bien papel de envoltorio, vivimos en un mundo en que lo más sagrado se desecha, como los tallarines quebrados, pobres tallarines que vagan por la tierra sin encontrar ni una olla, ni un estómago vacío, su destino.

Todo salía por la superficie del mar o por el aire, todavía no pensaban en sacarla bajo el mar, el costo era mayor, y además no necesitaban esconderse, en Turbo todo era lo que parecía ser, un enorme emporio donde todo se vendía, todo se compraba, y si se mataban, era por negocios y no por otra vaina.

En Turbo todo era negocio al igual que en el resto de Colombia.

El viaje no era largo, unas 4 millas marinas, al otro lado del golfo, cuando era oficial arrimaban a Coco Solo, cuando no, en cualquier ensenada, la cuestión era pasar los controles.

—Como ve, la distancia no es muy grande, y los lanchones se la pueden, ¿qué lleva de carga?

Se consultaron entre ellos:

—teatro es pa' Coco Solo, si fuera otra vaina lo dejaríamos en Punta Tiburón, nos toca conseguir tablones firmes, los ponemos entre dos planchones, esperamos la marea baja, subimos el camión, equilibramos con el auto y listo. ¿Saben nadar, cierto?

Pregunté si se podía pasar por otro lado que no fuera Punta Tiburón,

—es que no nado muy rápido —me excusé.

—Si quiere llegar hasta Costa Rica, consulte con su paisano, ese tiene lanchas rápidas y tiene conexiones, lo encuentra en el segundo piso, en su oficina —dijo uno señalando el bar del frente.

—¿Por quién pregunto?

—Por el chileno

El chileno transportaba otra cosa, sus lanchas fuera de borda las arreglaba para que fueran de las más rápidas, sabía balancear la carga de forma tal que si estaba en problemas podía botarla en un santiamén, eran gajes del oficio, en su oficina jugaba póker, jamás ganaba, sin embargo jugaba religiosamente, eso le traía suerte. Una vez ganó, perdió dos lanchas y sus cargamentos.

Entendió.

En Colombia, como en la vida, hay que saber perder para ganar.

Lo de los planchones era un suicidio, íbamos a servir de pasto a los tiburones, jamás nos pasarían —y hasta capaz de que ni los embarquen —me dijo para callado—. Vaya a esta dirección, ahí le pueden ayudar.

En Colombia hay que saber escuchar y seguir consejos.

Cómo estaría de desesperado que yo, el rebelde, el antisistémico, el atravesador de la historia, el desrielado, seguí el consejo.

—Hay algunos que nunca aprenden.

Al estar en terreno movedizo aseguré la retaguardia, el camión y los actores se quedaron donde Rosi. Como me aventuraba en camino no escogido, aseguré la vanguardia, me acompañaron La Bella y mi hija.

Crucé la frontera de Turbo, mar y selva se alternaban para cerrarme el paso, no las cuerdas, no los retenes, no las emboscadas. El mar y la selva, mis aliados, me abandonaban.

—Intentábamos protegerlo, lo que pasó fue que por estar desesperado no supo escuchar, no fue capaz de leer las señales del destino y tomó la curva equivocada.

—Esa la había tomado hacía tiempo.

¡Una barrera!, ¡guardias armados!, estaba de regreso a la civilización.

Frené.

—No se las dé, lo frenaron, que es otra cosa.

Me encontraba a las puertas de un aeropuerto, había visto avionetas como monumentos, DC 3 cargando droga, pero, ¿un aeropuerto?, ¿una flota de aviones en medio de la selva? Como estaba en Urabá, era lo que era: un aeropuerto con una flotilla de avionetas.

Una alambrada demarcaba el terreno; sobre el portal de entrada se leía: "Los sueños te hacen libre", bonito, y abajo en letra chica: "Se prohíbe la entrada", el resto del aviso era en carne viva: el rostro de los guardias más un dedo en el gatillo.

—Seis millones, eran seis millones.

Qué cosa más terrible para un director de teatro que el estar consciente de que pone en peligro a los suyos y lo sabe, el saberse amenazado y lo sabe, y el no entender cómo los guardianes logran transmitir, en un segundo, un mensaje integrando la muerte y la vida, cómo mezclan la tinta estática y brutal con la carne palpitante.

Qué cosa más terrible que tener que preguntarse con envidia cómo logran dominar la audiencia con un solo dedo. Qué svoboda ni qué ocho cuartos, qué decorado de cartón piedra o teatro negro, no jodás hermano, esto era perfecto; quizás por fin había encontrado lo que tanto había buscado.

Pedí hablar con el director.

Llamados van, llamados vienen, miradas nos miraban, miradas devolvimos con miradas, como éramos ciegos, ganamos.

—¡Nunca aprende!

Abrieron las puertas, un todo terreno nos escoltó hasta la casa patronal.

En la puerta, un tipo con cara de palo sonreía. Brecht, hay que distanciar al personaje, a la frialdad añadirle una sonrisa para que el espectador vea más allá de la cara de palo y más atrás de la sonrisa.

Debe ser el chileno, pensé.

Algo no pegaba en el personaje; tenía fuerza, pero no dejaba entrever poder; estaba erguido, pero su sombra mostraba la servil curvatura de los personajes grises; era personaje y sin embargo era masa, la escenografía se lo comió, estaba en el corazón del eje bananero, en el golfo de Urabá, la zona donde la candela era el pan nuestro de cada día,

abrí la boca.

—Vengo de parte del chileno, el de las lanchas, me dijo que usted podía ayudarnos.

Tras escucharnos, dijo —pasen voy a consultarlo con el jefe, no está aquí, pero lo estamos esperando para hoy.

No era el jefe, la sombra no mentía, era un suche.

—Además de pedigüeño, ¿elitista el caballero?

—El compañero, corregí, los restos del caballero me los comí con la bufanda de alpaca.

Se fue a llamar por radio, volteó la cabeza y dijo:

—pueden pasear, lo que no pueden es salir del campamento.

Las alambradas crecieron en el perímetro, de San José de Apartadó hasta el aeropuerto.

—El árbol no le deja ver el bosque, el perímetro era un poquitico más grande, hermano.

Me sentí como cuando nos dejaron salir de la celda a patio, entre presos y libres, el paseo canero había pasado de seis metros a cien.

Horas más tarde nos ofrecieron una bandeja, el suche preguntó:

—¿usted, sabe donde está, no?

No lo sabía.

—¿Usted sabe a quién vino a ver, no?

No lo sabía

—¿Usted sabe quién es, no?

—No, el dueño de la empresa, me imagino.

—Mi coronel es el cónsul honorario de mi general Pinochet en Medellín, creo que usted vino a secuestrarlo y la guerrilla está esperando al otro lado de la alambrada.

Las sombras comenzaron a trepar sobre las alambradas y a avanzar sobre el aeropuerto. Eran sombras de sombra y no de guerrilleros, pero, ¡cómo convencerlo!

—Se hace tarde, tenemos que irnos, mis actores nos están esperando.

—Estamos poniendo a salvo al coronel, ustedes no salen de aquí, mi coronel los invita.

Esa fue la primera vez que mi hija durmió en cama grande y no en el auto, su canasto de mimbre o una caja de proyector, y estaba feliz la irresponsable.

Al amanecer los aviones despegaron con su preciosa carga, como despedida pasaron en vuelo rasante, la empleada de la casa nos trajo un vaso de jugo de papaya —para la madre —dijo—, y otro de leche —para la niña.

El suche nos dejó partir, el coronel ya estaba seguro, al llegar al portón se escuchó por los altoparlantes:

—díganle al chileno que el coronel le manda a decir que no sea huevón.

Quince días más tarde la guerrilla salió de las sombras y saltó la reja. Lo juro, no tuve nada que ver con eso, yo a esa vaina no le jalo.

En el parqueadero de Turbo mis actores esperaban, en el teatro municipal de San José, en Costa Rica, donde la temporada debía comenzar esa noche, un cartel anunciaba:

Se suspende la función.

Al bajar del auto me asaltó una terrible duda, ¿a cuál de los dos chilenos se habría referido el coronel?

Un nuevo círculo se formó a mi alrededor, silencioso. Siete, más el auto y el camión.

—Seis, usted no estaba en el círculo.

—Siete, Rosi estaba en él.

Nada hay más terrible para un actor que aquel momento maldito, por todos temido, en que se encuentra al centro del escenario —las luces apuntándolo para captar las miradas— y cuando la música desaparece para dar paso a la palabra, su mente en blanco, no encuentra qué decir; intenta un gesto de las manos para ganar tiempo, tiempo perdido, peor aún, la tensión monta.

———

Qué cosa más hermosa para un actor que aquel momento en que se encuentra al centro del escenario, las luces apuntando sobre él, la música desapareciendo dando paso a la palabra, y el parlamento fluye desnudo de todo artificio dando paso a la tragedia.

Pero ése no era mi caso.

Revisé en mi memoria los caminos del laberinto, las curvas del camino, imaginé lo que existía al final de las curvas que no tomé, a lo lejos se cerraban las puertas de una sala, los planchones habían partido, la selva del Darién se espesaba amenazante, más allá de mi círculo se produjo el silencio, en el círculo de la muerte pararon por un minuto, una voz preguntó —¿alguien se acuerda de por qué estamos peleando?

La palabra regresó a mis labios,

—a Bogotá, aunque tengamos que volver a cruzar La Línea y Medellín, voy a declararme en huelga de hambre.

Hasta el camión se rio.

—¿Contra quién?, una huelga se hace contra alguien.

—Contra el putas si es necesario, hay que encontrar una salida.

Aceleré, mi hija iba a cumplir un año.

Al ir a cruzar el portón, apareció Rosi. Se había emperifollado, se equilibraba en unos zapatos de tacón alto —dicen que las altas son más cotizadas—, se había pintarrajeado el rostro y llenado los dedos de baratijas —me convencieron, denme un aventón hasta Medellín, me voy a trabajar con mi hermana.

Con el pasar del tiempo se convirtió en la cabrona más cotizada de la región; su reinado se extendió de Buenaventura a Turbo, pasando por Cali y Medellín; de Turbo a Barraquilla, Cartagena y Santa Marta. Como la Rosi conocía sus secretos y los caminos de la droga todo el mundo le rendía pleitesía. Hasta dicen que instaló una sucursal en Cuba, era mujer de negocios la Rosi.

Al pasar por Medellín la desembarcamos y de paso escondimos al camión, no hubiera aguantado un segundo Palacio de Justicia.

Uno de los actores colombianos, el doctor, salió antes para alertar a la prensa, Napito salió antes para alertar a las que despreciativamente llamaban las locas, seres perseguidos por todos los protagonistas de la violencia, diezmados por una enfermedad desconocida, una nueva plaga de Egipto, golpeados por los suyos, y que sobrevivían escondiéndose hasta de los dioses, ¡cuál no sería su temor!

En Bogotá, buscando un lugar para llevar a cabo la huelga de hambre, fui a una iglesia de población —¡santuario! —clamé.

—Hijo mío, esto no es Notre Dame, respondió el cura cerrándome sus puertas.

Sobre las gradas de acceso a la iglesia dejé una cruz y me retiré cantando bajito: de Chiquinquirá yo vengo, de pagar una promesa...

Fui a un teatro amigo, me negaron el escenario.

Una vez más entré en conflicto, preferí la escena abierta frente a la cerrada, la interrogante frente a la aseveración, el individuo frente a la masa, escogí lo humano escondiéndome de los dioses y por ello me condenaron al destierro y a la muerte.

No fui al Palacio de Gobierno donde Eduardo, una huelga de hambre contra el mundo no se hace en casa de un amigo.

No la declaré en la calle por lo que se hubiera confundido con la de los miserables que vagaban por Colombia y por el mundo.

Pasé frente al Museo del oro, no la hice allí por lo que el resplandor de la riqueza usurpada hubiera ocultado mis heridas.

Pasé frente al lugar donde asesinaron a Gaitán, no la hice allí por respeto a los muertos, no fuera que el hambre y la necesidad ocultara su recuerdo.

Desde cada una de las gradas de mis escalinatas me abrían y me cerraban mi camino, sin descanso aparecían muros invisibles y mi estómago retorciéndose clamando ¡oh dioses! Dadme un lugar donde depositar mi dolor.

Santa Fe de Bogotá, el corazón de Colombia, el kilómetro cero, la Alcaldía Mayor.

Estaba en La Séptima, me bastaba correrme a La Octava y avanzar hasta La Décima, además, además tenía un nombre.

—Por supuesto, Alcaldía Mayor —dijo el auto, camionizándose.

—Si sigue jodiendo, a éste le voy a poner un pañal en el carburador para que la cierre.

Al final del pasillo, a la izquierda, en una pesada puerta de madera se encontraba el nombre del concejal. Había conocido a Fidel, su padre, en Medellín, presentando *El alma buena de Se-Chuan*, a su hermana, en Sofía, no en la época del bosque de banderas rojas, en la época del nadie se mueve decretada por los teatinos, es decir tenía un pedigrí como para golpear a su puerta.

En breves palabras le expliqué la situación: necesito un lugar para declarar una huelga de hambre, la prensa está esperando para cubrir su lanzamiento.

Era verdad.

—¿La Segunda prostituta está al corriente? —preguntó.

—Ella lo sabe todo.

Era cierto, sabía todo, nada se movía en la escena colombiana sin que lo supiera, me da la impresión de que lo interpretó como un, ella lo aprueba.

—¿Hora?

—Las cinco en punto de la tarde, en homenaje a Federico.

Teníamos un acuerdo, teníamos que apurarnos, en Colombia los acuerdos valen lo que dura una vida.

A las cinco en punto, pasando entre los periodistas, entraron a su oficina la Segunda prostituta y los teatinos, cerraron la puerta dejándonos en el pasillo.

¡Horror! De dónde aparecieron, y yo que creía que a los últimos me los había sacado de encima en Buenos Aires.

Comencé la huelga y la conferencia de prensa en el pasillo, pidiendo un farol bajo cuya luz crear, un círculo donde mover el pensamiento, donde dar vida a los personajes, donde hubiera un abismo entre el actor y el fiscalizador, y un suspiro entre el actor y el espectador, donde la complicidad fuera para dar y preservar vida y la muerte desapareciera tras una máscara, donde el único muro fuera un svoboda que se pudiera traspasar en un paso para salir de las sombras. Me habían negado un gallinero para entregarme el mundo, ahora que me negaban el mundo, pedía un gallinero.

Acto seguido, La Bella entre las bellas tomó la palabra, habló de las emboscadas, de los aviones cargando droga al lado de la ruta, de los retenes, de la corrupción, de los caimanes cruzando el camino empantanado, del hombre del sombrero, del vaso de leche para la niña, de la laguna de barro hirviendo brotando de la tierra en la ladera del volcán en Arboletes, de...

—¿En Arboletes?, ¿estuvieron en Arboletes? Imposible —dijo el periodista.

A partir de ese momento nadie nos creyó que habíamos pasado meses viajando en medio de la violencia, en la zona roja, aquella que hasta a los periodistas se les negaba.

Las reacciones se miden, la envidia se mide, el silencio incrédulo se mide, se palpa, invade los huesos, asalta la memoria, crea la duda hasta en uno mismo.

La Bella lo sintió, era actriz, sabía cuándo el parlamento nacía del silencio y cuándo se hundía en él para desaparecer del escenario. Lentamente los miró y comenzó a abrir los botones de su blusa —ya lo sabía yo —explotó en un canto de alegría la Rosi en un burdel de Medellín—, era mujer bandida.

Y sacó de entre sus senos...

—una teta —volvió a interrumpir la Rosi incorregible.

...una foto, y la hizo circular entre los periodistas.

El silencio se paseó por el pasillo, tomaban la foto, la miraban, nos miraban, bajaban los ojos y la pasaban, en ella aún se distinguían nuestros rostros y en un cartel se leía: "Arboletes con amor". Se la devolvieron casi con devoción.

A partir de ese momento podíamos decir lo que quisiéramos y lo creerían, salvo los incrédulos del mundo entero a los que se sumaban el hijo de Fidel, la Segunda prostituta y los teatinos parapetados detrás de la pesada puerta de madera que nos separaba de la oficina.

—Antes de agradecerles su presencia ofrezco la palabra para una última pregunta, ¿alguien?

La pesada puerta de madera se abrió, separé mis piernas para resistir mejor, tensé mi mente, cerré los ojos para ver de dónde vendría el ataque, abrí mis oídos para reconocer la voz.

—Lo llaman de la cadena Caracol, caballero.

Caballero no es lo mismo que compañero, caballero marca distancia, compañero marca acatamiento, si lo dice la Segunda prostituta implica sadomasoquismo, si lo dicen los teatinos implica cajón con vidrio, si lo dice el hijo de Fidel significa que te pueden pasar al papayo.

Prefiero la distancia, yo, el insumiso, tuve que renunciar a mi título de compañero hasta el día en que la palabra recupere su sentido.

La última pregunta del periodista de Caracol tenía doble sentido, no mala leche, era doble, recordemos que estaba en Colombia, había que buscar su verdadero significado:

—¿por qué cree usted, maestro, que le hago la entrevista por teléfono?

Mi mente comenzó a galopar: con el "maestro", estaba enviando una señal de amistad, con lo del teléfono era más complicado, que alguien, y sospecho quiénes, le hubieran insinuado no cubrir la huelga —pero entonces no habría llamado, y estaba en directo—, que lo hubieran secuestrado por ver lo que no tenía que ver, decir lo que no debía decir, ser honesto, lo que sería como la embarrada, por querer averiguar lo que se sabe que se sabe pero se calla, o simplemente por joder, mal que mal era periodista.

Respiré y dejé a la audiencia en suspenso.

La respuesta me la dio el mismo periodista:

—el ejército tiene rodeado el edificio de la Alcaldía Mayor, a partir de cien metros a la redonda nadie puede ingresar al perímetro, el coronel a cargo del operativo dice que usted ultrajó la bandera y la patria colombiana.

La cosa se estaba poniendo más espesa que chocolate santandereano. Que un militar diga que se ultrajaron los símbolos sagrados de la patria es casi tan grave como llamar sargento a un teniente cuando se es preso político.

Me habían cercado sin que me diera cuenta.

Nedjma, tú, mujer poema surgida de la tierra, tú hija del cruce del desierto y del mar, tú por segunda vez no me advertiste y te refugiaste en las sombras.

Esta vez el cerco estaba muy cerca y yo seguía intentando romper cercos más lejanos, el laberinto se cerraba sobre mi cadáver.

La pesada puerta que bloqueaba la oficina se abrió de par en par —¡santuario!—, alcancé a exclamar antes de que pasaran corriendo la Segunda prostituta seguida de los teatinos y el hijo de Fidel, quien al abandonar el pasillo dijo:

—Me engañaron.

Nunca supe a quién se refería. Como no soy roto le respondí:

—a mí también.

Dudo que se haya preguntado a qué me refería, el hijo de Fidel pertenece a esa raza de hombres que no se preguntan nada.

—Es peligroso preguntarse, amigo,
uno se puede encontrar con un espejo.

Los periodistas nos camuflaron entre ellos y nos sacaron de la Alcaldía Mayor, segunda vez en mi vida que los periodistas me permitían sortear una frontera.

Al despedirnos, periodistas al fin y al cabo, preguntaron:

—¿dónde van a continuar la huelga?

Miré las puertas cerradas a mi alrededor y respondí:

—en la calle, de donde nunca debí haber salido.

Siete días vagué por las calles de Santa Fe de Bogotá; cada dos, apoyado por los círculos de Napito, enviaba un comunicado de prensa junto al informe de una enfermera que comprobaba el estado de la huelga de hambre: comienza a secarse la mucosa bucal, la piel pierde elasticidad, se va perdiendo el brillo de los ojos. No hacía mención a la sonajera de tripas, ello podía alertar sobre nuestra presencia.

Al séptimo día me entregaron una nota, era del encargado de cultura de presidencia, el Presidente le había encargado buscar una solución.

—No es fácil, lo sabe, hay muchos hilos que mover.

Eduardo haría de mediador.

Dos días más tarde levantamos la huelga de hambre, se había encontrado una salida al laberinto, faltaba solamente despejar las vías para alcanzar esa salida, en Colombia nada es fácil, un sí es un no y en el mejor de los casos un quizás; un silencio es un grito y en ese espacio nos habían permitido desplazarnos, se regresaba a las costumbres milenarias, a las primeras civilizaciones: a los locos y los juglares se les respeta hermano, en ellos somos, en ellos permanece nuestra memoria.

—Rompió las fronteras, el director no está hablando de Colombia.

—Y nosotros no estamos hablando de nuestros muertos; nuestras masacres son sus masacres, nuestros laberintos no tienen salida.

El mar nuevamente me ofrecía una salida.

—Entrada, entrada, no salida. Hay algunos que nunca aprenden.

El gerente de la flota mercante Gran Colombiana había sido actor y desde siempre su destino estuvo ligado al agua, y con ello al mío.

—Soy el aguador oficial de esta provincia, mi oficio es fatigoso, dar de beber al sediento. Todos dicen que solo los dioses pueden ayudarlos —dijo Wang, el aguador mirándome sonriente.

—Mi buen Wang, yo soy el Tercer dios, solamente los hombres pueden ayudarme.

—Se está saliendo del libreto —acusó la Segunda prostituta.

—Ninguno de los tres eran dioses, solamente eran actores y para que lo sepa yo no soy el aguador, y una buena alma, hay que saber buscarla.

¿En qué curva tomé el camino a la barbarie?

¿En qué momento quedé aprisionado por andar pasando de la oscuridad a la luz para volver a esconderme en la oscuridad?

¿En qué momento las banderas rojas perdieron su color y su sentido?

¿En qué momento la máscara apuntó hacia mi interior dejando mi rostro al descubierto?

¿En qué momento actor y espectador se fundieron en uno?

¿En qué momento mis espirales se entrechocaron y una modificó a la otra y su destino?

¿En qué momento, mi querido Wang, descubriste que no éramos dioses?

—Desde un comienzo, a los dioses se les nota que no trabajan y comen bien y usted, para ser honesto, hasta daba lástima mirarlo.

—Es que hacía mucho que me había terminado de comer la bufanda de alpaca, el último trocito se lo di a nuestra hija para que lo untara en el vaso de leche.

Me quedaban 21 días para organizar mi salida de Colombia.

—Con discreción, por favor.

Nada hay más lejano de la realidad que pedirle discreción a un director de teatro.

—Dentro de 21 días uno de los barcos de la Gran Colombiana hará escala en Santa Marta y los embarcará.

—¿Pa' dónde? —pregunté—, apropiándome del parlamento de mis actores.

—Le Havre, con escala en Róterdam, es el primero que sale y nos da el tiempo para embarcarlo, de ahí puede seguir por tierra a París, pero usted conoce.

¡París! Una vez más en mi camino, se me cruzó la imagen de La Bella la primera vez, ¡cuán diferente del pellejo que se encontraba a mi lado!

—¡Oh dioses, cómo pude embarcar a mis seres queridos en esta locura!

Perdón pedí en mi mente, yo, el que no pide ni da tregua, el que no puede equivocarse en una curva y sin embargo nunca tomó la buena, yo, el hacedor de palabras, quedé mudo de dolor: La Bella, y en sus brazos nuestra hija me miraban.

Yo,
el actor que mendigaba audiencia,
pedí que, ¡por favor!, no me miraran,

———

no con esos ojos.

Yo,

el que desafié las reglas,

pedí me mostraran una que me justificara.

Yo,

el que muere para renacer,

pedí me negaran una segunda oportunidad.

Yo,

el despojado

el actor

el testigo

invoqué al vacío que precede la palabra,

Yo,

el amante de la luz

invoqué las sombras

para ocultarme de la mirada

de La Bella y de mi hija.

Yo,

el incrédulo

invoqué a Neptuno

para que nos permitiera cruzar

las grandes aguas.

Yo,

el despiadado

me perdoné a mí mismo

por lo que no tengo perdón,

tenía que terminar mi periplo.

Como me había perdonado pude continuar sin remordimiento mi viaje por mi mente. Me pregunté que habría sido del "mano negra", si continuaría en las sombras o si lo habrían rehabilitado; me pregunté por el destino de los hombrecitos grises, comisarios de sueños, constructores infatigables de muros; me pregunté el porqué me habían borrado de la historia al igual que borraban de las fotos oficiales a los ídolos de ayer o derribaban solitarios monumentos construidos con mármol robado de las tumbas para darles una segunda muerte.

¡Oh dioses!,

existo y tengo derecho a la palabra,

tengo derecho a poseerla,

a amarla,

a mancillarla,

a devorarla,

a escupirla sobre un escenario,

a depositarla suavemente en otros labios en un beso.

¡Oh dioses, existo,

sin quererlo, existo!

¡Oh dioses! devuélvanme mi pasado, sin él no existe mi futuro. Mi presente no existe, pero no me importa, ese murió prisionero entre el pasado y el futuro.

—A propósito, la niña ese es otro lío, por convenios internacionales no podemos embarcarla, hay que ver la forma de sacarla junto a su madre.

Las cosas comenzaron a moverse —como si hubieran estado quietas—

nos dieron un salvoconducto hasta el momento de la salida, me enviaron a hablar con el encargado de controlar las importaciones y exportaciones en Colombia, me dio cita en el Tequendama y no en su oficina. Exceso de precaución, pensé.

—Mal pensado —dijo el camión desde su escondite en Medellín.

Cierto, mal pensado, cuando entré a su oficina particular entré a las mil y una noches, a la lámpara de Aladino, a los cuentos que poblaron mi infancia, todos ellos, pero juntos, la cueva de Alí Babá se quedaba chica. Era el centro de contrabando más grande, pero más seguro, de Colombia.

Me entregó los papeles para sacar el camión; los dos pasajes para La Bella y la niña, me los mostró —pero los entrego más tarde.

Algo quiere a cambio, pensé sagazmente —faltan los papeles del auto —dije.

—Mi señora siempre soñó con un auto dorado y la semana próxima es su cumpleaños.

—Pero, al igual que nosotros, el auto no tiene papeles.

—Tiene, y placas de Bucaramanga.

—¿...?

—Los pasajes por las llaves.

—Le pasé las llaves y me tocó agradecer.

Al salir de su oficina La Bella me dijo:

—nos libramos, al menos tuvo la decencia de no pedirnos que le cantáramos feliz cumpleaños.

—Cierto, como cantantes nos moriríamos de hambre.

—¿Cómo cantantes nomás? —dijo el camión.

—¿Cómo les fue? —preguntó el encargado de cultura.

—Perfecto, esa vuelta está amarrada —contesté.

Faltaba solamente el de Medellín, por alguna razón el cacique local de la aduana no quería soltarme, y tenía que pasar por La Línea y Medellín. De seguro que hasta ahí nomás llegaba.

Me acerqué a un amigo de la Segunda prostituta, quizás él sabría si era ella quien estaba detrás de bambalinas.

—No, mal pensado.

Bien pensado, el amigo conocía a alguien importante, un compañero de escuela, desde gamines, luego la vida los separó, se encontraron en bandos diferentes, uno general, el otro, bueno el otro... para no ser indiscreto diré que, no era exactamente un general. Pero como en los caminos, en la noche hay una magia que rompe las reglas, y el haber jugado al fútbol juntos, el haber pretendido a las mismas peladas, el haberse emborrachado juntos con los primeros aguardienticos vale más que cualquier grado en cualquiera de los bandos.

El general me deseó buen viaje —y recuerde, en Colombia la gente de teatro siempre será bienvenida, del de Medellín me encargo yo.

Se encargó.

Con el tiempo corriendo para alcanzar las cinco en punto de la tarde me detuve.

Uno: para celebrar el primer año de nuestra hija. Año y medio había pasado desde que La Bella dejó París, año y nueve meses desde que la hiciéramos en ciudad luz, un año y seis meses des-

———

410

de que en el aeropuerto Charles de Gaulle le dijera nos vemos en un par de semanas, un año desde que naciera en Cali, Colombia; nueve meses desde que me la robaran en el Festival de Manizales.

Al apagar su primera velita, le di un beso y le dije:

—nos vemos en …

Su madre me fulminó con la mirada.

Dos: para despedirnos de Eduardo. En el pasillo nos cruzamos con la Segunda prostituta que salía de su oficina.

Temblé.

—Ya lo decía yo, hasta los más valientes tiemblan en La Línea, y la Segunda prostituta es su reencarnación —dijo el camión.

—¿Qué hacen aquí? —preguntó—. ¿Vienen a ver al doctor?

—A Eduardo —respondimos, sin ninguna sutileza en el acento para marcar la diferencia.

—¿Lo conocen?

—Es amigo —el triunfo de la palabra tiene que ser corto para que sea triunfo—, y entramos en la oficina.

Al ver nuestra cara Eduardo dijo:

—no se preocupen, como comisionado de paz le conseguí una presentación en Florencia, eso la mantendrá alejada por el tiempo que necesitan.

Nos despedimos, al llegar a la puerta, Eduardo añadió:

—no se despidan de Napito, es como despedirse de la Segunda prostituta, recuerden, en Colombia no todo es lo que parece ser.

—¡Buena suerte! —nos deseó—, cuando a decir verdad era él quien más la necesitaba.

Tomé la flota rumbo a las afueras de Medellín, bajaba un nuevo escalón de mis escalinatas. Al amanecer entré al parqueadero para sacar el camión, estaba en un rincón, triste, apaleado, me mostró las puertas de atrás abiertas de par en par.

—Me violaron —dijo tristemente.

—No se preocupe hermano, no fue su culpa, lo dejamos solo demasiado tiempo. Y antes de que preguntara nada, añadí:

—está en Bogotá—, no tuve corazón para decirle que el auto estaba en otras manos y que ahí se quedaría.

Como viejos conocidos intentando revivir el pasado atravesamos la selva, las montañas, sorteamos emboscadas congeladas, sonreíamos cuando de todos los bandos nos gritaban:

—¿ustedes todavía chillando por aquí?

Bajamos los vidrios para que entrara la luz y las sombras se disiparan, dejamos entrar el sonido del tiple y los tambores, subimos escalones para deslizarnos vertiginosamente en el que seguía, nos equivocamos alegremente de curva, incluso creo que una vez tomamos la que era, nos acercábamos a puerto: el barco desde las brumas en alta mar, nosotros desde las sombras en la tierra.

En Santa Marta nos dirigimos a los pies de la Sierra Nevada, a un refugio de los arahuacos a cargo de una exelena que se había desmovilizado,

puerto seguro.

A la mañana siguiente nos dirigimos al puerto, el barco se encontraba en el muelle, entre el barco y nosotros un doble círculo de militares.

—Tenemos orden de revisar la carga.

———

Sacaron todo del camión, tras cada soldado un profesor o estudiante de la Universidad de Santa Marta,

—estamos aquí para vigilar que no les metan nada.

Desmontaron hasta los proyectores, un soldadito pidió un recuerdo, abrí una caja, saqué un libro, se lo regalé, era *La maldición de la palabra.*

En el momento de embarcar, el camión miró a su alrededor y me dijo:

—falta el auto.

Le expliqué lo que había pasado, que no me habían dejado salida, que era el auto o mi hija, le pedí perdón.

Me perdonó, al menos eso dijo, pero algo se había roto en él, su corazón iba herido de muerte.

A la exelena, comandante desmovilizada, le tendieron una emboscada subiendo a Sierra Nevada a rescatar unos arahuacos atrapados entre el fuego de los narco y la narcoguerrilla, sobrevivió, pero quedó confinada a una silla de ruedas.

—Entonces, usted es el que trae la *poisse* —dijo el camión.

—No, son los tiempos, los tiempos y aquellos que quisieron fijar la historia.

El barco me alejaba del continente, nuevamente la soledad disfrazada de inmensidad, el laberinto me arrojaba a otro laberinto con tres camarotes. En el primero, el director; en el siguiente, la actriz colombiana partiendo por tercera vez al destierro —la primera había sido en Salamina, Caldas, durante la violencia—; en el tercero, un misterioso personaje que salía a cubierta sólo en las noches, de día permanecía encerrado, nadie sabía su nombre.

—¿Nadie?, ¿en Colombia?

Era el exministro de Justicia. Había visto su sombra cuando lo del Palacio de Justicia, desde el palacio Nariño pedía diálogo y el cese de fuego; era amigo de Galán, amigo de Bonilla, quien fuera ministro de Justicia, y a quien sucedió en el cargo cuando éste fue asesinado.

Combatió el narco, extraditó, a cara descubierta buscó devolver la dignidad a Colombia.

Hoy viajaba en el tercer camarote, sin mostrar su rostro, saliendo solamente de noche a conversar con las estrellas.

Los narcos se la habían prometido.

Por seguridad lo sacaron, lo enviaban al otro lado de la cortina de hierro, ahí la mano de los narcos y la corrupción, se suponía, no llegaba, asumiría como embajador en Hungría,

puerto seguro.

Se lo cazuelearon en Budapest un 13 de enero, siete meses más tarde.

Los narcos de Colombia eran gente de palabra, cumplían lo prometido,

eran las 11:30 de la mañana, seis tiros le dieron, le destrozaron la cara, las manos, seis,

y Enrique Parejo, el exministro de Justicia, quedó vivo.

—Quizás los dioses desviaron la trayectoria de las balas, mal que mal era un candidato a ser un alma buena.

—Entonces, es cierto que usted andaba donde las papas queman.

—No solamente donde las papas queman hermano, donde las papas criollas queman, son más pequeñas pero queman más fuerte, vienen de la zona roja.

Muelle de brumas

¿Estás cierto, ¡oh extranjero!, de que ahora no te equivocas? y puesto que eres noble, según parece, aunque desgraciado, espera aquí en donde estás hasta que entere de todo a los habitantes de estos lugares, sin necesidad de ir a la ciudad.

Ellos decidirán si debes permanecer aquí o continuar tu camino.

Edipo en Colono, Sófocles

XXVIII. De lo que descubrió al final de la jornada

Amanecía.

La bruma comenzaba a levantarse sobre el muelle de Le Havre.
Desde la ventanilla de mi camarote esperaba divisar un bar, uno
de mis refugios, los bulliciosos bares de puerto y en su interior
marinos, malandrines y prostitutas. Entre ellos Jean, un cigarrillo
colgando de la esquina izquierda de su boca, y Nelly, frágil en su
juventud pidiendo protección y amor. A lo lejos, entre la sombra de
las grúas se divisaría la Casa de la Cultura y sobre su techo insta-
lada una filmadora registrando indiscreta la escena.

Una sombra me tapó la vista, era el camión que en su descenso
reclamaba,
—soy francés, a mí me bajan en Le Havre.
—¡Estábamos en Róterdam!,
alguien no leyó el libreto.
Por la ventanilla observé tres círculos en el muelle: la policía, la
aduana y en el tercero, La Bella acompañada de los representantes de la oficina de refugiados de Naciones Unidas, eso decía el
cartel.
La policía, el círculo de seguridad, se llevó al exministro en un
abrir y cerrar de ojos,
respiré.
Los de la aduana, revisaron el camión, venía de Colombia, le sacaron hasta los zapatos.
El tercer círculo estaba para protegerme de los otros dos. Como

había pasado más de año y medio fuera de Europa, tenía que recomenzar de cero y contar mi historia.

Guardé silencio.

Nos llevaron a La Haya, a una fábrica tomada por los ocupas, ellos nos abrieron sus brazos, ellos, el lazo de unión entre la calle y un techo, ellos que descerrajaban los candados para darle sentido a la ciudad, ellos los miserables de La Haya cobijaban la vida ante el tribunal de la historia.

El camión durmió en la calle de adoquines frente a la fábrica, al borde de un canal. Al igual que en Arboletes comenzó a caer la lluvia y la calle a hundirse.

Al día siguiente no estaba, lo vieron navegando por el canal, en su techo desplegada la vela de Colón, dicen que iba camino de regreso en busca del auto.

A nosotros nos llevaron a vestirnos a los traperos de Emaús en una vieja iglesia semidestruida; con La Bella entramos tomados de la mano, nuestro hijo comenzando a caminar en su vientre, nuestra hija caminando a nuestro lado, no me la fueran a robar.

Los bancos languidecían en la nave principal, por los vitrales rotos entraba la luz creando círculos y reflejos sobre el altar, el altar desprovisto de cruces clamaba por que le dieran vida, en la parte de atrás un viejo órgano lanzó tres sonidos para hacerse notar.

Por un lado del altar entraría mendigos, por el otro una prostituta, no la segunda, la primera, la Rosi, en el lugar del sagrario depositaría una olla de comida…

—¿Y ahora qué? —me interrumpió La Bella.

Cerré los ojos, miré hacia el altar, subí el último escalón,

sonreí...

Sobre el autor

Gustavo Gac-Artigas, escritor, dramaturgo, actor, director de teatro y editor nacido en Santiago de Chile —pero criado en Temuco—, añadiría de inmediato Gustavo. Desde 1995, tras vivir montando y desmontando pirámides, quirófanos, templos y mágicos cuartos de conventillo en Francia, la RDA, Bulgaria, Holanda, Puerto Rico, Argentina, Perú, Bolivia, Ecuador, Colombia, Suiza, Dinamarca, Túnez, Bélgica, y uno que otro país que la frágil memoria guarda en el olvido, reside en Nueva Jersey, Estados Unidos.

¿Chile? Chile en el corazón, como diría Pablo.

Es miembro colaborador de la Academia Norteamericana de la Lengua Española (ANLE).

De *Tiempo de soñar* (1992), dijo el escritor Severo Sarduy: "escritura imaginativa, de extrema teatralidad y de ficción (basada en hechos históricos a veces reconocibles) que hacen del texto uno alógeno, personal y único".

De *¡E il orbo era rondo!* (*Y la tierra era redonda*) (1993) dijo Edith Grossman, traductora de García Márquez, "me impresionó mucho el juego temporal, la interpenetración de lo histórico, lo mitológico y lo surreal. Un libro difícil, pero valioso, más parecido a un poema épico que a una novela."

Otros títulos en la Biblioteca electrónica de Gustavo Gac-Artigas

Narrativa:

Y la tierra era redonda Segunda edición, primera en formato digital

Tiempo de soñar Segunda edición, primera en formato digital

El solar de Ado - Segunda edición, primera en formato digital

Ado´s Plot of Land Segunda edición, primera en formato digital

Dalibá, la brujita del Caribe

Un asesinato corriente

Teatro:

Cinco suspiros de eternidad

Te llamamos Pablo-Pueblo

El país de las lágrimas de sangre

Gonzalito o ayer supe que puedo volver